MEGAN HART

Más profundo

Editado por Harlequin Ibérica.
Una división de HarperCollins Ibérica, S.A.
Núñez de Balboa, 56
28001 Madrid

© 2009 Megan Hart. Todos los derechos reservados.
MÁS PROFUNDO, N° 6
Título original: Deeper
Publicada originalmente por Harlequin Enterprises, Ltd.

I.S.B.N.: 978-84-9010-284-8

El nombre de Megan Hart está asociado a la novela erótica, aunque esta narradora de gran talento también escribe magistralmente otros géneros literarios. Precisamente, en *Más profundo* une de manera brillante dos géneros tan dispares como son el erótico y el paranormal para crear una conmovedora y apasionada novela romántica.

Una historia de amor llena de magia y erotismo, que tiene lugar en dos tiempos. Recurriendo al *flashback*, Megan Hart nos describe la relación fallida de una pareja joven que tiene una segunda oportunidad veinte años más tarde.

Por sus ágiles diálogos y el estilo fluido de su prosa, estamos seguros de que este libro captará la atención del lector desde la primera a la última página, por eso no queremos dejar pasar la oportunidad de recomendarlo.

Feliz lectura.

Los editores

Este libro es por un abrazo a oscuras en la cama inferior de una litera, por una puerta abierta, unos zapatos en el suelo y una mesa de cocina.

Y, como siempre, por un albornoz azul, unas piernas kilométricas y una mata de pelo.

Todo lo que vino antes que tú es un recuerdo, pero tú eres real, y permaneces.

AGRADECIMIENTOS

Quiero darles las gracias a esos artistas cuyas canciones me acompañaban mientras escribía este libro. Podría escribir sin música, pero es mucho más entretenido hacerlo mientras tarareo *Without You*, de Jason Manns, *Ocean-Size Love*, de Leigh Nash, *Wish*, de Kevin Steinman y *Reach You*, de Justin King.

Gracias también a Jennifer Blackwell Yale por su acertada lectura de runas.

Capítulo 1

Ahora

El mar seguía siendo el mismo. Su sonido y su olor eran los mismos, y también el flujo y reflujo de la marea. Veinte años atrás, Bess Walsh estaba en aquella playa y contemplaba la vida que tenía por delante. Y sin embargo ahora...

Ahora ya no estaba segura de lo que tenía por delante.

Ahora estaba de pie en la orilla, con la fría arena arañándole los dedos y el aire salado enredándole el pelo. Aspiró profundamente y cerró los ojos para sumergirse en el pasado y no tener que pensar en el futuro.

A finales de mayo aún hacía fresco por la noche, especialmente tan cerca del agua, y la camiseta y falda vaquera de Bess no proporcionaban mucho calor. Los pezones se le endurecieron y cruzó los brazos para calentarse un poco, pero no sólo se estremecía por el frío, sino también por los recuerdos del aquel lejano verano. Durante veinte años había intentado olvidar, y sin embargo allí volvía a estar, incapaz de dejar atrás el pasado.

Levantó el rostro para que el viento le apartase el pelo de los ojos y abrió la boca para saborearlo como si fuera un dulce esponjoso. La fragancia marina le hacía cosquillas en la lengua y le impregnaba el olfato, y la transportó al pasado más eficazmente que un simple recuerdo.

Se reprendió a sí misma por su ingenuidad. Era demasiado mayor para albergar fantasías absurdas. No se podía volver atrás. Ni siquiera se podía permanecer en el mismo sitio. La única opción para ella, y para todo el mundo, era seguir adelante.

Dio un paso adelante y luego otro. Sus pies se hundieron en la arena y miró por encima del hombro a la terraza, donde seguía ardiendo la vela. El viento agitaba la llama, pero esta permaneció encendida en el interior del candelero.

Tiempo atrás aquella casa había estado aislada en la playa. Pero ahora los vecinos estaban tan cerca que no se podía ni escupir a los lados sin darle a alguien, como habría dicho su abuela. Una mansión de cuatro pisos se elevaba detrás de la suya. Dunas salpicadas de algas secas que no habían estado allí veinte años atrás se interponían entre las casas y la playa. En algunas ventanas se veían luces encendidas, próximas a la plaza de Bethany Beach, pero la temporada aún no había comenzado y la mayor parte de las casas estaban a oscuras.

El agua estaría demasiado fría para darse un baño. Podría haber tiburones al acecho y la corriente marina sería demasiado fuerte. Pero de todos modos, Bess se dejó arrastrar por el deseo y los recuerdos.

El océano siempre la había hecho tomar conciencia de su cuerpo y de sus ciclos biológicos. El flujo y reflujo de la marea le parecía algo femenino, vinculado a la luna. Bess jamás se sumergía, pero estar junto al mar la hacía sentirse sensual y viva, como una gata queriendo frotarse contra una mano cariñosa. Las cálidas aguas de las Bahamas, las frías olas de Maine, la suave corriente del Golfo de México, la reluciente superficie del Pacífico… Todos los mares del mundo la hechizaban con su llamada irresistible, pero ninguno como aquel trozo de agua y arena.

Aquel lugar que, veinte años antes, la había seducido con más fuerza que nunca.

Sus pies encontraron la arena apelmazada que la última ola había dejado a su paso e introdujo los dedos. De vez en cuando aparecía un destello de espuma, pero nada la tocó. Respiró hondo y dejó que sus pies la guiaran para no tropezar con alguna piedra afilada o venera. A cada paso la arena estaba más húmeda y fangosa. El bramido del mar se hacía más y más fuerte, y Bess abrió la boca para saborear la espuma que levantaban las olas.

Cuando sus pies tocaron finalmente el agua, descubrió con sorpresa que no estaba fría. Antes de que pudiera seguir avanzando, otra ola le rodeó los tobillos y el agua cálida le subió por las piernas desnudas. La ola se retiró y dejó a Bess con los pies enterrados en la arena. Siguió avanzando sin pensar, paso a paso, hasta que el agua, tan cálida como un relajante baño de espuma, le bañó los muslos y le empapó el bajo de la falda.

Bess se echó a reír y se dobló por la cintura para que el agua le mojase las manos, las muñecas y los codos. Las gotas se deslizaban entre sus dedos, escapando a su agarre. Se arrodilló y se sumergió en las olas, que la cubrieron como un millar de labios y lenguas líquidas. Se sentó hasta cubrirse por la cintura y se echó hacia atrás. El agua le cubrió la cara y Bess contuvo la respiración hasta que la ola se retirara.

El pelo se le soltó, pero Bess no se preocupó de recuperar la horquilla. Los cabellos se arremolinaron alrededor como un bosque de algas. Le hacían cosquillas en los brazos desnudos y le cubrían la cara, antes de ser barridos por la ola siguiente. La sal y la arena le impregnaron los labios como los cálidos besos de un amante. Extendió los brazos, aunque el agua no podía ser abrazada. Los ojos le escocieron, pero no por la sal del mar, sino por las lágrimas que resbalaban por sus mejillas.

Se abrió al agua, a las olas y al pasado. Cada vez que se acercaba una ola contenía la respiración y se preguntaba si la siguiente sería la que la tomara por sorpresa y le llenase los pulmones de agua o la que la arrastrara hacia el fondo.

¿Qué haría si eso ocurriera? ¿Se resistiría o dejaría que el mar se la llevara? ¿Se perdería en las olas igual que una vez se perdió en él?

Habían hecho el amor en aquella misma playa con el sonido del océano ahogando sus gritos. Él la había hecho estremecer con su boca y sus manos, y ella se había introducido su verga para anclar sus cuerpos. Pero no importaba cuántas veces lo hubieran hecho. El placer no duraba para siempre, y todo tenía un final.

Las manos eran un pobre sustituto, pero Bess las usó de todos modos. La arena le arañaba la piel al deslizar los dedos bajo la camisa para tocarse los pechos. Recordó la boca de Nick en aquel mismo sitio y sus manos entre los muslos. Separó las piernas para que el mar la acariciara cómo él había hecho y levantó las caderas en busca de una presión inexistente. El agua retrocedió y la dejó expuesta al frío aire de la noche.

Más olas llegaron para abrazarla mientras se acariciaba a sí misma. Había pasado tanto tiempo sin masturbarse en solitario que sus manos parecían las de otra persona.

Él no había sido su primer amante ni el primer hombre que le hizo tener un orgasmo. Ni siquiera había sido el primero al que ella había amado. Pero sí había sido el primero en hacerla temblar de emoción con algo tan sencillo como una sonrisa. Había sido el primero en hacerla dudar de sí misma y el que más hondo la había hecho sumergirse, pero sin llegar a ahogarse. La aventura fue corta, una página más en el libro de su vida, apenas un breve capítulo, una simple estrofa de la canción. Se había pasado más tiempo sin él que con él. Aunque nada de eso importaba.

Cuando se tocaba, era la sonrisa de Nick lo que imaginaba. Su voz llamándola en susurros. Sus dedos entrelazados con los suyos. Su cuerpo. Su tacto. Su nombre…

–Nick –la palabra brotó de sus labios por primera vez en veinte años, liberada por el mar. Por aquel mar. Por aquella arena. Por aquella playa. Por aquel lugar.

«Nick».

La mano que le agarró el tobillo era tan cálida como el agua, y por un momento pensó que era una madeja de algas. Un segundo después otra mano le tocó el otro pie y ambas empezaron a subir por sus pantorrillas. El peso de un cuerpo sólido y compacto la cubrió. Bess abrió la boca para aceptar el beso de las olas, pero fueron unos labios reales y una lengua de verdad lo que invadió su boca.

Debería haber gritado ante aquella repentina violación, pero no se trataba de un desconocido. Conocía la forma y sabor de aquel cuerpo mejor de lo que se conocía a sí misma.

Todo era una fantasía, pero a Bess no le importó y se rindió al recuerdo igual que se rendía al agua. Al día siguiente, cuando el sol pusiera de manifiesto la piel irritada por la arena, se reprocharía a sí misma su estupidez. Pero en aquel momento y lugar no podía ignorar el deseo. Y no quería ignorarlo. Quería volver a ser tan imprudente como lo fue entonces.

Una mano se deslizó bajo su cabeza y unos dientes le mordisquearon suavemente el labio, antes de que la lengua volviera a saquear los rincones de su boca. El gemido de Nick vibró en sus labios mientras entrelazaba los dedos en sus cabellos.

–Bess... –dijo él, antes de susurrarle las cosas que se decían los amantes al calor del momento. Palabras alocadas que no soportarían el escrutinio de la razón.

Pero a ella no le importaba. Deslizó las manos por la espalda de Nick hasta las familiares curvas de su trasero. Llevaba unos pantalones vaqueros y ella tiró de ellos hacia abajo para exponer su piel desnuda y ardiente. Volvió a trazar la línea de su columna con los dedos mientras él la besaba. El agua los rodeaba y se retiraba, sin subir lo suficiente para cubrirlos.

Él llevó la mano a su entrepierna y tiró de sus bragas. La minúscula prenda cedió al instante. Le subió la falda hasta las caderas. La camiseta era tan fina y estaba tan empapada que era como si no llevase nada. Cuando la boca de Nick se cerró sobre uno de sus erectos pezones, Bess se arqueó hacia arriba con un gemido. Los dedos encontraron el calor que manaba entre sus piernas y empezó a frotar con ahínco. Estaba preparada.

–¿Qué es esto, Bess? –le preguntó al oído–. ¿Qué hacemos aquí?

–No preguntes –le dijo ella, y volvió a besarlo en la boca. Hincó los talones en la arena mojada e introdujo la mano entre los cuerpos para agarrarle el miembro erecto y palpitante. Su grosor y calor le resultaban tan familiares como todo lo demás–. No preguntes, Nick, o todo se desvanecerá.

Lo acarició con suavidad, demasiado consciente de la sal y la arena como para apremiarlo a que la penetrara. Ni siquiera en sus fantasías podía olvidar el engorro de tener arena en determinadas zonas de su cuerpo. El recuerdo de verse a los dos caminando con las piernas arqueadas le provocó una fuerte carcajada.

Volvió a reírse cuando Nick pegó la boca a su garganta y los dos rodaron por la arena mojada. También él se rió. A la pálida luz de las estrellas parecía igual que siempre.

La mano de Nick se movió lentamente entre sus piernas, pero bastó con aquel roce para que Bess le clavase los dedos en la espalda y ahogase un grito de placer. Nick también gruñó y apretó las caderas contra ella. El calor se desató en su vientre y el olor del mar se hizo más fuerte.

Nick enterró la cara en su hombro y la sujetó con fuerza. El mar le lamía los pies, pero allí se detenía su avance. Era el cuerpo desnudo y fibroso de Nick lo único que la cubría.

El mar lo había llevado hasta ella. Era un hecho incuestionable que Bess aceptaba sin la menor reserva. Nada de aquello sería real a la luz del día. Ni siquiera el momento en que saliera del agua y caminara tambaleándose y chorreando hasta la cama. Nada era real, pero al mismo tiempo lo era, y Bess no se atrevía a ponerlo en duda por miedo a que todo se esfumara.

Capítulo 2

Antes

–¿Seguro que no quieres un poco? –Missy agitó el porro delante de Bess para que le llegara el humo–. Vamos, Bessie, es una fiesta.

–Bessie es nombre de vaca –Bess apartó la mano de la chica y abrió una lata de refresco–. Y no, no quiero probar tu hierba, gracias.

–Tú misma –Missy dio una profunda calada y se puso a toser, acabando con la farsa de que era una especie de reina de las drogas–. ¡Es una buena mierda!

Bess hizo una mueca y se fijó en el cuenco de patatas fritas que había en la mesa.

–¿Cuánto tiempo llevan ahí?

Missy volvió a toser.

–Acabo de sacarlas, zorra. Justo antes de que llegaras.

Bess se acercó el cuenco y examinó el contenido con cuidado. La caravana de Missy era un estercolero y se aseguró de que no hubiera bichos o desperdicios entre las patatas antes de arriesgarse. Se moría de hambre.

–Me comería una pizza entera ahora mismo –dijo Missy. Se tiró en el maltratado sillón y dejó las piernas colgando sobre el costado. Tenía las plantas de los pies completamente negras, y llevaba la falda tan levantada que se veía su ropa interior, de color rosa chillón–. Vamos a pedir una.

–Tengo dos dólares que han de durarme hasta que cobre –Bess engulló un puñado de patatas con un trago de refresco barato al que ya no le quedaban burbujas.

Missy hizo un gesto apático con la mano.

–Llamaré a algunos chicos y les pediré que traigan pizza.

Antes de que Bess tuviera tiempo para protestar, Missy se incorporó con una sonrisa y se echó el pelo teñido de rubio por encima del hombro. El brusco movimiento hizo que uno de sus pechos se le saliera de la camiseta. Missy estaba hecha como una casa de ladrillos, como a ella le gustaba decir, y no le importaba exhibirse.

–Vamos –animó a Bess, aunque ella ni siquiera había abierto la boca–. Será una fiesta. ¿A quién no le gusta una fiesta? Salvo a ti, claro.

–A mí me gustan las fiestas –Bess se recostó en el sofá que Missy había robado del Ejército de Salvación–. Pero mañana tengo que trabajar.

–Yo también, ¿y qué? Vamos a hacer una jodida fiesta, ¿vale? –se levantó de un salto y dejó el porro en el cenicero atestado de colillas–. Será divertido. Tienes que poner un poco de diversión en tu vida, Bess.

–¡Ya la tengo!

Missy puso otra mueca.

–Me refiero a diversión de verdad. Tienes que poner un poco de color en esa piel tan blanca... y no me refiero a tus mejillas.

Bess no pudo evitar reírse, aunque el comentario de Missy no era precisamente halagador. Pero era imposible tomarse en serio a su amiga.

–Así que vas a llamar a unos chicos para que nos traigan unas pizzas... Y ellos lo harán sin rechistar.

Missy se levantó la minifalda y enseñó sus diminutas bragas rosas.

—Pues claro que lo harán.

—No voy a tirarme a un tío para conseguir una pizza, por muy hambrienta que esté —declaró Bess, poniendo los pies sobre la mesa sin quitarse las chancletas En casa jamás lo habría hecho, ni siquiera descalza, pero a Missy no pareció importarle. Ni siquiera se dio cuenta.

—¿Y a mí qué me importa a quién te tires? —ya estaba marcando un número en el teléfono mientras sacaba una cerveza del frigorífico—. Además, ¿cuándo has...? ¡Hola, cariño!

Bess escuchó fascinada cómo Missy se las ingeniaba para conseguir comida gratis. Hizo un par de llamadas y volvió con una sonrisa triunfal.

—Listo. Ryan y Nick estarán aquí dentro de media hora con la pizza. Les he dicho a Seth y a Brad que traigan cerveza. Y también van a venir Heather y Kelly. Las conoces, ¿verdad?

Bess asintió. Ya conocía a Ryan y había visto a las otras chicas unas cuantas veces. Eran camareras en el Fishnet, igual que Missy. A los otros chicos no los conocía, pero tampoco hacía falta. Conociendo a Missy, serían unos universitarios que vivían a lo pobre o unos pueblerinos con el pelo teñido de rubio y un bronceado permanente.

—Sí.

—No empieces con tus escrúpulos de niña pija. No todo el mundo se puede permitir una casa en la playa, zorra.

Missy nunca le decía «zorra» en plan ofensivo, por lo que Bess no se lo tomó como un insulto.

—No he dicho nada.

—No hace falta. Tu cara lo dice todo —le hizo una demostración arrugando la nariz y apretando los labios.

—Yo no he puesto esa cara —protestó Bess, pero volvió a reírse para disimular su vergüenza.

—Lo que tú digas —Missy volvió a agarrar el porro y le dio una honda calada, lo que le provocó un nuevo ataque de tos–. Pobre niñita rica... ¿Tus abuelitos no pueden darte un poco de pasta?

Bess acabó su refresco y se levantó para tirar la lata a la basura, aunque Missy no se daría cuenta si la dejara en el suelo.

–Me eximen de pagar alquiler durante el verano. ¿Qué más puedo pedir?

–Una asignación –dijo Missy, y fue a la cómoda para sacar un estuche de maquillaje del cajón. De la bolsa extrajo más frascos y pintalabios de los que Bess había visto jamás en el arsenal de una mujer. Missy ya llevaba encima una gruesa capa de cosméticos, pero al parecer no estaba lo bastante presentable para otra compañía aparte de ella.

–Tengo veinte años. Ya no puedo recibir una asignación.

No añadió que aunque su sueldo semanal era menos de lo que Missy recibía en propinas, ella estaba ahorrando para la universidad mientras que su amiga se limitaba a vivir la vida.

Missy se retocó las cejas y giró la cara de lado a lado ante el espejo.

–Voy a teñirme el pelo de negro.

–¿Qué? –Bess estaba acostumbrada a sus extravagancias, pero aquello era demasiado–. ¿Por qué?

Missy se encogió de hombros y se ajustó la camiseta para enseñar más escote. Se oscureció los párpados y frunció los labios para pintárselos con un pincel.

–Vamos, Bess, ¿nunca has querido hacer algo diferente?

–La verdad es que no.

Su amiga se giró hacia ella.

–¿Nunca?

Bess se mordió el interior de la mejilla, pero enseguida recordó que era una fea costumbre y dejó de hacerlo.

–¿Algo diferente como qué?

Missy se acercó y le agarró el cuello de la camiseta de Izod.

–Te puedo prestar algo para ponerte antes de que vengan los chicos.

Bess se miró su camiseta caqui, sus piernas desnudas y sus chancletas, antes de mirar la minifalda vaquera y la minúscula camiseta de Missy.

–¿Qué tiene de malo lo que llevo?

Missy volvió a encogerse de hombros y se giró de nuevo hacia el espejo.

–Nada… para ti, supongo.

Las mujeres tenían un lenguaje especial para dar a entender lo contrario de lo que estaban diciendo. Bess se puso colorada y volvió a mirarse la ropa. Se tocó el pelo, sujetándolo en lo alto de la cabeza con una horquilla. Se había duchado después del trabajo y se había maquillado un poco, pero nada más. Pensaba que iban a ver la tele, no a tener una fiesta.

–Creo que tengo un aspecto decente –se defendió–. No vine aquí con la intención de echar un polvo.

–Claro que no –dijo Missy, pero su tono era tan condescendiente que Bess no pudo reprimirse. Apartó a Missy y se colocó ante el espejo.

–¿Qué se supone que significa eso? A quien no le guste como soy, ¡que le den!

–Tranquila, cariño. No folles si no quieres. Resérvate para ese muermo de novio que tienes en casa.

–No me estoy reservando para nadie. Que tú no entiendas el concepto de fidelidad no significa que todo el mundo piense como tú. Y no es un muermo.

Seguramente ya ni siquiera fuese su novio.

Missy puso los ojos en blanco.

–Lo que tú digas. A mí me da igual.

–¿Entonces por qué te empeñas en sacar el tema?

Las dos se miraron en silencio unos instantes, hasta que Missy empezó a reírse y Bess la imitó.

—Eres una reina del drama —le dijo Missy, y la apartó del espejo para recoger el maquillaje.

—Que te jodan, Missy.

—No sabía que supieras hablar así, cariño —batió sus pestañas cargadas de rímel.

A Bess no se le ocurrió ninguna réplica ingeniosa y se conformó con intentar poner un poco de orden en el caótico salón de Missy.

Apenas había despejado de revistas y periódicos el sofá y los sillones antes de que se abriera la puerta y entrasen Heather y Kelly. Las dos parecían haber bebido ya más de la cuenta.

—¡Qué pasa, tía!

—¿Pero qué mierda te has hecho en el pelo?

—¿Dónde está la jodida pizza?

Bess se limitó a presenciar el intercambio de groserías y se preguntó cómo sería vivir en un sitio donde la gente entrase sin llamar y se repantigaran en los sillones como si estuvieran en sus casas. Estaba convencida de que no le gustaría nada. Asintió con la cabeza cuando Kelly la saludó con la mano, pero Heather la ignoró, como era habitual en ella. El sentimiento de desprecio era mutuo, ya que Bess sabía que Heather la veía como una princesita estirada y altanera.

La gente llegó al cabo de una hora. Eran muchos más de los que Missy había invitado, pero los rumores de una fiesta siempre se propagaban con rapidez. La pequeña caravana pronto se llenó de humo, música y el calor de los cuerpos. A Bess le rugía el estómago, esperando la pizza prometida que no llegaba. Lo que sí abundaban eran las bolsas de patatas y galletas saladas y el alcohol.

Bess no era la única menor de edad, pero sí debía de ser la única que no bebía. A Missy le habría molestado ver que no se divertía como el resto, pero estaba demasiado ocupada de regazo en regazo para fijarse en lo que ella hacía o dejaba de hacer.

Una estruendosa ovación recibió la llegada de la pizza. Bess ya conocía a Ryan, quien se acostaba con Missy cuando estaban borrachos, colocados o aburridos. Sostuvo las cajas de pizza en alto mientras le pedía un par de pavos a cada uno de los presentes.

Dos dólares. Todo lo que Bess tenía en el bolsillo. Con dos dólares podría haber ido a comprarse una porción y una bebida, pero en la fiesta podría comer tanto como quisiera, o pudiera, antes de que todo se acabara. Ryan sabía lo que hacía, ya que había llevado cuatro pizzas. El chico que iba tras él, con el rostro medio oculto por una gorra de béisbol, llevaba otras tres.

–Bess… –Ryan le hizo un guiño mientras ella hacía sitio para las cajas entre las latas vacías y los platos de papel, manchados de pizzas anteriores–. ¿Cómo te va, nena?

–Bien –respondió ella mientras se sacudía las manos. La mesa estaba sucia y pegajosa, pero no merecía la pena limpiarla. Fue a la cocina a por algunos platos, aunque un enjambre de manos ya estaba saqueando las cajas.

–Este es mi colega, Nick –Ryan señaló por encima del hombro al chico que estaba soltando las otras cajas.

Bess estaba concentrada en servirse unas porciones en su plato y apenas le dedicó una mirada fugaz al recién llegado. El cuerpo empezaba a temblarle por una bajada de azúcar y no tenía intención de ser la primera que se desmayara aquella noche. Cuando volvió a mirar, Nick ya había sido engullido por una masa de cuerpos danzantes.

Ryan se acercó para agarrar una servilleta de la encimera y con el brazo le rozó el pecho. Su aliento le acarició el cuello y la mejilla. Atrapada entre la mesa y la encimera, sin escapatoria posible, Bess se puso colorada más cuando Ryan le sonrió, le guiñó un ojo y bajó brevemente la mirada a sus pechos.

–Bonita fiesta –dijo, antes de apartarse para llenarse el plato de pizza.

No era la primera vez que Ryan tonteaba con ella. A Bess no le importaba, ya que entre él y Missy no parecía haber nada serio. Ryan era muy guapo y lo sabía, pero a ella no la hacía sentirse especial. Tan sólo un poco extraña. Hacía tanto tiempo que no les prestaba atención a los hombres que no sabía cómo reaccionar.

–¿Qué bebes? –le preguntó un chico del que Bess no conocía ni el nombre–. ¿Margarita?

Bess buscó una batidora y no encontró ninguna.

–No, gracias.

–Vale –el chico se encogió de hombros y se giró hacia la chica que esperaba junto a él con la boca abierta. Agarró las botellas de tequila y margarita mix y las vertió al mismo tiempo en la boca de la chica, deteniéndose cuando el líquido empezó a derramarse. La chica tragó, se puso a toser y agitar las manos y los dos se rieron.

Bess intentó no poner la mueca de asco que Missy había imitado, pero no lo consiguió. Protegió la pizza con el cuerpo y se abrió camino entre la multitud en busca de algún sitio donde sentarse. No encontró ninguno y se contentó con apoyarse en un rincón. La gente ya empezaba a hacer apuestas con la bebida y más de uno consumía la cerveza mediante una turbolata. Bess se limitó a comer, pero al acabarse la pizza volvió a tener sed, y eso significaba atravesar de nuevo la jungla humana hasta la cocina. En el camino se tuvo que parar a bailar con Brian, quien había trabajado con ella en Sugarland, porque él la agarró de la muñeca y se negó a soltarla hasta que no se frotaran un poco. A Brian le gustaban los chicos, pero insistía en que cualquier cuerpo valía para restregarse.

–¡Estás guapísima esta noche! –le gritó para hacerse oír sobre el bajo de «Rump Shaker»–. ¡Esto sí que son curvas, nena!

Bess puso los ojos en blanco mientras él le agarraba el trasero y se frotaba contra ella.

–Gracias, Brian. Pero a ti te gustan los hombres, ¿recuerdas?

–Cariño –le dijo al oído, con una ligera lametada que la hizo reír y estremecerse–, por eso mi cumplido es del todo sincero.

Su argumentación era irrefutable, de modo que Bess dejó que la magrease un poco mientras bailaban.

–¿A quién tienes en el punto de mira? –le gritó al oído.

–A todos estos chicos –dijo él, sacudiendo su flequillo con mechas–. Pero no hay más que heteros. ¿Y tú? ¿Sigues fiel a tu príncipe azul?

Bess intentó no poner una mueca. Brian no necesitaba conocer sus problemas con Andy. Se compadecería de ella o se pondría a darle consejos, y Bess no quería ni una cosa ni otra.

–¿El príncipe se ha convertido en un sapo? –le preguntó Brian.

Bess negó con la cabeza. Si hubiera hablado más de una vez con Andy en las tres últimas semanas tal vez sabría en qué se había convertido.

–Yo no he dicho eso.

–Tu cara lo dice todo –gritó él–. ¿Qué ha hecho ese cerdo?

–¡Nada! –intentó zafarse, pero Brian no la soltó.

–¡No te creo!

–Voy a por algo de beber.

–¡Tienes que trabajar mañana! –exclamó Brian. Fingió estar escandalizado, pero su sonrisa lo delataba.

Bess se rió y volvió a sacudir la cabeza.

–Y tú también. Te veo ahora, Brian.

Antes de que él pudiera protestar, lo besó rápidamente en la mejilla y se libró de sus tentáculos para buscar algo de beber. No quería hablar de Andy con Brian. Ni con Missy. No quería hablar de Andy ni pensar en él, porque si lo hacía tendría que admitir que las cosas se habían puesto muy feas.

Los refrescos habían desaparecido del frigorífico y Bess no se atrevía a abrir las botellas de dos litros repartidas por la encimera y la mesa. De las pizzas no quedaban más que unos hilillos de queso y algunas manchas de salsa en el fondo de las cajas. Bess recogió los cartones vacíos, los metió bajo la mesa y buscó algún vaso de plástico que aún no hubiera sido usado. Lo llenó con agua del grifo, le echó los dos últimos cubitos de hielo y rellenó las cubiteras antes de meterlas en el congelador.

—Esta fiesta no sería lo mismo sin ti, mami —le dijo Missy, echándose sobre su hombro y besándola sonoramente en la mejilla—. Toma... para que luego digas que no has recibido atención esta noche.

—Demasiado tarde. Brian se te ha adelantado —se secó la mejilla y miró a su alrededor. No se habría sorprendido si hubieran volcado la caravana o si la hubieran incendiado por combustión espontánea.

Al otro lado de la sala, de pie y apoyado en la pared, había un chico. Bess reconoció por la camiseta descolorida al amigo de Ryan. Se había quitado la gorra de béisbol.

No estaba haciendo nada destacable, tan sólo tomando un sorbo de cerveza, pero en ese instante giró la cabeza y sus miradas se encontraron. O al menos eso le pareció a Bess, pues no había forma de saber si la estaba mirando realmente a ella.

Aquel momento se quedó para siempre grabado en su memoria.

El olor a hierba y cerveza, el sabor de la pizza, el calor de la mano de Missy sobre el brazo, el escalofrío en la pantorrilla cuando alguien derramó una bebida...

El primer momento que se fijó en él.

—Missy... ¿quién es ése?

Missy, que estaba burlándose del chico que había derramado la bebida, tardó casi un minuto en responder, y para entonces Bess ya se estaba imaginando que iba hacia el desconocido para quitarle la cerveza de las manos, llevársela a la boca y luego llevándoselo a él a la boca.

−¿Quién?

Bess lo señaló con el dedo, sin importarle que él se diera cuenta.

−Ah, es Nick el Polla. ¡Eh, tío, limpia eso ahora mismo! −le gritó a su invitado, cuya torpeza ya no parecía hacerle tanta gracia−. ¡Esto no es un puñetero bar!

Bess se alejó de allí para que el manazas limpiara el suelo. Nick ya no la estaba mirando, de lo cual se alegraba, porque así podría mirar ella todo lo que quisiera. Memorizó hasta el último rasgo de su perfil, aunque a aquella distancia tuvo que imaginarse la longitud de sus pestañas, la profundidad de su hoyuelo, el olor de su piel…

−¡Bess! −la llamó Missy, sacudiéndole el brazo.

−¿Tiene novia?

Missy ahogó un gemido y los miró boquiabierta a uno y a otra.

−¿Me tomas el pelo? ¿Nick?

Bess asintió. Agarró el vaso de agua helada, del que se había olvidado momentáneamente, y tomó un trago para aliviar la repentina sequedad de su garganta.

«Ahora me dirá que tiene novia», pensó. «Que está enamorado de una chica con las tetas grandes y el pelo largo. O peor aún, va a decirme que se lo ha tirado…».

Missy sopló hacia arriba para apartarse el flequillo de la frente.

−¿Qué quieres saber?

Bess le echó una mirada tan expresiva que Missy volvió a quedarse boquiabierta antes de soltar una carcajada.

−¿Nick? No olvides que tienes novio, cariño.

Bess no lo había olvidado, aunque ya no pudiera afirmar con rotundidad que lo siguiera teniendo.

–Si no tuviera novio, me abalanzaría sobre él como una perra en celo.

Missy se rió y le dio un manotazo en el muslo.

–¿Me hablas en serio?

Bess nunca había hablado más en serio en toda su vida.

–¿Tiene novia?

Missy entornó los ojos y miró por encima del hombro de Bess, supuestamente al tema de la conversación.

–No. Le gustan los hombres.

–¿Qué? ¡No! –apretó los puños y se giró para mirarlo. Nick movía la cabeza al ritmo de la música–. ¿Es gay?

–Lo siento…

Bess apretó los dientes y se cruzó de brazos.

–Maldita sea.

–Tómate una copa –le aconsejó Missy, dándole una palmadita en el brazo–. Te ayudará a superarlo.

–No hay nada que superar –Bess sacudió la cabeza y tomó otro trago de agua helada–. Olvida lo que he dicho.

–Tómate una copa de todos modos.

Bess apuró el resto del agua y tiró el vaso vacío al fregadero.

–Tengo que irme a casa.

Le dolía la cabeza y también el estómago, y todo por culpa de un estúpido chico con el que ni siquiera había hablado. La estúpida era ella.

–No te vayas –le pidió Missy, agarrándola de la mano–. La fiesta acaba de empezar.

–Missy, de verdad tengo que irme. Es tarde.

En realidad no era tan tarde, y al día siguiente no tenía el primer turno. Pero no quería quedarse allí, viendo cómo los demás se lo pasaban en grande bebiendo, fumando y enrollándose. Y lo peor de todo era que Nick se había esfumado mientras ella hablaba con Missy.

–¡Llámame mañana! –le gritó Missy, pero Bess no respondió.

Salió de la caravana y recibió agradecida el aire fresco de principios de junio. Algunas personas habían trasladado la fiesta al exterior. Una pareja se besaba ruidosamente contra el costado de la caravana y una chica vomitaba en los arbustos mientras sus amigas le sujetaban el pelo. Bess se agarró a la barandilla de metal, pero tropezó en el último escalón de cemento y se torció el tobillo. El dolor fue tan fuerte que la hizo maldecir en voz alta.

–¿Estás bien?

Levantó la mirada y vio la punta de un cigarro encendido.

–Sí, sólo me he tropezado. No estoy borracha –añadió, furiosa consigo misma por sentir la necesidad de explicarse.

–Eres de las pocas que no lo están.

Tenía que ser el destino… Bess supo que se trataba de Nick antes incluso de que él saliera de las sombras y lo iluminase la farola. Le dio otra calada al cigarro y arrojó la colilla al suelo para apagarla con la bota. Los dos se giraron al oír las arcadas de la chica y las salpicaduras del vómito. Nick puso una mueca de asco y, sin darle tiempo a protestar, agarró a Bess del codo y la alejó de la caravana. Volvió a soltarla al llegar a la calle.

–Algunas personas no deberían beber.

Bess se estremeció. La luz de las farolas bañaba su rostro en un resplandor plateado con reflejos morados. A Bess le recordaba a Robert Downey Jr. en *En el fondo del abismo*.

–Hola –le sonrió Nick–. Tú eres Bess.

–Sí –respondió ella con voz ronca. La cabeza le daba vueltas. ¿Sería por el humo de los porros inhalado? ¿O sería por la sonrisa de Nick?–. Tú eres Nick… El amigo de Ryan.

–Sí.

Silencio.

–Me voy a casa –dijo ella. Era gay. ¿Por qué tenía que ser gay? ¿Cómo podía ser gay? ¿Por qué todos los chicos guapos eran gais?–. He venido a dos ruedas.

–¿Sí? –otra sonrisa–. ¿Qué conduces? ¿Una Harley?

Normalmente Bess no era tan lenta, pero el deseo y la decepción habían hecho estragos en su cerebro.

–¿Qué? Oh... No, no. Es una bici de diez cambios.

Nick se echó a reír y Bess no pudo evitar fijarse en las sacudidas de su garganta. El deseo de lamerlo era tan fuerte que llegó a avanzar ligeramente antes de detenerse, muerta de vergüenza. Afortunadamente, él no pareció darse cuenta.

–¿Dónde vives?

La pregunta la hizo dudar. No quería admitir que vivía en una casa en primera línea de playa.

–Tranquila, no soy un asesino en serie... No tienes por qué decírmelo.

Bess se sintió como una completa estúpida.

–Oh, no, no es eso. Me alojo en casa de mis abuelos, en Maplewood Street.

Nick guardó un breve silencio antes de asentir con la cabeza.

–Ajá.

La recorrió con la mirada de arriba abajo y Bess se lamentó de no llevar maquillaje o alguna ropa prestada de Missy. Aunque nada de eso tenía importancia, ya que a él no le gustaban las chicas.

–Ha sido un placer –le sonó frío e impersonal. La clase de despedida que se diría en un cóctel, no en una fiesta improvisada en un camping de caravanas.

–Trabajas en Sugarland, ¿verdad? Te he visto allí –dijo él, metiéndose las manos en los bolsillos de los desgastados vaqueros.

–Sí –Bess buscó su bici, encadenada a la caravana de Missy.

–Con Brian, ¿verdad?

Bess reprimió un suspiro.

–Sí.

–Yo trabajo en Surf Pro –la acompañó hasta la bicicleta y vio cómo ella abría el candado y enrollaba la cadena alrededor de la barra.

Surf Pro era una de las pocas tiendas en las que Bess nunca había estado. Los trajes de baño eran demasiado caros y ella no era aficionada al surf ni a la vela. Subió el soporte con el pie y agarró firmemente el manillar para pasar la pierna sobre el sillín.

–¿Seguro que estás bien? –le preguntó Nick–. ¿Cómo tienes el tobillo? ¿Puedes pedalear?

–Ya te he dicho que no estoy borracha –le respondió con una voz más cortante de la que pretendía, pero no podía evitarlo. Estaba cansada y le estaba costando mucho trabajo no fijarse en su encantadora sonrisa.

–Vale, pues… hasta la vista –asintió con la cabeza y se despidió con la mano mientras ella se alejaba.

–Adiós –dijo ella por encima del hombro.

No tenía intención de volver a verlo.

Capítulo 3

Ahora

–Creía que no volvería a verte.

Al oír la voz que llegaba desde la puerta, a Bess se le resbaló de las manos la taza que estaba enjuagando y se hizo trizas contra el suelo de la cocina. El agua caliente le salpicó las piernas al darse la vuelta y agarrarse a la encimera con las manos llenas de espuma.

Allí estaba, con el mismo pelo negro, los mismos ojos oscuros, la misma pícara sonrisa…

Permaneció un momento en el umbral, a contraluz, antes de avanzar.

Bess no podía moverse. La noche anterior había soñado que… O quizá no hubiera sido un sueño y estuviera soñando en esos momentos. Buscó a tientas algo donde agarrarse en la porcelana del fregadero, pero no encontró nada.

–¿Nick?

Parecía sentirse inseguro. Tenía el pelo mojado, al igual que el bajo de los vaqueros. Estaba descalzo, y la arena de los dedos rechinó en las baldosas cuando dio un paso hacia ella. Alargó una mano, pero la retiró rápidamente cuando ella se encogió contra la encimera.

–Bess… soy yo.

El estómago le dio un vuelco y por unos instantes fue incapaz de respirar.

—Creía que... que...

—Hey —la tranquilizó él, acercándose un poco más.

Podía olerlo. Olía a agua, sal, arena y sol. Igual que había olido siempre. Bess consiguió abrir de nuevo los pulmones y aspiró profundamente. Nick no la tocó, pero mantuvo la mano a un centímetro de su hombro.

—Soy yo —repitió.

Un débil sollozo se le escapó a Bess de la garganta. Se arrojó hacia delante y se abrazó a su cintura mientras enterraba la cara en su camiseta mojada para inhalar con todas sus fuerzas.

Nick tardó unos segundos en rodearla con sus brazos, pero cuando lo hizo, su abrazo fue cálido y seguro. Le frotó la espalda y subió una mano hasta la base del cráneo.

Bess se estremeció contra él con los ojos cerrados.

—Creía que anoche estaba soñando...

Recordó haber vuelto tambaleándose de la playa, haberse quitado la ropa y haberse metido en la cama sin molestarse en secarse el pelo ni sacudirse la arena. Al despertar se había encontrado con un montón de ropa empapada en la alfombra y la cama hecha un desastre. La pasión de la noche había dejado paso a un terrible dolor de cabeza y un estómago revuelto.

La mano de Nick se movía en pequeños círculos en su espalda.

—Si estabas soñando, yo también lo estaba.

Bess se aferró a él con fuerza.

—Quizá los dos estemos soñando, porque esto no puede ser real, Nick. No puede ser real...

Él le puso las manos en los brazos y la apartó lo suficiente para mirarla a la cara. Bess había olvidado lo pequeña que Nick la hacía sentirse.

—Soy real.

El tacto de sus fuertes y sólidos dedos era real. Bess tenía la mejilla mojada donde la había pegado a su camiseta. Su cuerpo despedía tanto calor como un horno encendido, y el olor de su piel la invadió hasta embargarle todos los sentidos. Las lágrimas le empañaron los ojos. Parpadeó con fuerza y se apartó para mirarlo. El agua salada le había dejado los pelos de punta, pero ya no le resbalaba por las mejillas. También su ropa había empezado a secarse. Ocupaba tanto espacio como siempre y su tacto era igual de cálido. El tiempo no lo había cambiado en absoluto. No tenía arrugas alrededor de los ojos o de la boca ni se le veían canas en el pelo.

–¿Cómo es posible? –le preguntó ella, tocándole la mejilla–. Mírate... Mírame.

Él puso la mano sobre la suya y la giró para darle un beso en la palma. No dijo nada, pero su sonrisa lo dijo todo.

–Oh, no –murmuró Bess–. No, no, no.

Apartó la mano de la suya. Ninguno de los dos se movió, pero la distancia entre ellos pareció aumentar. Una emoción indescifrable brilló fugazmente en los ojos de Nick.

–¿Cuánta gente recibe una segunda oportunidad? –preguntó él–. No me rechaces, Bess. Por favor.

Nunca le había pedido nada. Bess se giró hacia el fregadero y cerró el grifo. Sin el ruido del chorro, los sonidos del océano llenaron el espacio que los separaba y volvió a unirlos.

–¿Cómo? –preguntó ella.

–No lo sé. ¿Qué importa?

–Debería importar.

Él sonrió, despertándole un viejo hormigueo en el estómago y más abajo.

–¿De verdad importa?

Se inclinó para besarla y el sabor de sus labios barrió toda lógica y razón. Igual que siempre.

–No –dijo ella, y volvió a abrir los brazos.

El dormitorio al que lo llevó no era el cuarto minúsculo junto al garaje que Bess había usado entonces. Ahora dormía en el dormitorio principal, con su propio cuarto de baño y su terraza privada. Para Nick no supondría ninguna diferencia, ya que nunca lo había llevado a casa.

Nick pareció dudar en la puerta, hasta que ella lo agarró de la mano y lo llevó a la cama de matrimonio. Aquella mañana había quitado las sábanas mojadas, pero sólo había colocado una sábana bajera antes de ceder a la tentación del café y el desayuno. Sin la montaña de cojines decorativos y la colcha bordada con veneras, la sábana blanca y estirada pedía a gritos ser arrugada.

Nick agachó la cabeza para besarla a los pies de la cama, pero ella ya se estaba poniendo de puntillas para alcanzar su boca. Lo empujó y quedó a horcajadas sobre él cuando ambos cayeron a la cama. Sus lenguas se entrelazaron en un baile frenético mientras Nick le agarraba el trasero y la apretaba contra su entrepierna.

Bess interrumpió el beso para desabrocharle los vaqueros y bajarle la cremallera. Metió la mano en el interior y Nick levantó las caderas con un gemido. Mantuvo la mano sumergida en aquel calor masculino unos segundos, antes de bajarle el pantalón mojado por los muslos. La tela vaquera se resistía a ceder, pero Bess estaba resuelta a quitarla de en medio. Consiguió llevarla hasta las rodillas y desde allí fue más fácil quitarle el pantalón y arrojarlo al suelo mientras Nick se incorporaba para quitarse la camiseta. Se quedó tan sólo con unos bóxers de algodón que apenas podían cubrir el impresionante bulto de la entrepierna.

Con el corazón desbocado, Bess se llenó la mano con su erección. Al principio a través de la barrera de algodón, y luego piel contra piel cuando Nick la ayudó a que le quitará los calzoncillos. Completamente desnudo, se apoyó en un codo sobre la cama y dobló una pierna por la rodilla mientras dejaba la otra recta. Bess se arrodilló junto a él. El bajo de su camisón corto le rozaba el muslo.

Lo miró y se miró a sí misma. No llevaba nada bajo el fino camisón de nylon y sus pezones ya se adivinaban a través de la tela. Sus muslos se frotaban instintivamente, mojados y resbaladizos por la excitación. Volvió a mirar a Nick y reconoció los rasgos de su cuerpo, desde la depresión del vientre junto al hueso de la cadera a la línea de vello que bajaba hasta el pubis. Entrelazó los dedos entre la mata de pelo y rodeó el miembro por la base para ir subiendo poco a poco.

Su tacto era duro y aterciopelado. Volvió a acariciarlo y pasó la mano sobre la punta antes de bajar. El pene dio una sacudida y el cuerpo de Bess respondió de igual manera. Los ojos de Nick ardían de deseo y un ligero rubor empezaba a propagarse por su pecho y cuello. Abrió la boca y se lamió los labios. Echó la cabeza hacia atrás y se tumbó de espaldas cuando ella le agarró los testículos con la otra mano. Murmuró lo que parecía su nombre y ella sonrió.

Volvió a colocarse a horcajadas sobre él, atrapando su verga entre los muslos. Se movió para provocarlo con el roce de su vello púbico. Nick le puso las manos en las caderas y empujó hacia arriba. Su sexo le rozó el clítoris y Bess entreabrió los labios con un gemido. Se lamió la boca igual que él había hecho momentos antes.

–Nick –saboreó su nombre con deleite. Creía que su pronunciación le resultaría extraña, pero, al igual que la imagen de su cuerpo, el sonido de su nombre seguía siendo el mismo.

–Te deseo –dijo él, con una voz tan áspera como la arena que rechinaba contra las baldosas. Apretó los dedos en torno a sus caderas mientras deslizaba el pene entre los labios vaginales–. Quiero estar dentro de ti.

Bess asintió, incapaz de hablar. Cambió de postura y él se movió para ayudarla. Agachó la cabeza y esperó a que el pelo le cubriera el rostro antes de guiar la polla de Nick hacia el dilatado orificio. Había olvidado que llevaba el pelo recogido para que no se le enredara mientras se secaba. Con la otra mano se soltó la horquilla y unos mechones más largos que los que tenía veinte años atrás cayeron sobre su cara y sus hombros.

Nick emitió un siseo entre dientes al tiempo que empujaba. Bess no supo si su reacción se debía a la imagen de los cabellos sueltos o a la sensación de entrar en ella, pero no importaba. Dejó escapar un gemido y se colocó en posición, apretándole los costados con los muslos.

No empezó a moverse enseguida. Levantó la mirada a través de la cortina que formaban sus cabellos y se los apartó de los ojos para poder verlo bien. Nick sonrió. Aflojó las manos con que le agarraba las caderas y se movió ligeramente. Bess le puso la mano en el pecho y se inclinó hacia delante para besarlo en los labios.

—Si esto es un sueño, no quiero despertar cuando hayamos acabado…

—No es un sueño —su voz era ronca y profunda, pero era la suya sin lugar a dudas—. Ya te lo he dicho.

Le levantó el camisón para tocarle los muslos y el vientre.

—¿Te parece que esto es un sueño? Te estoy tocando… —empujó hacia arriba—. Estoy dentro de ti.

Bess dejó escapar una risita ahogada.

—Has estado dentro de mí otras veces.

—No como ahora —empujó con más fuerza y ella gritó por la deliciosa mezcla de dolor y placer.

Había estado dentro de ella durante los últimos veinte años. No de aquella manera, aunque había pensado en ello muy a menudo. Pero en estos momentos no tenía que imaginarse nada, porque estaba sucediendo y era real. Dobló los dedos contra el pecho de Nick. Debería haber sentido sus latidos bajo la palma, pero retiró la mano antes de notar alguna ausencia extraña. Volvió a apretarlo con sus muslos y deslizó las manos hasta sus costillas inferiores para montarlo cual caballo desbocado, recordando cuántas veces se habían movido desacompasadamente. Ahora conocía mejor su cuerpo y no le costó ajustarse al ritmo de Nick. Se movía a la par con él, y cuando él empujaba con fuerza, mordiéndose el labio y contrayendo el rostro en una expresión que Bess jamás había olvidado, ella lo tranquilizó con una palabra en voz baja y un ligero cambio de postura. Deslizó una mano entre los dos y se tocó en círculos el clítoris, tal y como necesitaba. Gimió por el roce y abrió los ojos.

Los ojos de Nick destellaron al mirar entre sus cuerpos, donde la mano de Bess se movía. Se mordió el labio y la agarró con fuerza por las caderas para frotarla contra él. Más fuerte y más rápido. Bess cerró los ojos ante la magnitud de las sensaciones. Todo la envolvía en un momento de delirio absoluto. El roce, la respiración acelerada, los dedos de Nick en su piel empapada de sudor. Se acarició lentamente el clítoris y fue aumentando la intensidad al ritmo de las embestidas. El placer creció en su interior hasta que estalló igual que se había hecho pedazos la taza contra el suelo. Bess se corrió con un grito ahogado mientras echaba la cabeza hacia atrás. El clítoris le palpitaba bajo el dedo. Se lo apretó para provocarse otra oleada de placer mientras el cuerpo de Nick se convulsionaba con un último empujón. Bess se desplomó sobre él y encontró el lugar perfecto en la curva de su hombro. Lo besó en el cuello y él le acarició la espalda, antes de apretarla entre sus brazos.

–Te he echado de menos –le susurró al oído.

Los ojos de Bess volvieron a llenarse de lágrimas, pero esa vez no intentó contenerlas y dejó que se mezclaran con el sudor de sus labios y el sabor salado de la piel de Nick.

–Nunca más me echarás de menos –le dijo.

Capítulo 4

Sugarland no era el peor lugar donde Bess había trabajado. Aquel honor había que concedérselo al campamento de verano donde trabajó como monitora en los últimos años de instituto. El trauma que le causó aquella experiencia bastó para convencerla de que nunca en su vida querría tener hijos.

Servir a los turistas no era tan difícil como conseguir que una veintena de críos se interesaran por tejer cordones, por mucho que los turistas se pusieran impertinentes si su comida tardaba demasiado. Bess se recordaba una y otra vez a sí misma que ningún ser humano había sido criado por simios, aunque las apariencias hicieran pensar lo contrario.

–¿Dónde está mi maldito helado? –gritó un hombre de rostro colorado, golpeando el mostrador con tanta fuerza que hizo saltar el servilletero.

Por su aspecto no parecía necesitar muchos helados, pero Bess le dedicó una encantadora sonrisa de todos modos.

–Tres minutos, señor. La máquina se ha averiado y no hemos podido hacer los cucuruchos. Pero el suyo estará recién hecho.

La mujer que lo acompañaba, que ya tenía su helados

pero que no lo había compartido con él, dejó de lamerlo en el acto.

—¿Quieres decir que el mío no está recién hecho?

Bess se mordió la lengua, pero ya era demasiado tarde. La mujer quería que le devolviera el dinero de un helado que ya había consumido casi por completo, y su marido golpeaba el mostrador y exigía dos nuevos helados. La situación se descontrolaba y Eddie, el colega de Bess, no era de mucha ayuda. No era más que un estudiante a punto de acabar el instituto, tan acomplejado por su severo acné que nunca miraba a nadie a los ojos. Además estaba enamorado de Bess, lo que lo convertía en un completo inútil cuando estaba con ella.

Brian había llamado para decir que estaba enfermo, y la otra chica, Tammy, era incluso peor que Eddie. No sabía devolver el cambio sin una calculadora y llevaba las camisetas de Sugarland rasgadas para mostrar su abdomen liso y bronceado. Se pasaba más tiempo pintándose las uñas y tonteando con los socorristas que ocupándose de su trabajo. Si no se acostara con Ronnie, el hijo del jefe, Bess la habría despedido sin pensárselo dos veces.

—¿Me estás escuchando? —chilló el turista con cara de trol.

Tal vez ser monitora en un campamento infantil no hubiera sido tan horrible... Acorralada por el dúo de energúmenos, quienes finalmente pudieron ser aplacados con dos nuevos helados y un cartón de maíz dulce por cortesía de la casa, Bess tardó unos momentos en advertir quién más había entrado en el local. Pero era imposible ignorar a Missy por mucho tiempo. Su amiga se encaramó al mostrador y chocó los cinco con Bess, antes de apuntar hacia la máquina tragaperras.

No estaba sola.

Nick Hamilton estaba con ella. Aquella noche, en vez de una gorra de béisbol, llevaba un pañuelo rojo doblado sobre el pelo y atado a la nuca. Su olor a aire fresco y crema solar se hacía notar entre los olores a caramelo y dulce de leche. La piel le brillaba y una raya rosada le cruzaba las mejillas y el puente de la nariz, prueba de que había pasado todo el día al sol.

–Ponme lo de siempre –dijo Missy–. ¿Quieres algo, Nicky?

Él negó con la cabeza y le sonrió a Bess.

–Hola.

–Hola –respondió ella antes de volverse hacia Missy–. ¿Cómo te va?

Missy se encogió de hombros. La mirada que le echó a Nick por encima del hombro le dijo a Bess más de lo que necesitaba saber.

–Ya sabes… un poco de esto, un poco de aquello…

Más bien mucho de aquello, pensó Bess. Intentó no fruncir el ceño, pero no pudo evitar mirar a Nick otra vez. Missy lo estaba mirando como si fuera un enorme cuenco de helado que se iba a zampar allí mismo. Una punzada de celos le atravesó el pecho, lo cual era absurdo. Nick era gay y ni ella ni Missy tenían ninguna posibilidad con él. A menos, naturalmente, que Missy le hubiera mentido. No sería la primera vez que le contaba una trola para conseguir lo que quería, y Bess era una estúpida por haberla creído.

Agarró el dinero que Missy había dejado en el mostrador y llenó una tarrina de helado, que sirvió con más brusquedad de la necesaria. Una furia salvaje le agarrotaba los dedos. Devolvió el cambio con tanta violencia que las monedas se desperdigaron por el mostrador y algunas cayeron al suelo.

–¡Eh! –protestó Missy, agachándose para recogerlas–. ¿Qué demonios te pasa?

Bess miró a su alrededor. No habían entrado más clientes, Tammy estaba mascando chicle y Eddie ya había desaparecido en la trastienda.

–Lo siento.

Missy se guardó las monedas en el bolsillo de sus minúsculos shorts.

–No todos podemos ir por ahí tirando el dinero, princesita.

La forma en que lo dijo fue más ofensiva que cuando la llamaba «zorra», pero Bess se esforzó por mantener la calma.

–He dicho que lo siento.

Missy pareció aceptar las disculpas, aunque lo más probable era que no le importase lo más mínimo. Se puso a sorber por la pajita, hundiendo las mejillas y deslizando los labios por el tubito de plástico.

–Mmmm... Nick, ¿seguro que no quieres probarlo?

Nick no había mirado a Missy en ningún momento. Sólo miraba a Bess.

–No, gracias. ¿Me das un *pretzel* suave con extra de sal, por favor?

Metió la mano en el bolsillo mientras Bess sacaba un *pretzel* extrasalado y se lo tendía en la misma servilleta que había usado para agarrarlo. Aceptó el dinero y le dio el cambio, con Missy observando la transacción mientras sorbía su helado. Bess sintió su mirada fija en los hombros, hasta que no pudo aguantar más la tensión y se obligó a mirar a su examiga a la cara.

Missy esbozó una sonrisa de suficiencia, y pareció sorprenderse cuando Bess también sonrió.

–Y dime, Nick... –le dijo Bess–. He oído que Pink Porpoise va a cerrar.

El Pink Porpoise era el local gay más popular de la ciudad. Ella había estado allí un par de veces, ya que era uno de los pocos bares donde se permitía bailar a chicos menores de edad. No era el tipo de local al que fueran los hetero, ni siquiera cuando había una buena actuación.

–¿Ah, sí? –arrancó un trozo del *pretzel* con unos dientes blancos y afilados.

–¿No lo sabías? –se puso a limpiar el mostrador con la esperanza de que Missy se bajara–. Creí que te habrías enterado...

Missy le tiró a Nick de la manga.

–Vamos, Nick. Salgamos de aquí.

Nick frunció el ceño mientras retrocedía de espaldas. Missy apuntó a Bess con su helado.

–¡Chao!

Nick levantó la mano con que sostenía el *pretzel* y siguió a Missy a la calle. La campanilla tintineó al cerrarse la puerta. Bess golpeó el mostrador con el trapo mojado y masculló una maldición.

–¿Acabas de decir lo que creo que has dicho? –le preguntó Tammy, haciendo explotar una pompa de chicle.

–Sí.

Tammy hizo una mueca y siguió la mirada de Bess hacia la puerta.

–Está buenísimo...

–Lo mismo parece pensar mi amiga –Bess arrojó el trapo en el fregadero, se lavó las manos y señaló la puerta sin esperar a que se secaran–. Ahora vuelvo.

Antes de que Tammy tuviera tiempo de protestar, Bess fue a la pequeña trastienda donde preparaban la comida y almacenaban los suministros. Eddie estaba hurgando entre los ingredientes de los helados y levantó la mirada al entrar Bess. Se puso rojo como un tomate, pero Bess no estaba de humor para preocuparse por su timidez. Agarró el vaso de agua y sorbió ruidosamente por la pajita. Los cubitos de hielo sonaron en el interior del plástico. Miró a Eddie y el chico se puso aún más colorado.

–¿Qué?

–Na... nada –balbuceó él, y siguió sacando los ingredientes de la caja.

Bess no tenía nada que hacer allí, pero quería desahogarse, romper algo, abofetear a Missy y decirle que era una zorra. Lo cual jamás haría, naturalmente, porque no tenía ningún motivo para ello.

Al fin y al cabo, ella tenía novio.

O tal vez ya no lo tuviera... Pero en cualquier caso no importaba, porque Nick no era el tipo de chico al que le gustaran las chicas como ella. Obviamente prefería a las mujeres como Missy.

Volvió a soltar una palabrota y lamentó no ser fumadora ni tener algún vicio similar. Quería tener algún motivo para salir por la puerta trasera y fingir que no la estaban carcomiendo los celos.

Eddie soltó una risita detrás de ella. Y lo mismo hizo Bess al cabo de un segundo. La risa le sonó como un cristal haciéndose añicos, pero se rió de todos modos. A los pocos segundos los dos se estaban riendo a carcajadas.

–Tu amiga Missy es... interesante –dijo Eddie cuando acabaron de reír–. Nunca había visto venir aquí a Nick Hamilton.

–¿Lo conoces?

–Todo el mundo conoce a Nick –dijo Eddie, muy serio. Sus mejillas volvieron a cubrirse de rubor.

–Yo no.

Eddie la miró a los ojos, algo extraordinariamente raro en él.

–Pu... puede que no sea para tanto.

–Qué estupendo debe de ser tener tiempo para hacer el tonto –los interrumpió Tammy, asomando la cabeza por la puerta–. ¡Aquí fuera no doy abasto!

Bess se levantó y se sacudió las manos en los shorts.

–Voy para allá.

Tammy hizo un gesto de impaciencia con los ojos.

–Más te vale, ¡porque me han pedido tres *sundaes* y un especial jumbo!

Bess era la encargada del turno de tarde y podría haberle dicho a Tammy que se las arreglara ella sola, pero

Tammy tardaría el doble de tiempo en hacer las mismas tareas.

–¡Ya voy, ya voy!

No le quedó tiempo para pensar después de eso, porque el local se llenó de niños mugrientos y tostados por el sol y de adultos irritados y hambrientos. El tiempo pasó volando hasta la hora de cerrar, y para entonces a Bess ya se le había pasado el disgusto. Miró el reloj mientras echaba a Tammy y a Eddie y cerró la puerta trasera tras ellos. A continuación, se dispuso a cerrar también la puerta principal para irse a casa. Con un poco de suerte tendría el cuarto de baño para ella sola y tal vez consiguiera que Andy le diese un masaje.

–Lo siento –dijo al oír la campanilla de la puerta–. Ya hemos…

–¿Cerrado? –preguntó Nick con una sonrisa arrebatadora–. Estupendo. He venido por si podía acompañarte a casa.

Capítulo 5

Ahora

La sábana estaba suave y fría bajo su mejilla, en contraste con la cálida piel donde reposaba su mano. El pecho de Nick no oscilaba al respirar, ya que no estaba respirando. Bess extendió los dedos sobre el pezón y no sintió ningún latido.

Pero estaba vivo. Estaba allí. No era un espíritu. Era una presencia tangible y real a la que podía tocar, oler y saborear.

–Dime qué ocurrió –le pidió. Lo besó encima de las costillas y se regaló con el sabor salado de su piel.

Él siguió tanto rato en silencio que Bess pensó que no iba a responderle. Con su mano le acariciaba el pelo, hipnotizándola, hasta que se detuvo. Bess bajó la mano hasta la línea de vello que empezaba bajo el ombligo. Los pelos le hicieron cosquillas en la palma y sintió como su cuerpo se tensaba.

–No lo sé –se movió y volvió a acariciarle el pelo.

Miles de preguntas se agolpaban en la cabeza de Bess, pero no podía formular ninguna. Si Nick no respiraba, si su corazón no latía, ¿cómo podía estar caliente su cuerpo? Si era un fantasma, ¿cómo podía tocarla? ¿Cómo podía follarla?

Los latidos de su propio corazón resonaban con fuerza en sus oídos. Se le formó un nudo en la garganta y un escalofrío le recorrió todo el cuerpo, acuciándola a apretarse contra él en busca de ese calor inexplicable.

¿Hasta qué punto era importante para ella conocer los detalles de aquel milagro? ¿Cambiaría algo si supiera la verdad? ¿Para mejor?

¿O para peor?

–No tienes por qué contármelo –dijo.

Presionó los dedos sobre la cadera, notando la dureza de sus huesos. Había memorizado hasta el último detalle de su cuerpo con la boca y los dedos. No había olvidado nada, pero en aquellos momentos era como si lo tocara por primera vez. Todo en él era viejo y nuevo al mismo tiempo, revestido de recuerdos.

–Me fui –dijo él. Dos simples palabras con un significado mucho más profundo–. Pero he vuelto.

Bess lo besó en el costado y se apoyó en un codo para mirarlo. Nick entrelazó los dedos en sus cabellos antes de soltarla. Ella se inclinó para besarlo en la boca, pero no lo hizo. Esperó a sentir su aliento en la cara. Lo que naturalmente no ocurrió.

–No quiero saberlo. No tiene importancia. Ahora estás aquí, y eso es lo único que importa.

Él la agarró por la nuca y tiró de ella para besarla. Sus dientes chocaron momentáneamente y Bess se apartó para mirarlo otra vez a los ojos. Eran los mismos de siempre. Le trazó la línea de las cejas con la punta del dedo y enterró la cara en su hombro.

–Así es –dijo él al cabo de unos segundos.

La abrazó mientras ella intentaba contener los sollozos, sin éxito.

–¿Por qué lloras?

Bess se abrazó a él con fuerza y la risa se mezcló con las lágrimas.

–Porque… Acabo de descubrir que te fuiste y que ni siquiera lo sabías. Y ahora has vuelto, y los dos estamos
aquí, como si…

–Es distinto –la interrumpió él–. Más intenso y profundo.

Bess volvió a reírse y le tocó la cara. Tangible y real.

–Me estoy volviendo loca.

–No te estás volviendo loca –le agarró la mano y se la
llevó a la entrepierna. El pene se desperezó al tacto–. ¿Te
parece que esto es volverse loca?

Bess puso los ojos en blanco, pero no retiró la mano.

–El mismo Nick de siempre…

–Siempre pensando con la polla –concluyó él–. Hay cosas que nunca cambian.

–Hay cosas que sí –dijo ella. Se levantó y fue a la ventana. La entrepierna le escocía por el tratamiento recibido,
pero nada le chorreaba por los muslos a pesar de no haber
usado un condón. Al parecer, Nick no respiraba ni tampoco eyaculaba. Podía sentir el calor de su cuerpo y tenía la
piel impregnada con su olor, pero no había ninguna otra
prueba. Apoyó la cabeza en el cristal y cerró los ojos, para
escuchar el sonido del mar que no podía ver.

Oyó los pies descalzos de Nick sobre la alfombra y sintió su calor antes de que su mano la tocara. No rechazó el
contacto, pero tampoco lo buscó. Cuando abrió los ojos él
también estaba mirando por la ventana. Se giró hacia ella y
le pasó una mano por el pelo.

–Lo llevas más largo.

Él seguía siendo el mismo, pero ella no.

–Sí.

–Me gusta –le tiró de las puntas y subió la mano hasta
su nuca–. Estás muy guapa.

Nick nunca le había dicho que fuera guapa. El cumplido la emocionó y tardó un momento en recuperarse.

–Gracias.

–Lo digo en serio.

Bess soltó una amarga carcajada.

–Claro. Dos niños y muchos años después sigo siendo la misma.

–Para mí sí lo eres.

Bess levantó el mentón, se quitó el camisón y lo dejó caer al suelo. Su primer impulso fue cubrirse con las manos a la implacable luz de la tarde, pero se irguió en toda su estatura para mostrarle a Nick las cicatrices, las marcas, las estrías y todos los cambios que había sufrido su cuerpo. Se mantenía en forma e incluso pesaba menos que antes, pero… no era la misma.

Se señaló el cuerpo.

–Ya no soy una chica joven, Nick.

Él la recorrió con la mirada de arriba abajo, tan despacio que a Bess le costó no estremecerse. Cuando finalmente volvió a mirarla a los ojos, ella se preparó para la inevitable expresión de desagrado o, peor aún, de burla.

Nick la agarró de la mano y tiró de ella hacia sus brazos. Sus cuerpos encajaron tan bien como siempre. El pene de Nick quedó apretado contra su vientre en un estado semierecto.

–No sé de qué te preocupas –dijo él, agarrándola por los glúteos–. Para mí tienes el mismo aspecto de siempre.

Bess se rió.

–No tienes por qué adularme.

Él hizo un mohín con los labios.

–Es lo que mejor se me da hacer… Adular.

–Tengo canas y patas de gallo… –no quería enumerar todos sus defectos cuando él podía verlos con sus propios ojos–. ¿Es que no ves nada de eso?

Él negó con la cabeza. Andy a menudo le había asegurado lo mismo, pero Andy también fue el primero en recordarle que si comía demasiados bollos de crema se le pondría el trasero como a una vaca.

Bess apoyó brevemente la cabeza en el pecho de Nick antes de volver a mirarlo.

–Dime lo que ves.

–Eres preciosa.

Aquello tampoco se lo había dicho nunca. Y aunque se lo hubiera dicho, ella no lo habría creído.

Pero ahora sí lo creía.

Capítulo 6

Antes

Bess mantuvo la bici entre ella y Nick, como si el pequeño obstáculo supusiera alguna diferencia. Él estaba tan cerca que podía olerlo. Tan cerca que sus brazos se rozaban continuamente. Intento ignorar el hormigueo que le subía por la piel desnuda, pero no era fácil.

—No tienes que acompañarme todo el camino —protestó cuando se acercaron a su casa—. En serio. Es tarde.

—Por eso debo acompañarte —insistió él con una sonrisa.

Se detuvieron bajo una farola. El pañuelo pirata de Nick mantenía el pelo apartado del rostro, pero Bess recordaba muy bien cómo le había caído sobre los ojos la noche de la fiesta.

—De verdad que no tienes por qué hacerlo.

Sería difícil explicarles a sus tíos, a sus primos o a cualquiera de la media docena de personas que estaban en la casa de la playa de sus abuelos por qué aparecía acompañada de un joven que no era Andy. Todos conocían y querían a Andy.

Ella también lo quería.

—Muy bien, como quieras —aceptó Nick. Sacó un paquete de Swisher Sweets del bolsillo y encendió uno con el mechero. El humo los envolvió con una fragancia dulce y penetrante. Normalmente, Bess se habría puesto a toser, pero en esa ocasión lo aspiró con ganas.

El círculo de luz era como una muralla que los protegía de la noche. Bess oyó el murmullo de unas voces y el tintineo de un collar de perro, pero no se giró para ver quién pasaba a su lado. El incesante murmullo de las olas llegaba débilmente a sus oídos. Sólo estaban a tres manzanas de la playa. Bess lo había llevado a casa por el camino más largo.

—Es una casa de locos —explicó, aunque Nick no le había pedido aclaraciones—. Es de mis abuelos, quienes dejan que la familia la ocupe por turnos. Podrían sacar más dinero si la alquilaran, pero dicen que prefieren saber quién duerme en sus camas.

Y quien usaba sus retretes, habría añadido el abuelo de Bess.

—Es lógico —dijo Nick. Dio otra calada y entornó los ojos.

—Me dejan alojarme ahí —continuó Bess. No le gustaba parecer tan ansiosa en su evidente intento por mantener la conversación—. Me hospedo en la habitación de los chismes, pero al menos puedo ahorrar dinero para los estudios.

Nick volvió a asentir, pero esa vez no dijo nada. Bess esperó, observando el humo para no tener que mirarlo a él y ver si la estaba mirando. O si no lo estaba haciendo.

—Voy a la universidad de Millersville. ¿Tú estás estudiando?

—No —arrojó la colilla al suelo y la apagó con la punta de la zapatilla—. No soy tan inteligente.

Bess se echó a reír, pero la sonrisa de Nick le confirmó que estaba hablando en serio.

—Oh, vamos… Seguro que eso no es cierto.

Él se encogió de hombros.

–Si tú lo dices.

–Además… la inteligencia no lo es todo, ¿no crees?

Nick se metió las manos en los bolsillos y se meció sobre sus pies.

–¿Cuánto hace que conoces a Missy?

–Desde hace cuatro años, cuando empecé a trabajar aquí –se apoyó en el manillar de la bici–. ¿Y tú?

–Acabo de conocerla. Es la chica de Ryan –dejó escapar un bufido jocoso–. A veces.

–Sí… Otras es la chica de todo el mundo –Bess se sorprendió a sí misma con aquella crítica mordaz a su amiga, pero a Nick no pareció afectarlo en absoluto.

–Sí, bueno –corroboró con otra de sus letales sonrisas–. Pero no la mía.

–Eso no es asunto mío.

Nick no dijo nada y guardó silencio un largo rato, mirándola muy serio.

–¿Te ha dicho que soy marica?

Bess se quedó boquiabierta, sin saber qué decir.

–Sí –respondió finalmente.

–Maldita zorra –murmuró él con el ceño fruncido. Bess se había enamorado de su sonrisa, pero aquel gesto ceñudo hizo que se le desbocara el corazón.

–No sé qué le pasa conmigo. Cuando no va por ahí contando que me estoy tirando a Heather empieza a decirle a todo el mundo que soy marica.

A Bess no le hizo falta pensar mucho para saber a qué se refería.

–No creo que le pase nada contigo –dijo, riendo.

–¿Ah, no? –apoyó las manos en las caderas y frunció aún más el ceño. La luz de la farola proyectaba una sombra sobre sus ojos, pero Bess percibió un destello de ira en su mirada–. ¿Qué le pasa, entonces?

–Bueno… –Bess había estado saliendo con Andy desde que conocía a Missy, pero aún existía una rivalidad que nunca había sido admitida–. A Missy le gusta demostrar que los chicos la prefieren a ella. No sé. Si yo digo que me gusta uno, ella va inmediatamente a por él.

La revelación quedó suspendida entre ambos y Bess lamentó haberla hecho. Nick sonrió lentamente, más pícaro que nunca, y Bess también lo hizo apenas un segundo después. No podría haberlo impedido ni aunque quisiera. Compartieron una mirada y entre ellos se estableció una especie de complicidad silenciosa. Al menos así lo sintió ella. Y cuando Nick volvió a hablar, le demostró que no se había equivocado.

–Creía que era tu amiga –dijo, suavizando el gesto.

–Lo es… Más o menos.

–Mujeres –sacudió la cabeza y la miró de soslayo–. Entonces… ¿no te dijo que yo quería pedirte salir?

A Bess se le atenazó de tal modo la garganta que le costó encontrar su voz.

–No. ¿Te dijo que tengo novio?

–No –la miró fijamente–. ¿Lo tienes?

Bess asintió tras dudarlo un momento. No confiaba en sí misma para hablar.

–Maldita zorra –murmuró Nick.

Bess volvió a encogerse de hombros, aunque Nick sólo estaba expresando en voz alta lo que ella misma había pensado. No debería tener miramientos hacia Missy, quien obviamente no respetaba las reglas tácitas del ligue.

–Deberíamos darle a probar su propia medicina –sugirió él.

Bess había pensado muchas veces en hacerlo, pero nunca había sabido cómo.

–¿Sí?

Nick asintió.

–Sí.

–¿Y cómo crees que deberíamos hacerlo?

Era como si Nick le hubiese abierto un orificio en la cabeza y la estuviese llenando de miel cálida y espesa. Su mirada la hacía sentirse atrevida y maliciosa.

–No le digas nada –le dijo él–. Tan sólo hazle pensar que hay algo entre nosotros. Que se vuelva loca pensando, ¿vale?

Bess se estremeció de emoción al pensarlo. Lo que Nick le proponía era una peligrosa locura, pero no tenía ninguna duda de cuál iba a ser su respuesta.

–Vale.

Nick extendió la mano.

–Será divertido.

Bess deslizó la palma en la suya y curvó los dedos alrededor de los suyos. Las manos de Nick eran grandes y fuertes, un poco ásperas.

Sintió que iba a tirar de ella para sellar el trato con un beso. Bess abrió la boca y tensó todo el cuerpo, pero Nick le soltó la mano y la dejó con el deseo insatisfecho.

–Divertido… –corroboró ella con voz ronca. Carraspeó y dio un paso atrás, colocando otra vez la bici como barrera–. Tengo que irme. Gracias por acompañarme.

–Te veré, ¿verdad? –preguntó él sin moverse.

Bess lo miró por encima del hombro.

–Claro. Ven a la tienda mañana.

–¡Bess!

Ella se detuvo, se dio la vuelta y sonrió.

–¿Sí?

–Buenas noches –le hizo un saludo militar, se giró sobre sus talones y se metió las manos en los bolsillos para alejarse, silbando.

Bess lo estuvo observando hasta que abandonó el círculo de luz y desapareció en la oscuridad.

Capítulo 7

Ahora

–¡Mamá! ¿Me estás escuchando? –la voz de Connor la sacó de sus pensamientos.

–Sí, claro que te escucho. La graduación es el trece de junio. Ya se han enviado las invitaciones para la fiesta, cariño.

Bess se sujetó el auricular en el hombro mientras registraba la nevera. En los dos últimos días se había olvidado de comer y estaba muerta de hambre.

–Y después os vais con papá al Gran Cañón.

–Sí –su hijo mayor no parecía tan entusiasmado por el viaje como cuando lo planearon unos meses antes.

–Lo pasarás muy bien, cariño –Bess se agachó para buscar algo en el fondo del frigorífico–. ¿A qué hora llegarán los invitados?

–No vendrán.

–¿Por qué no?

Connor gruñó con disgusto.

–Papá no ha abierto la piscina.

Bess dejó de hurgar en la nevera.

–¿No?

Andy siempre había abierto la piscina para el Día de los caídos. Celebraba una gran fiesta y los niños invitaban a todos sus amigos para bañarse y tomar perritos calientes.

—No.

Bess no quería seguir indagando, pero la seca respuesta de Connor la obligó a hacerlo.

—Entonces ¿no vais a hacer una fiesta?

—No, mamá. ¿Ves como no estabas escuchando? ¡No va a haber fiesta! ¡Papá no ha abierto la piscina!

—¿Y qué vas a hacer? —le preguntó ella tranquilamente para no irritarlo todavía más.

—Me voy a casa de Jake.

—¿Y Robbie?

—¿Qué pasa con él?

—¿Va a ir contigo? —encontró un tarro de mermelada y otro de aceitunas. Necesitaba hacer una compra urgente, pero últimamente sus prioridades habían cambiado.

—¿Cómo voy a saberlo?

—Podrías preguntárselo.

—Robbie tiene sus amigos —declaró Connor con la mayor frescura, como si un tono sofisticado pudiera disimular que a sus dieciocho años seguía quejándose como un crío de ocho por tener que llevarse a su hermano menor con él.

—Ya lo sé. Pero Jake también es su amigo. Me preguntaba si iba a ir contigo, nada más.

—No lo sé.

Bess suspiró mientras sacaba el pan y el cuchillo.

—¿Dónde está tu padre?

Silencio.

—¿Connor? ¿Ocurre algo?

—No.

Bess dejó de cortar el pan y se sentó para dedicarle toda su atención.

—¿Pasa algo con tu padre?

—¡He dicho que no! Tengo que irme.

—¿Cómo van los preparativos de los exámenes finales?

–Muy bien, mamá. Tengo que irme. Jake está esperando.

–¿Vas a conducir tú o va a llevarte papá? –Connor se había dado unos cuantos golpes desde que se sacó el carné de conducir, y aunque juraba y perjuraba que ahora tenía más cuidado, Bess no se quedaba tranquila sabiendo que estaba sentado al volante.

–Voy a conducir yo.

Bess se mordió la lengua para no lanzarle una advertencia.

–¿El Chevy?

–Como si papá me dejara llevar el BMW…

–Creía que el Chevy necesitaba frenos nuevos.

–Papá dice que se los cambiará la semana que viene.

A Bess se le heló la sangre al imaginarse un amasijo de metal en la carretera y la sangre derramada por el asfalto.

–Ponte el cinturón. Y que Robbie también se lo ponga.

–Tengo que irme.

Colgó sin darle tiempo a despedirse y Bess se quedó mirando el auricular unos segundos. Connor había sido un niño encantador y cariñoso que nunca dudaba en abrazarla y darle besos, pero en algún momento se había convertido en un joven arisco y rebelde que había echado a su madre de su vida.

–Mmm, sándwich de mermelada –dijo Nick, entrando en la cocina con una toalla alrededor de las caderas–. ¿Va todo bien? –le preguntó al mirar el teléfono.

Bess asintió mientras untaba el pan de mermelada y sacaba algunas aceitunas del tarro con un tenedor.

–Era mi hijo Connor.

No quiso mirarlo mientras lo decía. No habían hablado de su vida, ni de qué hacía en la casa de la playa. Durante los dos últimos días no habían hecho más que follar y dormir. O al menos ella dormía. No sabía lo que él hacía, pero en más de una ocasión se había despertado y no lo había visto a su lado. Siempre pensaba que lo había soñado y que Nick no volvería. Pero hasta el momento, siempre volvía.

–¿Quieres un sándwich?

Nick se puso una mano en el estómago.

–Creo que no.

No dormía ni respiraba, así que probablemente tampoco comía.

Bess no quería pensar en esos detalles. Si le daba demasiadas vueltas todo le parecería un sueño, y necesitaba con todas sus fuerzas que fuera real.

Se sentó y mordió el sándwich con un pequeño suspiro. El estómago le rugió y un apetito voraz la invadió. La mermelada nunca le había sabido tan dulce y deliciosa.

Nick apoyó un brazo en la puerta de la terraza y contempló la playa. A Bess le gustaba observarlo con el sol de la tarde cubriéndolo de oro, ajeno al escrutinio al que estaba siendo sometido. Podía contar sus costillas, aunque no estaba muy delgado.

La mermelada le impregnó la lengua y tragó la saliva que se le había concentrado en la boca. Quería enterrar la cara en el vello de la axila, embriagarse con su olor, tirar de la toalla y exponerlo a sus ávidos ojos. Quería arrodillarse ante él y meterse su miembro en la boca.

Él se dio la vuelta y la sorprendió mirando. En sus ojos no se advertía la menor sorpresa, pero sí el mismo calor que ardía en los de Bess. Sin embargo, no hizo ademán de acercarse a ella. Permaneció recortado en el umbral, viéndola comer, siguiendo los movimientos de su mano a la boca, los pequeños mordiscos que daba, el barrido de su lengua por los labios para relamerse los restos de mermelada. La veía comer como si él también estuviera comiendo, sólo que su comida estaba hecha de un deseo voraz.

Bess se acabó el sándwich y se lamió los dedos. El tacto de la lengua en la piel le pareció tan sensual como si la hubiera lamido Nick. Agarró una aceituna y se la metió en la boca. El contraste entre el fuerte sabor amargo y el dulzor de la mermelada le llenó los ojos de lágrimas.

Un bulto apareció en la toalla de Nick, pero siguió sin moverse. Bess se giró de costado en la silla de respaldo alto, separó las piernas y le ofreció un atisbo de los muslos bajo el camisón. Nick tragó saliva, abrió la boca y asomó la lengua. Ella se subió un poco más el camisón, muy lentamente, doblando los dedos en la tela.

Los muslos le temblaban a medida que el camisón iba subiendo, y el clítoris empezó a palpitarle al separar más las piernas. ¿Qué estaría viendo Nick? ¿La cara interna de los muslos? ¿El vello rubio oscuro del pubis? ¿La sombra de su sexo? Se movió sin hacer ruido en la silla y empujó ligeramente el pubis hacia arriba. Ofreciéndose a él, que seguía sin moverse aunque el bulto de la toalla crecía de tamaño y había apretado los puños a los costados. También apretaba la mandíbula y las mejillas.

Bess siguió tirando del camisón y sintió en la piel desnuda el aire del ventilador del techo. Sin apartar la vista de Nick, se pasó la otra mano por los pechos hasta que los pezones se le endurecieron. No necesitaba mirarse para saber qué aspecto ofrecía; podía verse reflejada en la mirada de Nick. Se lamió los dedos y los deslizó bajo el camisón para tocarse el clítoris.

Nick gimió.

Sonriendo, separó más las piernas para mostrarle lo que estaba haciendo. No quería seguir ocultándose. Se frotó en pequeños círculos hasta que un débil gemido brotó de sus labios.

Al oírlo, las manos de Nick se movieron como si tuvieran voluntad propia. Dio un paso adelante y se detuvo. Se llevó una mano a la toalla, pero no se la desató. El algodón azul claro era demasiado grueso para definir la forma de su polla, pero no había duda de que estaba erecta.

Bess tenía el camisón recogido alrededor de la cintura. Deslizó su desnudo trasero por la fría madera blanca y soltó la prenda para agarrarse a la silla mientras con la otra mano se frotaba más rápidamente. El respaldo se le clavaba entre los hombros. Quería cerrar los ojos, pero no lo hizo.

—Quítate la toalla y ven aquí —ordenó.

Nick obedeció al instante. Con un simple giro de muñeca la toalla cayó al suelo. Sin dejar de tocarse, Bess soltó la silla y lo agarró para tirar de él. Le hincó los dedos en el trasero y lo besó y lamió en el abdomen. Llevó la mano a la base del pene y lo mordió en la cadera mientras seguía masturbándose, cada vez más rápido. Nick la agarró por el pelo para que no se le enredara en la muñeca o en su polla, humedecida por la boca de Bess. Ella la engulló hasta el fondo y se deleitó con su gruñido de placer y sorpresa.

Se metió el dedo índice y corazón y usó la base de la mano para apretarse el clítoris al mismo ritmo con que chupaba el pene de Nick. Subía y bajaba con la boca y la mano simultáneamente mientras con la otra seguía frotándose entre las piernas. Nick empujó hacia delante y le apretó el pelo, pero ella no se quejó por el tirón. Estaba a punto de correrse, aun después de pasarse dos días de sexo ininterrumpido. Nick la apremiaba en voz baja para que siguiera mientras bombeaba frenéticamente hacia delante, y ella lo frotó, lamió y devoró hasta que una fuerte convulsión la obligó a separarse para respirar.

Le recorrió la erección con una mano mientras iba deteniendo la que tenía entre las piernas. Se apretó contra la palma y volvió a meterse el pene en la boca. Y entonces se corrió. El orgasmo barrió cualquier otra sensación, salvo el sabor de Nick. Él gritó algo incoherente y un torrente de calor impregnó la lengua de Bess. Era el recuerdo de su sabor y su olor, pero nada más. Eyaculó en su boca, pero sólo se la llenó de recuerdos.

No importaba. De hecho, era mejor así. Se la chuparía diez veces al día si no tenía que tragar.

Lo besó en el estómago y se llevó la mano a la cabeza para soltarse los cabellos de sus dedos. Lo miró con una sonrisa. Él también la miró, con el rostro desencajado por las secuelas del placer, y masculló una obscenidad.

Bess se rió y volvió a besarlo en el estómago. Lo empujó suavemente para poder levantarse y acercare al lavabo, donde se lavó las manos y la cara. Enjuagarse la boca era un hábito más que una necesidad, pero el agua fresca le supo deliciosa.

Nick seguía mirándola, desnudo, cuando ella se apartó del lavabo.

—Guau.

Bess arqueó las cejas y se apoyó en la encimera.

—¿Guau?

Nick se agachó para recoger la toalla y volvió a colocársela alrededor de la cintura.

—Eres increíble, ¿lo sabías?

Ella sonrió, complacida.

—Gracias.

—No… No quería decir eso.

—¿No?

—No. Quería decir que… antes no eras así.

Aquello era cierto a medias. No había sido así con él.

—No estoy segura de lo que quieres que diga, Nick.

—No quiero que digas nada —la tomó en sus brazos, pero no la besó—. Sólo quería que supieras que eres increíble.

—Gracias —le clavó un dedo en el pecho—. ¿Mejor de lo que recuerdas?

Él se rió.

—Sólo diferente.

Bess le rodeó el pezón con el dedo y vio cómo se endurecía. En los dos últimos días había comprobado que su polla reaccionaría de igual manera si la tocara, aunque hubieran acabado de hacerlo.

—La edad no pasa en balde, Nick.

Él se llevó su mano a los labios y le besó los dedos. A continuación fue subiendo por el brazo hasta que ella se retorció, riendo.

–Es fabuloso…

Bess hizo una reverencia.

–Voy a ducharme, y luego tengo que ir a comprar.

Nick ya se había duchado, pero la siguió al cuarto de baño. Bess abrió el agua caliente y se recogió el pelo en la coronilla para que se le mojara lo menos posible. Se quitó el camisón y lo arrojó al cesto de la ropa sucia. El olor a sexo había impregnado la prenda, y seguramente toda la casa también.

Nick se apoyó en el lavabo, observándola. Bess comprobó la temperatura del agua con la mano y lo miró por encima del hombro.

–¿Vas a ducharte otra vez?

–Esperaré a que hayas acabado.

Ni siquiera antes, cuando pasaban juntos todos los momentos posibles, era igual. Ella había comido en la mesa de Nick y se había lavado los dientes en su lavabo, había dormido en su cama y había visto la tele en su sofá. Pero no había vivido con él. Nunca habían estado juntos tanto tiempo seguido, como estaban haciendo ahora.

Se metió en la ducha y dejó que el chorro le cayera entre los hombros. Todo el cuerpo le dolía y tenía marcas en los lugares más inverosímiles. El sexo no había llegado a ser violento, pero si continuo y desenfrenado. Se tocó un cardenal amarillento en la cadera y recordó la dentellada de Nick. Se vertió gel en la palma y se frotó la piel. Tendría que comprar una esponja en la tienda. Había estado demasiado ocupada para depilarse y los pelos le pinchaban en las pantorrillas. Agarró la cuchilla y apoyó el pie en el asiento empotrado para pasarse la hija por la piel enjabonada. La mampara se abrió de repente y Bess dio un respingo, cortándose en el tobillo.

–¡Ay! –el corte le escoció con el agua y alzó la mirada con gran irritación.

–¿Estás bien? –le preguntó Nick.

Bess se tocó la herida. Los dedos se le mancharon brevemente de rojo, pero el agua lavó la sangre.

–Sí.

–¿Puedo mirarte?

Bess tuvo la negativa en la punta de la lengua, pero se encogió de hombros.

–Claro.

Continuó con la rutina, sintiéndose cohibida al saberse observada. Llevaba mucho tiempo anhelando una ducha larga, pero acabó mucho antes de lo previsto y cerró el grifo.

Nick le tendió una toalla idéntica a la suya. Bess se la enrolló alrededor del pecho y salió de la ducha.

–Nunca había visto a una chica depilándose las piernas.

Bess pensó en decirle que ya no era una chica, pero no lo hizo.

–¿Ha sido lo que imaginabas?

Nick se rió y se apartó para que Bess se acercara al lavabo.

–Y tanto que sí.

Bess se cepilló los dientes y se aplicó crema hidratante en la piel. Al acabar colgó la toalla, mientras que Nick seguía con la suya puesta.

–¿Piensas vestirte?

–Claro –miró hacia el dormitorio y luego a ella–. Mi ropa…

–Ah, sí. Puedes meterla en la lavadora mientras estoy fuera. Y creo que también deberíamos lavar las sábanas y las toallas –pasó junto a él y fue hacia el montón de ropa que yacía en el suelo desde que ella lo desnudara días antes. Nick entró tras ella.

–Sí… Bueno, no me refiero solamente a eso.

Tocó el montón con los dedos del pie. Bess estaba poniéndose unas bragas que había sacado del cajón y se detuvo antes de sacar un sujetador.

–Ah… –dijo, sintiéndose como una estúpida–. Eso es
todo lo que tienes.

Nick asintió. Bess se quedó de repente sin aire y tuvo
que sentarse en la cama. El estómago se le revolvió y se lo
apretó fuertemente con las manos. Intentó respirar con calma, pero sólo consiguió emitir jadeos entrecortados.

Un juego de ropa. De repente aquello adquiría más importancia que el hecho de que Nick no durmiera, comiera
ni respirara. Sólo tenía aquella ropa. Nada más. ¿Sería la
misma que llevase puesta cuando…? Se estremeció al pensarlo y se cubrió los ojos con las manos.

Sintió que la cama se hundía a su lado. Nick la rodeó
con un brazo y ella no fue capaz de resistirse. Se giró y enterró la cara en su pecho. Pero no lloró. No era dolor ni
congoja lo que crecía en sus entrañas y la dejaba sin aliento. Era algo más. Miedo, tal vez. A estar volviéndose loca.
A lo desconocido. A que Nick volviera a marcharse sin decirle nada y que esa vez no la dejase con la esperanza de
un regreso.

–Lo siento –dijo él.

Ella lo soltó y lo miró a los ojos.

–No lo sientas.

–Créeme, Bess –la tocó suavemente bajo la barbilla–, a
mí también me asusta.

–Te compraré algo de ropa cuando salga –se levantó,
necesitada de movimiento para contener las emociones–.
Tienes más o menos la misma talla que Connor.

Empezó a ponerse la blusa, pero se detuvo al ver su expresión de desconcierto.

–¿Nick?

–¿Cuántos años tiene tu hijo?

–Connor tiene dieciocho, y Robbie tiene diecisiete. Son

lo que mi abuela decía mellizos irlandeses. Con once meses de diferencia –volvió a incurrir en su vieja costumbre de parlotear sin parar, y cuanto más sorprendido parecía Nick, más rápido hablaba–. Pero nadie los tomaría por gemelos. Apenas guardan parecido. Connor es moreno, mientras que Robbie es rubio, como yo...

Se calló al ver que Nick se había levantado para mirar por la ventana. La tensión vibraba en sus músculos.

–¿Nick?

–No había pensado en ello –dijo él–. Ya sé que lo dijiste, pero no había pensado en ello.

El instinto la acuciaba a ir hacia él, pero las viejas costumbres eran difíciles de erradicar. Así que, en lugar de moverse, se imaginó el tacto de su piel bajo los dedos.

–Dime cuánto tiempo ha pasado –le pidió él en voz baja.

¿Cómo era posible que no lo supiera? Ella había contado los días desde la última vez que lo vio, uno a uno, como los ladrillos de una pared. ¿Cómo podía no acordarse? A menos que el paso del tiempo no hubiera significado nada para él...

–Veinte años –le respondió con franqueza. No tenía sentido suavizar la respuesta.

Nick dio un respingo, antes de controlarse y girarse a medias hacia ella con una tensa sonrisa.

–Entonces no es mío.

–¿Tuyo? –a Bess le dio un vuelco el corazón–. Oh, Nick... No, no es hijo tuyo. ¿Creías que podría serlo?

Nick negó con la cabeza.

–No. No lo sé. Cuando dijiste que tenías hijos, pensé que...bueno, que te habías casado y todo eso. Pero no pensé que... Veinte años... –torció la boca y parpadeó rápidamente.

Al verlo tan abatido, a pesar de los valientes esfuerzos de Nick por sobreponerse, Bess no pudo aguantarlo más y fue hacia él para abrazarlo. Él enterró la cara en su cuello y se aferró a ella con tanta fuerza que a punto estuvo de fracturarle las costillas.

—Tranquilo... —lo consoló mientras él intentaba contener los sollozos—. Ya está...

Nick sacudió la cabeza contra ella. Sus hombros subían y bajaban, pero no parecía que pudiera derramar lágrimas, como tampoco podía sudar o eyacular.

—No sé dónde he estado todo este tiempo —dijo en voz tan baja que ella apenas lo oyó—. ¿Dónde he estado durante veinte jodidos años, Bess?

—No lo sé, cielo —le susurró ella—. Pero ahora estás aquí.

Él se apartó y fue hacia el montón de ropa. Agarró los calzoncillos y se los puso. Al girarse otra vez hacia ella su rostro se había oscurecido ominosamente.

—¿Me buscó alguien? —preguntó—. ¿No te importó saber adónde carajo había ido?

Bess intentó no ofenderse por el súbito reproche.

—Claro que sí. Pero no sabía que te habías... ido.

—¿Por qué no? —avanzó hacia ella y la agarró por los hombros para zarandearla. Los dedos se le clavaban dolorosamente en la piel.

No podía explicarle lo duro que había sido descubrir que se había marchado, o lo fácil que había sido para ella creerse que él no la deseaba.

—Pregunté por ti, pero nadie sabía nada. Te esperé, y cuando no apareciste pensé que no querías volver. No sabía que no podías volver... Nadie lo sabía.

Nick la soltó y se alejó unos pasos. Se giró para mirarla y respondió a su propia pregunta antes de que ella tuviera ocasión.

—Quieres decir que a nadie le importó.

A ella sí le había importado, pero no dijo nada.

—Era un imbécil ¿eh?

—Nunca te olvidé.

−¿Se supone que eso ha de hacerme sentir mejor?

−No. Sólo es la verdad.

−¿Querías olvidarme?

Bess suspiró antes de responder.

−Al cabo de un tiempo, sí. Dejé aquel verano atrás.

Nick meneó la cabeza, se tiró en la cama y cruzó los brazos sobre el estómago, como si le doliera. Se meció ligeramente, gimió y levantó la mirada. Su rostro seguía tan bronceado como siempre, pero tenía manchas oscuras bajo los ojos y unas arrugas alrededor de la boca que nada tenían que ver con la edad.

−Quería venir contigo −susurró−. Ahora lo recuerdo. Dije que te encontraría. Quería hacerlo. Pero...

Bess sacudió la cabeza y fue hacia él. Sus rodillas se rozaron al sentarse a su lado. Le agarró las manos y se rodeó con ellas. La cara de Nick encajó a la perfección en la curva del cuello y el hombro. El rostro de Bess también encontró su lugar. Cerró los ojos y aspiró profundamente su olor mientras lo tocaba. Hubo un tiempo en el que no se despertaba sin pensar en la sonrisa de Nick y en el que el viento no soplaba sin susurrar su nombre.

−Ahora estás aquí −le dijo−. Y eso es todo lo que importa.

Capítulo 8

Antes

–¿Qué hay entre tú y Nick? –le preguntó Missy, sin molestarse en fingir que no le importaba.

Bess, en cambio, era lo bastante lista para fingir que no sabía de lo que estaba hablando.

–¿Nick?

–Sabes a quién me refiero –Missy apuntó con el pulgar hacia el salón, donde se desarrollaba la fiesta de costumbre.

Bess siguió la dirección del dedo. Nick estaba apoyado contra la pared del fondo, bebiendo una cerveza mientras hablaba con Ryan. Era la misma postura que tenía la primera vez que Bess lo vio. La impresión fue mucho más fuerte que antes, pero consiguió mantener una expresión neutra al mirar a Missy.

–¿Qué pasa con él?

Missy frunció el entrecejo.

–Di más bien qué pasa con vosotros dos.

Bess se encogió de hombros y volcó la licuadora, sólo Dios sabía de dónde había salido, hacia su copa. Brian había preparado margaritas heladas. Tomó un sorbo y los ojos se le llenaron de lágrimas por el ardor del tequila.

–Está muy fuerte –dijo.

−Sobre todo para una señorita finolis que no bebe −observó Missy, apoyándose de espaldas contra la encimera y cruzando los brazos, de manera que se exhibiera su escote−. No me cambies de tema.

−¿Nick? −volvió a mirarlo y esa vez se lo encontró mirándola y sonriendo. Seguro que era aquella sonrisa lo que había atraído a Missy−. Nada.

−Te he visto −la acusó Missy. Ya había bebido más de la cuenta, pero aún no estaba ebria.

Bess se encogió al recibir la saliva mezclada con tequila que salió de los labios de Missy.

−¿Qué has visto?

−Cuando fuiste al baño... ¡Pasaste a su lado!

Bess se echó a reír y se apartó lo suficiente para que no la alcanzaran los escupitajos.

−Oh, vamos... Todo el mundo que va al baño tiene que pasar junto a él. ¡Está ahí en medio!

Missy sacudió la cabeza.

−No. No... Tú... −la apuntó con un dedo acusador−. Tú te acercas sigilosamente a él...

La carcajada de Bess hizo que varias cabezas se volvieran hacia ella, a pesar de la canción de Violent Femmes que atronaba por los altavoces.

Missy no pareció sentirse ofendida y apuró su margarita sin poner ninguna mueca.

−Te he visto tocarlo cuando pasabas a su lado.

En realidad no lo había tocado. Había pensado en hacerlo todos los días de la última semana, cada vez que Nick se pasaba por la tienda, pero hasta el momento no lo había hecho.

−Has bebido demasiado. Yo no he tocado a Nick.

−Te he visto −insistió Missy−. He visto que pensabas hacerlo, Bessie.

−¿Cómo puedes ver lo que alguien está pensando?

−Sólo porque te molestó que te dijera que es gay...

–Creo que es él quien está molesto por eso, no yo –no pudo evitar volver a mirarlo y acariciarlo con la mirada. Estaba sumido en una conversación con Brian, quien sacudía frenéticamente las manos. Bess echó de menos el chisporroteo que prendía cuando sus ojos se encontraban, pero también le gustaba observarlo cuando él no estaba mirando. De esa manera podía deleitarse a gusto con su imagen.

–¡Te estoy hablando! –Missy chasqueó con los dedos delante de sus narices.

Suspiró y le dedicó a Missy toda su atención.

–Nick y yo sólo somos amigos.

Fue el turno de Missy para echarse a reír.

–Claro… ¿Amigos, tú y Nick el Polla? Él no es amigo de ninguna chica a menos que se la está tirando.

–Lo que tú digas, Missy –intentó fingir que el comentario no la afectaba, pero su amiga no estaba tan bebida como para no saber cuándo había dado en la llaga.

–¿No me crees? –señaló hacia el otro extremo de la habitación–. Pregúntale a Heather. Ella te lo confirmará.

Bess no le pediría a Heather un vaso de agua ni aunque se estuviera muriendo de sed, pero de todas formas la miró y vio que estaba hablando con Nick, sacando la cadera y enrollándose un mechón de sus rubios cabellos en el dedo. Si se acercaba un poco más a él podría sostenerle la cerveza con los pechos.

Missy tenía una expresión triunfal, malamente oculta por una mirada de falsa preocupación que habría engañado a cualquiera que hubiese bebido tanto como ella.

–Sólo me preocupaba por ti, Bessie… Nick no es trigo limpio. Y además, tú tienes novio, ¿recuerdas?

Como si pudiera olvidarlo. No le había contado a Missy cómo estaba la situación con Andy. «Nick y yo sólo somos amigos»… Intentó quitarse el mal sabor de boca que le habían dejado esas palabras con un trago de margarita. No lo consiguió y se puso a toser.

Al otro lado de la habitación, Heather se inclinó aún más hacia Nick, quien no hizo ademán de apartarse. ¿Por qué iba a hacerlo? La rubia tenía unas tetas enormes, un trasero bien torneado y un vientre liso. Y seguro que la chupaba de muerte.

–Cuidado con esa copa –le aconsejó Missy mientras ella se servía otra.

Por primera vez en su vida, Bess quería emborracharse. Pero lo que hizo fue dejar la copa y abandonar la fiesta. En casa rechazó la invitación de sus primas, mayores y casadas, para una partida de *gin rummy*. Estiró el cordón del teléfono todo lo posible y llamó a Andy aunque no era la hora fijada. El teléfono estuvo sonando un largo rato hasta que respondió su hermano.

–Andy no está.

–¿Sabes cuándo volverá? Soy Bess.

–No lo sé, Bess. Lo siento.

¿Le pareció que Matt dudaba? ¿Le diría la verdad si ella le preguntaba por la otra chica cuyas cartas había encontrado en la mesa de Andy?

Matt parecía lamentarlo sinceramente, pero eso no la aliviaba para nada. Le dio las gracias y colgó. Miró por la ventana hacia el mar, pero no conseguía ver las olas.

No había sido su intención mirar en el cajón de Andy. Él le había pedido que le llevase unas fotos que quería enseñarles a sus padres y ella, que apreciaba al señor y la señora Walsh, pero que no estaba segura de que el aprecio fuese recíproco, se alegró de tener una oportunidad para levantarse de la mesa para ir a buscarlas.

Había estado muchas veces en la habitación de Andy y sabía a qué cajón se refería. Las fotos no estaban allí, pero sí había un fajo de cartas sujetas con una cinta elástica y dirigidas a Andy con una letra desconocida. Era la letra de una chica. Los hombres no adornaban la i con florecitas.

Se había topado con aquellas cartas de pura casualidad,

pero habiéndolas encontrado no le quedaba más remedio que leerlas. Sacó la primera del sobre y fue directamente a la firma.

Con cariño, Lisa.

¿Con cariño? ¿Qué demonios hacía una chica enviándole cartas de amor a Andy? No tuvo tiempo de leer nada más, porque oyó pisadas en el pasillo y volvió a colocar la cinta elástica. Si hubiera sido Andy le habría pedido explicaciones sin dudarlo. Pero era Matty, el hermano menor de Andy, que iba en su busca a ver por qué se retrasaba tanto. Por la cara que puso al verla, Bess supo que intuía lo que había encontrado, pero Matt no dijo nada y tampoco lo hizo ella. Al fin y al cabo, sólo era una chica que ni siquiera formaba parte de la familia.

Al día siguiente se marchó para la tienda con las promesas de Andy resonando en sus oídos. Le escribiría. La llamaría. Aquel año iría a visitarla…

Hasta el momento no había cumplido ninguna de sus promesas.

Y ella había dejado de esperar que lo hiciera.

Capítulo 9

Ahora

El Surf Pro seguía vendiendo trajes de baño a precios desorbitados, pero los tiempos habían cambiado y el dinero ya no era un problema como antes. Bess buscó entre los percheros, aun sabiendo que no encontraría nada que Nick necesitara, como eran vaqueros, camisetas y ropa interior. Mientras hurgaba entre las bermudas y los trajes de neopreno le pareció curioso que supiera exactamente lo que necesitaba un chico de veintiún años. O alguien que aparentaba esa edad.

Se había pasado por la tienda únicamente por capricho, ya que Nick trabajo una vez allí. No estaba segura de lo que esperaba encontrar. ¿Tal vez una placa o un memorial en su nombre? No creía que ninguno de los que trabajaban allí se acordara de él.

Salió de nuevo a Garfield Street. Había ido a la ciudad a comprar provisiones en Shore Foods, porque era lo único que conocía. Muchas cosas habían cambiado desde la última vez que estuvo en Bethany Beach. Había más comercios, para empezar. Tendría que buscar alguna tienda de saldos para encontrar todo lo que necesitaba, pero de momento, Nick tendría que arreglárselas con los pantalones cortos y las camisetas que había adquirido en el Five and Ten.

Al otro lado de la calle donde había aparcado estaba Sugarland. O más bien, el lugar donde había estado. La fachada había sido engullida casi por completo por tiendas especializadas y una arcada, pero el interior seguía siendo prácticamente el mismo. Más limpio y con otra decoración más moderna, pero no muy distinto a lo que había sido cuando ella era una esclava tras el mostrador.

Siguiendo un impulso, atravesó la plaza y entró en la tienda. La campanilla sonó al abrir la puerta, como siempre, y Bess no pudo evitar una sonrisa. La joven con aspecto aburrido que estaba detrás del mostrador apenas levantó la mirada. Debía de tener unos dieciséis años, llevaba unas gafas rectangulares y el pelo recogido en una cola. Bostezó mientras Bess se acercaba al mostrador.

—¿Qué desea?

—Un cartón grande de palomitas dulces.

No se había molestado en leer el menú, pero sin duda Sugarland seguía vendiendo las mismas palomitas caramelizadas y de receta secreta por las que se había hecho tan popular.

La chica señaló apáticamente una pirámide de cartones pequeños.

—Sólo nos quedan pequeños.

Bess no podía olvidar las horas que se había pasado mezclando el azúcar, el sirope y la mantequilla derretida. El señor Swarovsky, el dueño, insistía en tener palomitas recién hechas cada día.

—¿Son recién hechas?

Se mordió la lengua nada más preguntarlo. Era la típica pregunta de los estirados turistas que siempre la sacaban de sus casillas.

La chica se limitó a encogerse de hombros.

—Supongo. ¡Eh, papá! —gritó por encima del hombro—. ¡Papá!

El hombre que salió de la trastienda era alto y corpulen-

to, con una espesa mata de pelo oscuro en punta y unas gafas casi idénticas a las que llevaba la chica. Su sonrisa reveló unos dientes blancos y rectos y le confirió un aspecto
interesante y atractivo.

–¿Bess? ¿Bess McNamara? –rodeó el mostrador, ajeno
a la mirada sorprendida de su hija, y estrechó fuertemente
la mano de Bess.

–¿Sí? Quiero decir… Sí, soy Bess.

–Bess –el hombre le sostuvo la mano unos momentos
más de lo necesario–. Soy yo, Eddie Denver.

Era muy descortés ahogar una exclamación de asombro,
pero Bess lo hizo de todos modos. Lo miró de arriba abajo
mientras él se reía.

–¿Eddie? Oh, Dios mío… ¡Eddie!

–El mismo. Los años cambian, ¿eh?

Bess no lo habría reconocido si no se hubiera presentado. No quedaba ni rastro del acné, ni de los aparatos de los
dientes, ni de los hombros permanentemente hundidos.

–¿Cómo has sabido que era yo?

Los ojos de Eddie brillaron de regocijo tras sus gafas de
Elvis Costello.

–No has cambiado nada.

Bess se rió y se puso colorada.

–Mentiroso.

–Es verdad. Lo digo en serio.

Ella se tocó el pelo, que aquel día lo llevaba suelto. No
iba a señalarse las canas ni los kilos de más en los muslos
y el trasero. Miró a su alrededor mientras la hija de Eddie
seguía con los ojos abiertos como platos.

–¿Qué haces aquí, Eddie? ¡No me dijiste que siguieras
trabajando para el señor Swarovsky!

Eddie volvió a reírse, maravillando a Bess con la seguridad que parecía haber adquirido en sí mismo.

–No. Le compré el local hace cinco años. Ah, y esta es
mi hija. Kara.

Kara la saludó con los dedos y volvió a adoptar una expresión aburrida.

–Está encantada de trabajar aquí –dijo Eddie, riendo–. ¿Verdad?

Kara puso los ojos en blanco y Bess le dedicó una sonrisa comprensiva.

–Tu padre y yo trabajamos aquí juntos.

La chica asintió con la cabeza.

–Sí, me lo ha contado todo un millón de veces.

Tanto Bess como Eddie se echaron a reír.

–Cuéntame qué ha sido de ti todo este tiempo –le pidió Eddie–. No te he visto desde el último verano que trabajaste aquí.

Bess empezó a hablar, pero se detuvo y volvió a reírse.

–Ya sabes, lo normal. Me casé, tuve hijos… Nada emocionante.

Eddie recorrió el local vacío con la mirada.

–Te invito a un café y así nos ponemos al día. ¿Qué dices? ¿Tienes tiempo?

Por un instante pareció el Eddie de siempre, aquel muchacho incapaz de mirarla a los ojos. A Bess le resultó entrañable y asintió con la cabeza.

–Claro. Genial.

–Vigila la tienda, Kara. Enseguida vuelvo.

Kara hizo una mueca y los echó con la mano.

–Claro, papá.

Eddie le lanzó a Bess una mirada de disculpa mientras le abría la puerta.

–Siento lo de Kara. No está muy contenta por tener que trabajar aquí.

–No te preocupes –se detuvieron para que pasara un coche antes de cruzar la calle en dirección a la cafetería–. Tengo dos hijos y sé cómo pueden ser los adolescentes.

Eddie también le abrió la puerta de la cafetería, e incluso dejó que eligiese ella la mesa y le preguntó que quería tomar para ir a pedirlo. Sus modales eran un poco anticuados, pero muy halagadores. No se parecía en nada al chico tímido y tartamudo que había trabajado con ella

–Gracias –le dijo cuando le llevó su café moca y un *biscotti* de chocolate. Las tripas le rugieron y le dio un bocado al pastel–. Está delicioso.

Eddie mojó el suyo en el café.

–Sí. Vengo todos los días.

–Podrías llegar a un acuerdo con el dueño… Café a cambio de palomitas.

Eddie le regaló otra de sus contagiosas carcajadas.

–Claro… salvo que a nadie le interesan ya mis palomitas, desde que Swarovsky abrió su local un poco más abajo.

Bess lo miró con confusión.

–Cuando le compré el negocio quise que me vendiera también la receta secreta de las palomitas, ya que no parecía que Ronnie quisiera hacerse cargo de la tienda. El viejo estaba dispuesto a venderme el negocio, pero empezó a ponerme trabas a la hora de vender la receta de su familia. Intenté explicarle que Sugarland no era nada sin las palomitas dulces. Murió mientras estábamos negociando y yo conseguí el negocio por una ganga… pero sin la receta.

–Vaya… ¿Y luego Ronnie abrió otro local?

–Así es. Un poco más abajo –Eddie se encogió de hombros–. Al parecer tenía planes desde hacía tiempo, pero no se ponía de acuerdo con su padre. Entonces el viejo murió, Ronnie se quedó con la receta y yo con esta tienda.

–Lo siento mucho, Eddie –le puso una mano en el brazo instintivamente. Eddie la miró y por un instante fugaz, Eddie pareció el chico tímido que había sido. Bess retiró inmediatamente la mano.

–No pasa nada. Me va bien con los helados y ofrezco dos variedades de palomitas, pero no podemos competir con Swarovsky. Podría usar la receta, pero no sería honesto

–golpeó la mesa con los nudillos–. Bueno, ya está bien de hablar de mí. Cuéntame qué es de tu vida. ¿Qué grandes cosas has hecho?

La risa de Bess no fue tan sonora como la de Eddie.

–Ojalá tuviera mucho que contarte, pero por desgracia no es así. Fui a la universidad. Me casé. Tuve dos hijos, Connor y Robbie. Connor tiene dieciocho años y Robbie, diecisiete. Vendrán dentro de dos semanas, en cuanto acaben las clases.

–Si necesitan trabajo que vengan a verme –dijo Eddie, muy serio–. Ahora sólo estamos yo y Kara, pero cuando empiece la temporada necesitaré contratar a un par de personas.

Bess sonrió.

–Se lo diré. Gracias.

Eddie tomó un sorbo de café y la miró por encima de la taza.

–¿Y tu trabajo?

Bess giró su taza en las manos.

–Bueno… Estuve trabajando una temporada, pero lo dejé cuando me quedé embarazada de Connor y ya nunca más volví.

–Ibas a ser asesora –dijo Eddie–. Es una lástima que lo dejaras. No es que quedarse en casa para criar a los hijos no sea una tarea importante –añadió rápidamente–. Sabe Dios que alguien debe hacerlo. Sólo quería decir que…

–Sé lo que querías decir –lo interrumpió ella tranquilamente–. Quería hacer muchas cosas que no hice. Tener a Connor lo cambió todo.

Se miraron en silencio por encima de los cafés y las migas de biscotti. Él le dedicó otra sonrisa, no tan amplia, pero mucho más dulce.

–La madre de Kara, Kathy, y yo nunca nos casamos. Ni siquiera puedo decir que saliéramos juntos –admitió–. El año después de que te marcharas crecí diez centímetros, me quitaron los aparatos y desapareció el acné. Dejé de ser Quasimodo.

–Oh, Eddie…

–Sé cuál era mi aspecto, Bess. El caso es que la repentina transformación se me subió a la cabeza. Me volví un gallito y un imprudente. Kathy era la hija de una amiga de mi madre de la iglesia. Nuestras madres intentaron comprometernos, pero yo no quería casarme con la hija de un reverendo.

Bess echó las migas en un plato.

–¿Pero tuviste una hija con ella?

No pretendía juzgarlo, y en cualquier caso Eddie no pareció tomárselo como una crítica. Le sonrió tristemente y se zampó los restos de su *biscotti*.

–Ella no quería casarse conmigo. Los dos deberíamos haber tenido más cuidado, pero fue Kathy la que dijo que no iba a pasarse el resto de su vida con la persona equivocada sólo por culpa de un error. Se casó con un contable de Nueva Jersey y compartimos la custodia de Kara.

Bess se limpió el chocolate de los dedos con una servilleta.

–¿Y tú?

–Nunca me he casado –se recostó en la silla para observarla con la cabeza ladeada–. Supongo que nunca he encontrado a la mujer adecuada.

A Bess le ardieron las mejillas.

–Tienes muy buen aspecto, Eddie. Me alegra saber que te van bien las cosas, en serio, aunque sigas siendo un pueblerino.

Los dos se rieron.

–Ser un pueblerino no está tan mal cuando las casas de la playa se venden por una millonada. Y no es que yo tenga una casa en la playa… Kara y yo vivimos en Bethany Commons. No está mal, aunque tengamos que compartir el edificio con vosotros, los turistas.

—¡Eh! —protestó ella—. ¡Ahora soy oficialmente una pueblerina!

Eddie ladeó la cabeza en un gesto típicamente suyo, pero su media sonrisa era nueva.

—Estupendo.

—¿Y los demás? —le preguntó ella, apartando la mirada—. ¿Mantienes el contacto con alguno de ellos?

—Bueno, obviamente no me codeo con Ronnie Swarovsky en el club de campo.

—Obviamente —repitió ella, riendo—. ¿Se casó con Tammy?

—Pues sí —respondió él, y la puso al corriente de los cotilleos de los últimos veinte años. Bess se sorprendió de cuantos antiguos conocidos seguían viviendo en el pueblo o volvían a pasar allí las vacaciones—. Melissa Palace vive en Dewey.

Bess le echó una mirada interrogativa, pero unos segundos después se imaginó de quién estaba hablando.

—¿Missy?

—Ahora es Melissa —rió él—. Tiene cuatro críos y está casada con un pez gordo de las inmobiliarias.

—Cielos… ¿Cuatro críos? Me cuesta creerlo…

—A veces se pasa por aquí. Si la vieras no la reconocerías. Para empezar, ya no es rubia.

Bess se enrolló en el dedo un mechón de sus cabellos. Lo llevaba por los hombros y hasta el momento era más rubio que plateado, pero en los próximos años tendría que decidir si empezaba a teñírselo o si lucía las canas con elegancia.

—¿Y quién lo es?

Eddie se pasó una mano por sus negros y espesos cabellos.

—Mi padre tiene más de setenta años y no tiene ni una cana.

—¡Vaya! Eso sí que es una buena genética.

—Es calvo —dijo Eddie, riendo.

–No parece que tú vayas a tener ese problema.

–Esperemos que no. ¿Y tú? ¿Mantienes el contacto con alguien? ¿Con Brian? –hizo una breve pausa, tomó un sorbo de café y volvió a recostarse en el asiento–. ¿Con Nick?

–Pues... –también ella tomó un poco de café–. Perdí el contacto con Brian después de la universidad. Y tampoco volví a saber nada de Nick.

–¿No? –el tono de Eddie era de evidente satisfacción, a pesar de su intento por camuflarlo de asombro–. Erais como uña y carne, ¿no?

Eddie sabía muy bien lo que habían sido.

–Sí, pero... no funcionó.

–Entonces no es él con quien te casaste.

Bess lo miró con ojos muy abiertos, sorprendida de que Eddie lo hubiera pensado.

–¡No, por Dios! ¿Te imaginas?

Ella no podía imaginárselo. Su vida habría sido radicalmente distinta si se hubiera casado con Nick.

–No lo sabía. Nick desapareció sin dejar rastro. Missy dijo que posiblemente se alistó en el ejército, pero yo creía que se había ido contigo.

–No. Yo me casé con Andy –Eddie había visto a Andy una sola vez, y por lo que ella recordaba, Andy no fue demasiado amable.

–Ah... –murmuró Eddie, pero no preguntó nada más al respecto–. Parece que también te han ido bien las cosas. Me alegro por ti –añadió, aunque por su expresión no parecía muy convencido de que a Bess le fuera tan bien como pretendía hacer creer.

–Tengo que irme –dijo ella–. Gracias por el café. Me ha encantado verte.

–Diles a tus hijos lo del trabajo –le recordó Eddie–. Y espero que nos veamos pronto.

–Claro –en esa ocasión fue ella la que sostuvo la puerta.

Eddie se detuvo en la acera.

–¿Te alojas en casa de tus abuelos?

–Ahora es mía.

–¿Tuya? –Eddie silbó por lo bajo y sonrió–. Qué suerte.

–La verdad es que sí. Mis padres no querían complicarse con las escrituras y los impuestos.

–Estuvo en venta una temporada, ¿no?

–Sí, pero al final decidieron no venderla.

–Lo sé –sonrió–. Yo intenté comprarla.

–Eddie Denver –dijo ella, maravillada–. Estás hecho un especulador, ¿eh?

Él se rió e hizo el mismo gesto con la mano con que Kara los había echado de la tienda.

–Ojalá… Puede que algún día.

Bess también se rió y miró hacia su coche, que seguía aparcado junto al mercado.

–Tengo que irme. Debo hacer la compra.

–Sabes que han abierto un Food Lion, ¿no? Es más grande que el Shore Foods.

–Hay muchas más cosas que antes. Me va a costar reconocer el pueblo.

–Si alguna vez necesitas un guía turístico, ya sabes dónde encontrarme.

–Lo tendré en cuenta.

–Hasta la vista –se despidió con la mano y cruzó la calle para volver a su tienda.

Bess lo vio alejarse, intentando relacionar a aquel hombre con el Eddie al que había conocido… y complacida de no poder hacerlo.

Capítulo 10

Antes

Bess quería darse una ducha, quitarse el olor a dulce del pelo y la piel y permanecer bajo el agua caliente hasta que se le aliviara el dolor de cabeza. Una buena ducha y a la cama... en eso pensaba cuando salió de Sugarland y volvió a encontrarse a Nick esperándola.

–Hola –la saludó él como si presentarse allí fuese lo más normal del mundo.

–Hola –Bess se aseguró de que las puertas estuvieran cerradas y se guardó las llaves en la mochila–. ¿Qué pasa?

Aquella noche, Nick volvía a llevar el pañuelo en la cabeza, combinado con una camiseta negra y ajustada con el lema: *Mejor muerto que fuera de onda.* Bess dudaba de que Nick hubiera estado fuera de onda en su vida.

–Bonita camiseta.

Él se la miró y le dedicó una sonrisa.

–Gracias. Las venden en Surf Pro.

–No me extraña –dijo ella, riendo–. Seguro que son muy populares.

Nick se encogió de hombros y los dos se miraron en silencio. Los ojos de Nick parecían más grises que marrones a la luz anaranjada de la farola, y Bess se preguntó cómo se verían los suyos, que eran azules. Seguramente parecerían del mismo color horrible que su piel.

–¿Te vas a casa? –le preguntó él. Se levantó del banco donde había estado repantigado y se metió las manos en los bolsillos.

Bess asintió.

–Eso pensaba hacer.

–¿Quieres dar un paseo por la playa?

–¿Contigo? –la pregunta brotó de sus labios en un tono que podría resultar ofensivo, pero Nick no pareció tomárselo de esa manera. Miró de un lado a otro y extendió las manos.

–Sólo te lo he preguntado yo.

Ella se cruzó de brazos.

–¿Y cómo estás tan seguro? Tengo muchas ofertas para pasear por la playa a la luz de la luna.

–Puede ser... pero también tienes novio.

–Algo así –dijo ella sin pensar.

Los ojos de Nick destellaron bajo la farola.

–¿Qué significa «algo así»?

–Nada.

«Nick el Polla no es amigo de ninguna chica a menos que se la esté tirando». La advertencia de Missy no debería preocuparla, pero no podía olvidarla. Nick no se la estaba tirando y tampoco eran amigos...

–¿Quieres decir que te ha dejado embarazada?

Bess se rió.

–No.

Nick volvió a sonreír.

–Vamos. Tienes que irte a casa de todos modos. ¿Por qué no das un paseo conmigo por la playa?

–¿Y mi bicicleta?

–Déjala aquí. Mañana no tienes que venir temprano a trabajar.

–¿Cómo sabes a qué hora entro a trabajar? –le preguntó

con desconfianza, pero ya se estaba colgando la mochila a los hombros y girándose hacia el paseo marítimo en vez de la calle.

–Lo sé –respondió él simplemente.

–Ya… –enganchó los dedos en las correas de la mochila, por debajo de las axilas. A pesar de la hora seguía habiendo gente en la calle, pero no mucha y ella y Nick podían caminar codo con codo.

Se detuvo al llegar a la rampa que bajaba hacia el paseo marítimo, junto al hotel Blue Surf. Se quitó las zapatillas y los calcetines y meneó los dedos de los pies en el suelo de madera, que aún conservaba el calor del sol. Suspiró y Nick se echó a reír.

–¿Un día duro?

–Muchas horas de pie. Igual que tú en tu trabajo, ¿no?

Bajaron juntos por los escalones que conducían a la arena. Las farolas iluminaban la playa, pero el mar quedaba a oscuras. Los operarios aún no habían barrido la orilla y la arena seguía revuelta. Se veía más de un castillo medio derruido.

–Sí –respondió Nick. Se inclinó para desatarse los cordones de las botas y perdió el equilibrio.

Bess soltó una carcajada cuando cayó al suelo y él le sonrió. Se levantó y se sacudió la arena del trasero.

–Tienes suerte de que no me ofenda fácilmente.

–Lo siento –dijo ella sin el menor remordimiento.

–Claro… Sé cómo sois las chicas.

–Eso he oído –arrastró un pie por la fría arena para dejar una raya a su paso. Por la mañana se habría borrado.

Nick se giró para mirarla mientras caminaba hacia atrás.

–¿Qué has oído?

–Que lo sabes todo de las chicas. De muchas chicas…

Él volvió a girarse, sin detenerse.

–¿Quién te lo ha dicho?

–¿Tú qué crees?

–¿La misma zorra que te dijo que era marica? No es una fuente muy fiable, me parece a mí.

–Sólo te digo lo que ella me dijo –repuso Bess.

–¿Y qué te dijo, exactamente?

Habían llegado al espigón, formado por grandes rocas en la arena como el lomo de un cocodrilo o de un dinosaurio. Las olas rompían allí con más fuerza. Bess se encaramó a las piedras y Nick la siguió.

–Bueno, después de que yo le dijera que sabía que no eres gay...

–Uf... Ryan le echó una bronca, por cierto.

–¿En serio? –saltó a la arena al otro lado de la roca. Las farolas quedaban atrás, y delante de ellos sólo tenían la luz que salía de las ventanas de las casas.

–Sí. Estaba muy enfadado.

Aquello se ponía interesante.

–¿Porque ella dijo que eras gay?

–No –se rió–. Porque ella intentó que me la tirara.

–Oh... –ojalá no se lo hubiera preguntado. En el fondo lo sabía, pero no quería oírlo.

–No lo hice –le aseguró Nick. Dejó de caminar y lo mismo hizo ella–. Por si te interesa saberlo.

–¿Por qué habría de interesarme?

El viento agitó los extremos del pañuelo de Nick. Se lo quitó y le sonrió a Bess.

–Dímelo tú.

–Según Missy, te acuestas con muchas chicas.

–Con ella no lo hice.

Bess siguió caminando a paso firme. Tenían la luz atrás y la oscuridad por delante, pero no necesitaba ninguna luz para saber adónde se dirigía.

–No es asunto mío, Nick.

–¿Qué te dijo, que soy una especie de gigoló?

–¿Lo eres? –le preguntó ella sin poder evitar reírse.

–Creía que no era asunto tuyo.

–¡No lo es!

–No soy marica –dijo Nick–, y me he tirado a muchas mujeres. Pero a Missy no.

Se había detenido de nuevo, y Bess también lo hizo. Nick se había atado los cordones de las botas alrededor de una muñeca y se había metido las manos en los bolsillos. Ella se cruzó de brazos y lamentó no haber sacado la sudadera de la mochila.

–Lo siento –dijo al cabo de un largo silencio, tan sólo interrumpido por el murmullo de las olas–. No es asunto mío.

–¿Qué más te dijo de mí?

Por la playa se acercaban unos destellos verdes que se agitaban en el aire por manos invisibles, acompañados de risas juveniles.

–Que salías con Heather.

Nick sacó el paquete de Swisher Sweets del bolsillo y encendió uno, protegiendo el encender con las manos para que el viento no apagase la llama.

–A ver si lo adivino… Le puse los cuernos con otra y le rompí el corazón, ¿verdad? Fui un cerdo con ella, ¿no es así?

–¿Fue eso lo que ocurrió?

–Lo que ocurrió fue que los cuernos me los puso ella a mí.

–Lo siento –la verdad era que no la sorprendía.

Nick hizo un gesto de indiferencia. El humo del tabaco le hacía cosquillas a Bess en la nariz.

–En cualquier caso, fue la última vez que salí con alguien en serio.

Bess se detuvo cuando un grupo de jóvenes pasó corriendo junto a ellos, gritando y agitando sus varillas luminosas.

–Lo dices como si fuera algo malo –observó ella cuando se fueron.

Reanudaron la marcha. El cigarro de Nick ardía cuando le daba una calada. Bess observó cómo se encendía y apagaba la punta mientras esperaba la respuesta. Ya casi habían llegado a su casa.

—Sí —respondió él finalmente.

—Entonces… ¿sólo te acuestas con ellas? ¿Qué clase de chica acepta que la traten de esa manera?

—¿Las afortunadas? —sonrió, pero su sonrisa se desvaneció cuando ella permaneció seria—. Eh, sólo era una broma. No me he acostado con Missy. Es la chica de Ryan. Nunca piso territorio ajeno.

—Ah… es bueno saberlo.

Señaló la terraza de la casa de sus abuelos. Las luces del salón y la cocina estaban encendidas, y había varias velas ardiendo en la barandilla. El viento transportaba el sonido de unas risas, seguramente las de su tía Linda. Los pequeños estarían ya acostados, pero los adultos parecían estar inmersos en una partida nocturna de rummy.

—Esa es mi casa.

—Muy bonita.

—No está mal. Abarrotada, pero… sí, es bonita —estaba cansada de defender el sitio donde vivía. Missy siempre lo convertía en tema de discusión.

Nick miró la casa, luego a ella y finalmente al agua.

—Supongo que será mejor que vuelva.

—Oh… vale.

—A menos que quieras que me quede… —le sonrió.

—Hum…

—No —la cortó él antes de que pudiera responder—. Tengo que irme.

—Gracias por acompañarme a casa —quería explicarle que nunca invitaba a entrar a nadie. No era que tuviese algo en contra de Nick.

—No hay de qué —se agachó para agarrar una piedra y la arrojó a las olas—. Quería decirle a Missy que pasé la noche contigo, pero mi madre no me educó para ser un mentiroso.

Bess soltó una carcajada.

—¡Vaya...!

Él se giró hacia ella y sonrió. La luz de la terraza caía directamente sobre su rostro y tal vez lo cegara un poco. Bess se apartó el pelo de los ojos y vio que él se había acercado lo suficiente para susúrrarle al oído.

—Dime una cosa.

Si Bess volviera la cabeza, sus mejillas se tocarían. Podría rozarle la piel con la boca, igual que podía aspirar su olor a arena y crema solar. El corazón amenazaba con salírsele del pecho. Sentía sus frenéticas pulsaciones en la garganta, las muñecas y la entrepierna.

—¿Qué? —susurró, sin girar la cabeza.

—¿Qué significa que tienes novio o algo así?

Bess tragó saliva con dificultad.

—Significa que... No estoy segura, pero creo que me está engañando.

—¿Pero no lo sabes con certeza?

Ella negó con la cabeza, y el ligero roce de sus mejillas hizo que le temblaran las piernas.

—No.

—Quizá podrías averiguarlo.

La rozó con el brazo y la cadera. Si alguien los estuviera viendo pensaría que se estaban besando. Y si cualquiera de los dos se moviera mínimamente eso sería lo que hicieran.

—Tal vez debería.

Nick se apartó un paso, pero podría haber sido una distancia mucho mayor. Bess parpadeó rápidamente y respiró hondo, intentando atrapar su olor. Pero sólo encontró el olor del océano. Sin decir nada más, Nick echó a andar y la dejó allí.

Tuvo que esperar un largo rato hasta que las piernas dejaron de temblarle para poder entrar.

Capítulo 11

Ahora

–¿Dónde estabas? –Nick surgió de las sombras entre el salón y la cocina.

Llevaba únicamente los calzoncillos y tenía el pelo alborotado y puntiagudo.

Su repentina aparición y su fuerte voz asustaron tanto a Bess que dejó caer una de las bolsas. Esperó que no fuera la que contenía los huevos y se agachó para recogerla antes de responder.

–Te dije que iba a comprar comida y algo de ropa para ti. Está en la bolsa que hay sobre la mesa.

–Has estado fuera varias horas –dijo él. No parecía tranquilizado en absoluto.

Bess alzó la vista, vio su mueca de disgusto y se fijó en el reloj de pared.

–Lo siento. Me encontré con Eddie Denver en el pueblo y nos pusimos a hablar.

Nick emitió un bufido desdeñoso.

–¿Eddie Denver, ese cafre?

–¡No es un cafre! –Bess sacó de la bolsa la leche, los huevos, el pan, la mantequilla de cacahuete y la lechuga–. ¡Ni siquiera lo conoces!

Nick se sentó en la encimera, con las piernas colgando,

y la agarró de la muñeca cuando ella pasó junto a él para guardar las bolsas de té.

–Trabajabas con él. Sé quién era.

–Tal vez, pero no sabes quién es –recalcó ella, mirándole la mano con que la agarraba–. Y no es un cafre.

Nick no la soltó. Tiró de ella para colocársela entre las piernas y la sujetó contra la encimera.

–Vale, no es un cafre. Pero has estado fuera mucho rato. Te echaba de menos.

La agarró por los hombros y la besó, y ella abrió la boca ante la insistencia de su lengua. La excitación barrió todo resto de irritación.

–Sabes muy bien –le dijo él.

–Puaj… Seguro que me huele el aliento a café.

Nick la apretó por la nuca y le hizo acercar la cara para olisquearla tan ruidosamente que ella se rió e intentó apartarse.

–Hueles deliciosamente bien… Igual que sabes. Todo en ti es delicioso –le agarró una mano y se la llevó a la entrepierna.

–¿Has visto lo que me haces?

Le hizo acariciarlo por toda la longitud de su pene erecto, que asomaba a través de los calzoncillos.

–Dime que yo te provoco lo mismo –le exigió, pegando la boca a su oreja.

–Lo haces.

–Dime que estás mojada por mí.

–Lo estoy, Nick. Lo sabes muy bien –cerró los ojos mientras él la agarraba de la mano y se la hacía subir y bajar por la erección–. Siempre ha sido así.

–¿Siempre? –preguntó en tono divertido. Le lamió el lóbulo de la oreja y la mordió suavemente–. ¿Te gusta cómo te toco?

–Sí –abrió los ojos y se apartó para mirarlo a la cara–. Me gusta cómo me tocas.

–¿Quieres que te toque ahora?

–Sí.

Se olvidó por completo de que tenía que meter el helado en el congelador o de guardar las bolsas de la compra para otra ocasión. En aquel momento lo único que le importaba era la mirada de Nick clavada en sus ojos y el tacto de su polla en la mano. Se estremeció y se le puso la piel de gallina. A Nick le ardían las manos y de su pecho desnudo también emanaba un intenso calor. Bess lo besó encima del pezón izquierdo, le dejó la mancha del pintalabios y se la limpió con la lengua, sonriendo cuando el pezón se puso duro y él gimió.

Nick subió con la mano y le tiró del pelo, pero ella no se quejó y siguió acariciándolo mientras lo lamía y besaba. El asa del cajón delante de ella se le clavaba sobre el pubis, pero tampoco eso la molestaba en exceso.

–Me encanta tu pelo –dijo él. Le tiró de la cabeza hacia atrás con más fuerza de la necesaria, pero no importaba. La agresividad y brusquedad del gesto dejó a Bess boquiabierta y jadeante.

Nick la apartó y se bajó de un salto. Apenas sus pies tocaron el suelo cuando empezó a besarla. La hizo retroceder hasta que su trasero chocó con el borde de la mesa. Entonces metió la mano bajo la falda larga de algodón y enganchó el pulgar en las bragas para tirar hacia abajo. La prenda se enganchó en los muslos, pero bastó para que Nick pudiera apretar la palma contra su sexo húmedo y expectante.

Le tocó el clítoris con un dedo y presionó. Bess se retorció de placer. No podía abrir las piernas por culpa de las bragas y el borde de la mesa se le clavaba en la carne, a pesar de que la falda le protegía el trasero.

Nick le lamió los labios antes de volver a besarla. Ella le puso una mano en el hombro y le clavó los dedos cuando él le mordió y chupó el cuello. Todo mientras seguía con la mano pegada a su sexo.

–¿Te gusta? –le preguntó él.

Un trueno repentino hizo resonar la casa. Bess dio un respingo, pero Nick ni se inmutó. Sus ojos estaban más oscuros que de costumbre. Como nubes borrascosas.

–Sí –susurró con los labios secos. Se lamió la boca y él fijó brevemente la mirada en su lengua–. Me gusta.

–¿Has pensado en mí mientras estabas fuera?

No sabía si se refería a aquella tarde o a todo el tiempo que habían estado separados, pero la respuesta era la misma en ambos casos.

–Sí, Nick.

Los dedos se detuvieron sobre el clítoris, provocándola con la promesa del placer. En los dos últimos días, Nick había llegado a conocer su cuerpo mejor que nunca.

–¿Me imaginaste tocándote?

–Sí.

–¿Follándote?

–Sí... –la mano de Nick hacía imposible pensar en cualquier otra cosa.

–¿Comiéndote? –subió la mano y se lamió la punta de los dedos.

Bess se estremeció y fue incapaz de responder.

Nick sonrió. Las paredes vibraron con otro trueno. Devolvió la mano a la entrepierna y los dedos se deslizaron con mayor rapidez, impregnados de su saliva y del flujo de Bess.

–Quiero ver tu cara cuando te corras –le dijo Nick–. Quiero ver cómo me miras...

Bess no podría mirar a ningún otro sitio ni aunque quisiera. Se agarró a la mesa y al hombro de Nick con tanta fuerza que le dolieron los dedos.

La mano de Nick se movía más y más rápido. Un relámpago iluminó la estancia, seguido inmediatamente por el trueno. Las primeras gotas de lluvia golpearon el cristal de la ventana como un puñado de canicas vertidas en un bote.

Los pies de Bess resbalaron en el suelo y el elástico de las bragas crujió, pero a Bess no podría importarle menos que se rompieran. Su mundo se había reducido a la mano que Nick movía entre sus piernas. La ola de placer crecía de manera imparable y finalmente la anegó por completo. Los párpados pugnaban por cerrarse, pero consiguió mantenerlos abiertos y se mordió fuertemente el labio inferior. El trueno ahogó su grito. Lo único que podía ver era el rostro de Nick, muy serio, hasta que sonrió y sus ojos volvieron a brillar. Bess soltó la mesa y puso la mano sobre la suya para detenerlo. Las palpitaciones de su cuerpo eran más rápidas que los latidos de su corazón. Aflojó la mano con que le agarraba el hombro y palpó las marcas que le había hecho con las uñas.

El teléfono empezó a sonar.

Los dos dieron un respingo y miraron en la dirección del sonido, mucho más molesto e intrusivo que los truenos. Ninguno de los dos se movió. El teléfono seguía sonando, insistentemente. Bess se dispuso a contestar, pero tenía las piernas tan rígidas que le costó moverlas. Cuando finalmente llegó junto al teléfono, tan viejo como la misma casa, estaba convencida de que quienquiera que hubiese llamado ya había colgado.

No hubo tanta suerte.

La falda le cayó a los tobillos y seguía con las bragas a mitad de los muslos cuando levantó el auricular.

—¿Diga?

Tras ella, Nick emitió una larga espiración. Bess se colocó el auricular entre la oreja y el hombro y se subió las bragas.

—¿Bess?

—Andy… —el chirrido de una silla a sus espaldas la distrajo, pero mantuvo la vista fija en los menús de pizzerías y comida china que estaban sujetos con imanes al frigorífico—. ¿Qué pasa?

—Es por los chicos.

Bess reprimió un gemido. Años atrás, cuando hablaba con Andy alargaba el cable del teléfono lo más posible para tener un poco de intimidad. Estuvo tentada de volver a hacerlo.

–¿Qué pasa con ellos?

–Van a tener que irse antes contigo.

–Pero... ¡creía que ibas a llevártelos al Gran Cañón! –se maldijo a sí misma por sonar más irascible de lo que pretendía, lo que daba pie a que Andy empleara con ella su tono paternalista favorito.

–Vamos, Bess. Sabes muy bien que se lo pasarán mejor en la playa.

–Esa no es la cuestión, Andy.

–¿Cuál es la cuestión? –preguntó él con un largo suspiro.

Bess se clavó las uñas en la palma y contó mentalmente hasta cinco.

–Los chicos van a acabar el año académico contigo y luego te los llevarás dos semanas a hacer ese viaje. Después del Cuatro de Julio se vendrán conmigo. Eso fue lo que acordamos, Andy.

–Sí, bueno, sobre eso quería hablarte...

A Bess empezó a hervirle la sangre en las venas.

–Estaba pensando que podría enviártelos un poco antes. Que se salten los últimos días de clase. Al fin y al cabo sólo tienen media jornada.

–¡De ninguna manera! ¿A quién se le ha ocurrido la idea? ¿A ellos o a ti?

El silencio de Andy le confirmó que no había sido idea de ninguno de ellos.

–No importa. La respuesta es no. Los chicos tienen que terminar sus clases. Es la graduación de Connor, Andy, y no le puedes quitar eso. Podría ser la última vez que viera a sus amigos.

Andy suspiró.

—Vale, pero el viaje tendrá que posponerse. Me han ofrecido asistir a una conferencia en Palm Springs, y es muy importante. De verdad tengo que ir.

—¿Tienes que ir? ¿O deseas ir?

—No seas injusta, Bess. ¿A ti qué más te da? Creía que te encantaría tener más tiempo a los chicos.

Bess miró a Nick, quien la observaba con el rostro inexpresivo.

—Están deseando hacer ese viaje, Andy. No puedes darles ese disgusto.

—Ya he hablado con Connor. Le parece bien. Dice que quiere irse para allá y empezar a ganar algo de dinero.

—¿Y Robbie? —era el más sensible de los dos, quien más se esforzaba por conseguir la aprobación de su padre, sin conseguirlo.

—A él también le parecerá bien.

Lógicamente, Andy no había hablado con Robbie sobre la cancelación del viaje. Y no había ninguna duda de que lo cancelaría. Bess conocía demasiado bien a Andy como para esperarse otra cosa de él. Se pegó el auricular a la frente un momento, intentando tranquilizarse.

—Parece que ya has tomado una decisión —dijo al cabo de unos segundos—. De acuerdo. Los chicos pueden venirse conmigo después de la fiesta de graduación de Connor, en vez de esperar a finales de junio. Tienes razón. Me encantará tenerlos.

—Estupendo. Dejaré que se lo digas a Robbie.

Antes de que Bess pudiera protestar oyó a Andy llamando a Robbie. Segundos después su hijo se puso al aparato.

—¿Mamá?

—Hola, cariño.

—¿Qué pasa? —parecía preocupado, como siempre, y a Bess se le encogió el corazón por tener que darle una nueva decepción.

–Cariño, papá acaba de decirme que tiene una conferencia en Palm Springs. Así que tú y Connor os vendréis conmigo cuando acaben las clases.

Silencio. Bess oyó la respiración de Robbie y volvió a tocarse la frente con el teléfono mientras luchaba con la emoción que le oprimía la garganta.

–Lo siento, cariño. Seguro que papá no cancelaría vuestro viaje si esa conferencia no fuese importante.

–Seguro que no lo cancelaría si ella no fuera al otro viaje –añadió Robbie en tono mordaz.

Que su hijo supiera lo de «ella» era mucho más doloroso que si Bess lo hubiera descubierto por sí misma.

–Robbie...

–No importa, mamá –la voz de Robbie flaqueó un poco–. Conn y yo iremos cuando acaben las clases.

Bess se obligó a adoptar un tono más alegre.

–Oye, ¿te acuerdas de Sugarland, el sitio donde trabajaba? Pues conozco al dueño y me ha dicho que le gustaría contrataros a ti y a Connor para este verano. ¿Qué te parece?

Robbie hizo un esfuerzo por parecer complacido, pero no consiguió engañar a su madre.

–Estupendo. Conn temía que no pudiéramos encontrar trabajo para el verano. Ya sabes... para la universidad y esas cosas.

–No te preocupes por la universidad, Robbie. Y Connor tampoco, ¿de acuerdo? –volvió a mirar a Nick, pero él se había marchado. El corazón le dio un vuelco, pero un momento después lo oyó moviéndose por el salón–. Perdona, cariño, ¿qué has dicho? –Robbie le había dicho algo mientras estaba distraída.

–No importa.

–Claro que importa, Robbie. Dímelo. Aquí hay tormenta y no te oigo bien.

–Te he preguntado por qué no puedo ir antes, como quiere papá. ¿No puedo saltarme los últimos días de clase?

–No, Robbie. No puedes –miró hacia el salón y vio la
sombra de Nick–. Tienes que acabar los estudios.

Hubo un largo silencio al otro lado de la línea, hasta
que se oyó el suspiro de Robbie.

–Está bien.

–Te echo de menos –le dijo Bess–. A ti y a Connor.

–¿Y a papá? –le preguntó él astutamente–. ¿Lo echas de
menos?

–Os echo de menos a ti y a Connor –repitió ella, y
cuando Robbie colgó se preguntó quién le habría enseñado
a ser tan cruel. ¿Lo había aprendido de Andy… o de ella?

Capítulo 12

Antes

Le tocaba a Andy llamarla, pero el teléfono seguía sin sonar. Bess le había dicho a qué hora volvería del trabajo y les había advertido a los parientes que se quedaban en casa aquella semana que estaba esperando una llamada. Se duchó y vistió rápidamente, y Andy seguía sin llamarla. Sólo habían transcurrido veinte minutos de la hora fijada, pero el retraso era considerable.

Se unió a la partida de rummy y estuvo jugando sin prestar mucha atención. Sólo se apostaban galletitas saladas, pero su tío Ben la acusó de hacer trampas y tuvo que imitar el *sketch* «Land Shark», del viejo programa *Saturday Night Live*, que a su vez llevó a una imitación más reciente de Chris Farley y «in a van down by the river!». Bess se rió tanto que se atragantó y se derramó el refresco encima y tuvo que abandonar la partida.

Tenía una familia maravillosa y era estupendo no tener que pagar alquiler, pensó mientras se lavaba la cara en el fregadero de la cocina. Pero a veces deseaba que no fueran tantos. Al menos aún no había llegado el día en que tuviera que compartir su habitación y su cama por no haber espacio suficiente.

Se fue a dormir cuando todos los hicieron, incluido tío

Ben, quien decía tener insomnio y siempre se quedaba dormido delante de la televisión. Andy seguía sin llamar. Bess le había dejado tres mensajes en las dos últimas semanas, y le había enviado una carta y una postal. Sin respuesta.

Cuando el teléfono sonó, Bess estaba sumida en un sueño tan profundo que le pareció oír unas sirenas aullando en su cabeza. Su primera reacción fue golpear el despertador de la mesilla para intentar apagarlo. Se levantó a oscuras, mascullando en voz baja, y agarró el teléfono antes de que despertara a más gente.

–¿Bess?

–Andy… ¿qué hora es?

–Parece que te falta el aliento… –¿Andy se estaba riendo?

–Y tú pareces haber bebido.

–No, no, qué va –resopló sonoramente en el teléfono.

–Creía que ibas a llamarme más temprano –se enrolló el cable en el dedo y retiró el teléfono de la mesa para salir a la terraza y cerrar la puerta corredera. Tenía frío y se abrigó con la manta de una tumbona, intentando no pensar en la hora que era.

–Me–n–Matty ha cerrado.

–No me digas –bostezó–. ¿Y adónde has ido?

–A Persia's.

–¿Eso es un club o una persona?

Silencio.

–¿Andy?

–Quería ir a Hooligan's. Ya sabes… con billares y todo eso, como Me–n–Matty.

Andy se estaba tirando a una chica llamada Persia. Bess intentó reírse, pero sólo le salió un sonido ahogado. ¿Qué padres estaban tan locos para llamar Persia a su hija? ¿Y qué era peor, que Andy la estuviera engañando o que su hermano lo supiera y no le hubiera dicho nada?

–Te he dejado un montón de mensajes. ¿Por qué no me has llamado?

–Te estoy llamando ahora.

Bess escuchó el murmullo de las olas, mucho más relajante que lo que Andy le estaba contando.

–Es muy tarde.

–No podía esperar a mañana. Tenía que hablar contigo.

Bess quería creerlo, pero no lo conseguía.

–Has bebido, Andy.

–¡No he bebido! –protestó él, lo que demostraba que sí lo había hecho.

–Tengo que levantarme para ir a trabajar dentro de unas horas. Voy a colgar…

–¡No!

Se detuvo y volvió a sentarse en la tumbona. Esperó a que Andy siguiera hablando, pero él no dijo nada y ella cerró los ojos. Tenía un nudo en la garganta. Andy iba a decirle la verdad. Todo había acabado…

–Te quiero –le dijo Andy–. ¿Tú me quieres?

Podría decirle que sí, pero sus labios se resistían al saber que no era la única chica a la que Andy amaba.

–Hablaremos mañana.

–No cuelgues –le suplicó él–. Quiero saberlo.

Bess se había enrollado el cable tan fuertemente que tenía los dedos entumecidos. Se deslió el cable y frotó los dedos contra la manta.

–Sí.

Andy se rió. Pero no era su risa franca y vigorosa de siempre, sino una risita maliciosa que a Bess le revolvió el estómago.

–¿Cuándo voy a verte?

–¿Cuándo vas a venir? –le preguntó ella.

–Dijiste que vendrías a casa…

Se lo había dicho, cierto, pero le parecía un disparate.

–Andy, tú eres el que libra los fines de semana.

–Ven durante la semana, a mí no me importa.

–¿Cómo voy a hacerlo? ¿Me quedo en casa de tus padres mientras tú estás trabajando? Ven tú el fin de semana. Al menos puedes ir a la playa.

Andy gruñó.

–Vamos, Bess…

Se sentía tan frustrada que quería ponerse a gritar, pero se contuvo.

–A ver si lo adivino. Tienes planes para todos los fines de semana.

El silencio se alargó tanto que pensó que Andy se había desmayado.

–Bess, Bess, Bess –dijo él finalmente, arrastrando las palabras–. Me voy a la cama.

–Adelante –lo animó ella–. Saluda a Persia de mi parte.

Más silencio. Tal vez Andy no estaba tan borracho como para ignorar el claro mensaje. Bess lo oyó respirar agitadamente.

–No seas así, Bess.

–¿Así cómo?

–Celosa. Siempre eres muy celosa.

–¿Tengo razones para serlo?

–No, no. No, Bess.

No lo creía. Tenía muchos otros motivos para dudar de él. Las cartas, por ejemplo. Fotos de Andy rodeando con el brazo a una chica a la que Bess no conocía. Tal vez fuese Persia. ¿Cómo no iba a estar celosa?

Pero la verdad era que no lo estaba. Lo había estado en otras ocasiones, sin duda, pero ya no. En esos momentos sólo se sentía cansada.

–Vete a la cama, Andy –le dijo, y colgó sin despedirse.

Andy no volvió a llamarla.

Capítulo 13

Ahora

Nick se acercó a ella por detrás sin hacer ruido y la rodeó por la cintura. Bess había estado mirando la oscuridad y escuchando el océano. Él apoyó la barbilla en su hombro y ella se echó hacia atrás.

No quería saberlo, pero las palabras le brotaron sin poder detenerlas.

—¿Cómo era el sitio del que vienes?

Los dedos de Nick se apretaron brevemente.

—Gris.

Ella giró ligeramente la cabeza, pero el rostro de Nick estaba tan cerca que lo veía borroso.

—¿Gris?

Nick la soltó y se colocó junto a ella con los codos apoyados en la barandilla.

—Sí. No era blanco ni negro. Sólo era gris.

Bess miró la playa. Había algunas luces desperdigadas, pero la oscuridad lo cubría casi todo. Podía oír, oler y casi saborear las olas, pero no verlas. Nada de aquello le parecía gris. Las preguntas se agolpaban en su cabeza, pero una vez más volvió a acallarlas. La ignorancia era una bendición. Si no sabía dónde había estado Nick o qué había pasado, no tendría que preguntarse cómo podía estar ahora allí.

–Hasta que te oí pronunciar mi nombre –susurró él.

Bess ahogó un gemido y entrelazó los dedos con los de Nick para acercarlo a ella. Él no se resistió y ella volvió a acurrucarse contra su cuerpo.

–Te echaba muchísimo de menos. No podía pensar en otra cosa.

–¿No volviste aquí en todos estos años? –le preguntó él.

–No.

Nick torció el gesto y la miró con la cara semiiluminada por la luz que salía de la cocina.

–Te casaste con ese imbécil.

Bess asintió.

Nick se pasó la mano por el pelo antes de girarse de nuevo hacia la barandilla.

–¿Por qué?

–Porque lo quería.

Nick se echó a reír.

–Sí, recuerdo que dijiste algo así.

Ella se frotó los brazos desnudos, echando de menos un jersey.

–Era la verdad.

–Algo así –repuso él con una sonrisa burlona.

–Después de aquel verano pasaron muchas cosas. No cambió todo a la vez. Tuvimos que esforzarnos mucho por seguir adelante, Nick. Andy estaba ahí. Pero tú no.

–¡No fue culpa mía! –el grito de Nick fue lo bastante fuerte para atraer la atención de cualquier persona que estuviera en una terraza. Antes de que Bess tuviera tiempo de hacerlo callar, él la agarró fuertemente por los brazos–. No fue culpa mía –repitió con voz ahogada–. Yo quería estar contigo.

–Pero yo no lo sabía –le dijo ella sin disculparse ni suavizar su tono.

Nick la soltó y se puso a andar por la terraza. Metió las manos en los bolsillos de los vaqueros, lavados y secos, pero no sacó nada. Bess le había comprado un cepillo de dientes y ropa, pero no tabaco.

—¿Cuánto tiempo? —le preguntó, de espaldas a ella.

—Ya te lo he dicho. Veinte…

—No —la interrumpió, sin mirarla—. ¿Cuánto tiempo esperaste hasta que decidiste casarte con él?

—Seis meses.

Por aquel entonces le había parecido una eternidad angustiosa, pero ahora no era más que un breve parpadeo en el tiempo.

Nick se giró con una mueca de desagrado.

—Entonces, ¿te casaste con él porque no creíste que yo iría a por ti? ¿No me creíste?

—¿Alguna vez me diste una razón para creerte, Nick? ¿Alguna me diste algo? —las lágrimas le abrasaban los ojos y caían por sus mejillas, pero no se molestó en apartarlas—. Te pregunté si sentías algo por mí y tú…

—¡No lo decía en serio! —volvió a gritar—. Por Dios, Bess, ¿es que no sabías que no lo decía en serio?

—¡No sabía nada! ¡Y ahora tampoco sé nada! Todo esto es una locura, Nick.

Él se acercó en dos zancadas y la tomó en sus brazos. Era el gesto de un hombre, no de un muchacho, y aunque Bess no recordaba que Nick hubiera actuado nunca así, le pareció muy natural y apropiado. Él la miró fijamente y pegó sus cuerpos. Al igual que ocurría desde la primera noche de su regreso, el calor irradiaba de su piel como un pequeño astro. El sol particular de Bess, en torno al cual orbitaba de manera permanente.

—Fui un idiota, Bess. Lo sé, y también sé que me odiabas.

Ella negó con la cabeza.

—No, nunca me pareciste un idiota. Muchas otras cosas sí, pero no un idiota.

Una pequeña sonrisa asomó a los labios de Nick.

–Sé que te mentí, pero no cuando dije que volvería a por ti. Esto no es una locura... ¿Por qué crees que he vuelto? ¿Por qué crees que he podido hacerlo ahora, después de tanto tiempo?

–No lo sé...

–Por ti –la apretó con más fuerza y la besó en la mejilla–. Porque cuando te metiste en el agua y me llamaste, la niebla gris se desvaneció.

La estaba abrasando con sus manos y su boca. Deslizó las palmas hacia arriba para agarrarle los pechos a través de la camiseta y Bess separó los labios en un gemido silencioso. Los pezones se le endurecieron al instante y el corazón se le desbocó. Nick siempre conseguía que se derritiera con sólo tocarla.

Y quizá siempre sería así.

–Es una locura –repitió, pero en realidad no lo sentía como una locura. Sentía que había esperado toda su vida para sentir las manos de Nick, como si sólo hubiera nacido para recibir su tacto. Lo único que importaba eran las manos que la sostenían y la boca que le recorría la piel.

–Todo era gris hasta que te oí pronunciar mi nombre –la besó en el cuello y la empujó hacia atrás, guiándola con las manos para que no se cayera–. No sabía dónde estaba, pero no me importaba, porque oí tu voz y supe dónde quería estar.

Bess nunca le había oído palabras tan poéticas, pero tampoco le parecieron fuera de lugar. Dejó que la guiara a través del salón hacia el dormitorio. Al llegar a la cama la besó en la boca y ella tuvo que apartarse para recuperar el aliento.

Se miraron el uno al otro, los dos jadeantes. Nick se lamió los labios, le acarició el pelo y la mejilla y posó la mano en su hombro.

–¿Qué? –le preguntó.

–Nunca habías...

Él volvió a besarla en la boca.

–Hay muchas cosas que nunca había hecho.

La mordió en el labio, sin llegar a hacerle daño, y ella abrió la boca para recibir su lengua. El beso volvió a dejarla sin respiración, pero no por su voracidad, sino por una ternura como nunca le había demostrado.

–Deja de pensar en cómo eran las cosas –le dijo en voz baja mientras le quitaba la camiseta y le desabrochaba hábilmente el sujetador–. Piensa solamente en cómo son ahora.

Era mucho más fácil hacerlo cuando tenía la boca de Nick bajando por sus pechos. Le chupó suavemente el pezón y ella se encogió y lo apartó. Nick levantó la cabeza.

–¿No?

Bess negó levemente con la cabeza. No quería explicarle los cambios que se habían producido desde que dio de mamar a sus hijos. No quería pensar en ello. Quería hacer lo que él le había dicho. Pensar en el presente.

Nick la observó un momento, pero no dijo nada y siguió besándola por las costillas y el estómago. Su boca dejaba un reguero de fuego que se extinguía lentamente, pero que volvía a prender cuando la recorría de nuevo. Sus dedos jugueteaban con el cierre de la falda vaquera, pero antes de abrirlo se incorporó para quitarse la camiseta. Desnudo de cintura para arriba, se arrodilló junto a ella.

Bess examinó su cuerpo, que se había vuelto más familiar para ella en la última semana de lo que nunca había sido. Le tocó el pezón con la punta del dedo y siguió la línea de vello oscuro que desaparecía en la cintura de los vaqueros. Dejó caer la mano y él la cubrió con su cuerpo, piel contra piel. El botón de sus vaqueros le provocó un pequeño escalofrío en la carne ardiente y se retorció bajo él mientras Nick volvía a besarla y deslizaba una mano bajo la falda.

–¿Por qué te molestas en ponerte las bragas si sabes que voy a volver a quitártelas?

Le acarició la lencería empapada y se arrodilló para levantarle la falda y quitarle las bragas de un solo tirón. A continuación le hizo separar las piernas con la cabeza y se colocó entre sus muslos.

Bess se desabrochó la falda y se bajó la cremallera, pero no creyó que fuera necesario quitársela cuando la tenía enrollada a la cintura. Nick le acarició una rodilla con la boca, luego la otra y después la miró.

—Quítatela —le ordenó—. Quiero verte.

Se quitó los vaqueros mientras ella hacía lo mismo con la falda. No llevaba calzoncillos, y Bess se relamió con deleite al ver cómo su polla se hacía más grande y gruesa. Pensó que iba a penetrarla inmediatamente, y su sexo ya palpitaba con impaciencia. Pero no fue así. Nick la besó en la boca y la miró a los ojos. Deslizó una mano entre ellos y encontró rápidamente el clítoris.

—Podría follarte un millón de veces y nunca me cansaría de hacerlo… Siempre descubro algo nuevo de ti.

Bess no creía que aquello pudiera ser cierto, pero sí que él se lo decía en serio. No supo qué responderla, y de todos modos Nick no parecía esperar ninguna respuesta. La acarició con suavidad hasta que ella movió las caderas y lo agarró del brazo.

Sin dejar de tocarle el clítoris, descendió con la boca por su cuerpo. Su aliento le acarició los pezones, pero no se detuvo ahí. El abdomen le tembló a su paso, pero tampoco se detuvo ahí. Volvió a colocarse entre sus muslos y Bess se incorporó a medias, apoyándose instintivamente en los codos.

—Nick…

No pudo decir más, porque, sin más preámbulo ni indecisión, empezó a devorarla. Con los dedos le separó los labios vaginales y con la boca le atrapó el clítoris. La lengua imitó el ritmo y el movimiento que los dedos habían seguido hasta pocos segundos antes. Empezó a lamerla lentamente y fue acelerando cuando ella levantó las caderas para pegarse a su boca.

Estaba a punto de correrse. No quería hacerlo, pero el placer que manaba entre sus piernas se había convertido en un torrente incontenible. Muchas veces, a lo largo de los últimos veinte años, su cuerpo había dudado o se había paralizado ante la promesa del placer. La mente se apoderaba de las sensaciones y transformaba la simpleza del orgasmo en una complejidad llena de tensa frustración.

Pero aquella noche no.

Nick le metió un dedo y luego otro mientras seguía lamiéndola. Un tercer dedo se añadió a los anteriores. No ocupaban tanto espacio como su polla, pero ella se deshizo en gemidos igualmente y se agarró a las sábanas mientras sacudía frenéticamente las caderas.

El orgasmo se le escapaba. Echó la cabeza hacia atrás, con los ojos cerrados y la mandíbula apretada. Nick fue deteniendo la mano y la lengua. Le echó el aliento sobre el sexo empapado y Bess se preparó para la inminente explosión. Tan sólo un suspiro la separaba del clímax. Pero entonces, Nick se retiró, dejándola al borde del placer absoluto, y ella abrió los ojos.

Nick se tumbó boca arriba y tiró de ella para que se sentara encima. Bess pensó que quería penetrarla, y aunque una parte de ella se excitaba al pensarlo otra parte se sintió decepcionada por no haberse corrido con su lengua.

—No —dijo él con voz áspera cuando ella le agarró el pene. Bess lo miró con curiosidad y él tiró de ella hacia delante—. Quiero seguir lamiéndote.

A Bess le ardía todo el cuerpo. Había sido diferente estando tumbada de espaldas y con él entre sus piernas. Más pasiva, como si eso supusiera alguna diferencia. Ahora Nick quería que se colocara sobre él, sentada a horcajadas en su cara. El primer impulso fue negarse y meneó la cabeza, pero él tiró de sus caderas para que se apoyara en las rodillas y se agarrara al cabecero.

Le puso las manos en el trasero y siguió obligándola a avanzar. Cuando la tuvo lo bastante cerca, colocó un brazo y luego otro bajo sus muslos para empujarla hacia su cara. Los segundos que transcurrieron entre que el clítoris le rozó el pecho y las manos de Nick la apretaron contra su cara fueron los más largos y agónicos de su vida. En aquella posición podía moverse con toda libertad y Nick podía guiar sus movimientos agarrándola por las caderas y las nalgas. Esperó sin hacer nada hasta que él la hizo descender hacia su boca.

Se le escapó una especie de sollozo y cerró los ojos. Era absurdo sentir vergüenza en esos momentos, después de todo lo demás. Pero no era el pudor lo que la dominaba, sino el miedo a verse abrumada por toda aquella novedad. Nick le había dicho que no pensara tanto y que se concentrara en el presente, de modo que fue eso lo que hizo.

Al principio, Nick se limitó a mover las manos por sus caderas, pero al cabo de unos instantes le tocó el clítoris con los labios. Bess empezó a moverse a su vez. Conocía bien su cuerpo y se había liberado de muchas de las inhibiciones que la reprimían cuando era joven, pero nunca había tenido el control de aquella manera sobre su propio placer. Podía apartarse o acercarse a voluntad, frotarse el clítoris contra la lengua de Nick o moverse arriba y abajo.

Se agarró con más fuerza al cabecero mientras el deseo se desataba en su vientre. Todo el cuerpo se le estremecía por la ola de placer. El pelo le cayó sobre la cara y le hizo cosquillas en la piel, pero no le prestó la menor atención. El rugido del océano resonaba en sus oídos, y tan sólo fue superado por el grito que acompañó al orgasmo.

La habitación estuvo dando vueltas alrededor de ella hasta que se acordó de respirar. Soltó el cabecero y descendió por el cuerpo de Nick en busca de su boca mientras con la mano lo guiaba a su interior. Se unieron con un gemido compartido. Ella probó su propio sabor en los labios de Nick y por primera vez no le causó rechazo. Le metió la lengua hasta el fondo de la boca al tiempo que su polla se introducía en ella por entero. Se movieron juntos, Nick empujando hacia arriba y ella apretando hacia abajo, hasta encontrar su ritmo.

Le clavó los dedos en los hombros y lo besó con tanta pasión que sintió el sabor de la sangre en la lengua. Se apartó con un gemido, pero agachó la cabeza y lo mordió en el cuello mientras él la penetraba cada vez con más fuerza, manteniéndola sujeta con sus manos.

Ya no importaba quién tuviera el control.

La fuerza de sus arremetidas la llevó a otro orgasmo, aunque menos líquido que el primero. Nick arqueó su cuerpo y se corrió con un grito de placer que colmó a Bess de un alivio tan inmenso que no pudo evitar una risita.

Las embestidas se suavizaron y Nick abrió los ojos. Sonrió y se unió a su risa, y estuvieron riendo juntos hasta que la cama empezó a temblar por las sacudidas.

El Nick que ella había conocido se habría tomado a mal su risa, pero lo que hizo fue besarla y agarrarla por el trasero para girarla de modo que ambos estuvieran de costado.

–¿Por qué te ríes? –le preguntó cuando las persistentes carcajadas de Bess lo obligaron a interrumpir el beso.

–Porque soy muy feliz –Bess no había sabido la respuesta a la pregunta hasta que salió de sus labios.

–Ah… –la besó suavemente en los labios magullados y le acarició el pelo mientras la miraba a los ojos–. Yo también.

Capítulo 14

Antes

Apoyado en el mostrador, Nick se le antojaba como una tentación imposible de resistir, a pesar de los esfuerzos de Bess para ignorarlo. No se lo estaba poniendo fácil. El continuo trasiego de clientes no le había impedido ocupar el único taburete de la tienda ni lo urgía a acabarse su enorme helado.

Sorprendió a Bess mirándolo por encima de una pareja de adolescentes que estaban sumando el contenido de sus bolsillos a ver si les alcanzaba para sus helados. La miró fijamente con sus ojos oscuros y lamió un pegote de helado de la cuchara. Muy, muy despacio. Y al acabar volvió a hacerlo.

—¿Perdón? —volvió a la realidad para atender con las mejillas coloradas al chico que esperaba al otro lado del mostrador—. ¿Me has dicho un batido de frambuesa?

—Dos —empujó hacia ella el montón de monedas y billetes arrugados—. Con cuatro pajitas.

—Mmm… Papi merecería recibir unos azotes por querer ver cómo sorben esas pajitas —murmuró Brian cuando Bess pasó junto a él para sacar una nueva remesa de lacitos salados del horno.

—No sé qué es más inquietante, si que te llames a ti mismo «papi» o que quieras pervertir a un puñado de críos.

Brian soltó una carcajada mientras colocaba las tapas sobre los vasos de plástico e introducía dos pajitas en cada uno.

–Cariño, esos chicos ya son lo bastante mayores. Y yo tengo veintiuno... sólo un año más que tú.

Bess respondió con un bufido y empezó a colgar los lacitos en los ganchos rotatorios de la vitrina.

–Puede que tengan más de dieciocho, pero a mí no se me cae la baba con ellos.

Brian le lanzó una significativa mirada a Nick, situado en el extremo del mostrador, lo que no le hizo ninguna gracia a Bess.

–Con ellos no, desde luego.

–Cállate –le ordenó ella, y le dio un codazo en las costillas mientras despachaba a los jóvenes.

–¿Qué? –protestó él con una mueca de inocencia que no engañaría a nadie. Y menos a Bess.

–¡Que te calles!

Por primera vez en una hora dejó de entrar gente en el local. Nick hundía su cuchara en el especial Sugarland, una mezcla de cuatro bolas de helado, dulce de azúcar, crema de cacahuete, nata, fideos de chocolate y una galletita salada. Se la llevó lentamente a la boca y lamió el helado con una sonrisa.

Maldito fuera.

–Mmmm, mmmm, mmm –murmuró Brian con una mano en la cadera–. Si sigues haciendo eso, Nick Hamilton, voy a pensar que estás colado por mí.

Nick se echó a reír, le lanzó un beso con la boca manchada de dulce y Brian soltó una risita tonta. Bess tuvo que girarse para ocultar su sonrisa.

–Puede que no por mí, pero sí que está colado por alguien –le susurró Brian al oído cuando ella intentó pasar a su lado para ir a la trastienda.

Bess no pudo evitarlo y volvió a mirar a Nick. Estaba

rebañando los restos del helado con la cuchara de mango largo y recogiendo los pedacitos de chocolate. A Bess se le hizo la boca agua y le rugieron las tripas, pero no estaba segura de que sólo fuera por el helado.

—Eh, Bess —le dijo Nick, demostrándole que no había ido allí sólo a tomar un helado—. Esta noche voy a dar una fiesta.

—Qué bien —miró a Brian y fue a la trastienda a ver cómo le iba a Eddie con las palomitas. El señor Swarovsky sólo permitía que fueran los encargados de Sugarland los que hicieran el sirope, siguiendo la receta secreta de su familia, pero Bess había acabado la última remesa horas antes y había puesto a Eddie a llenar los recipientes de plástico.

—¿Cómo te va? —le preguntó, secándose el sudor de la frente con la mano. La trastienda no tenía aire acondicionado y hacía un calor infernal.

Eddie giró la cabeza hacia ella, pero sin establecer contacto visual.

—Bien. Ya casi he acabado.

Tanto Tammy como Brian habrían tardado el doble en hacer aquella tarea. Brian no porque fuera un incompetente, sino porque le encantaba enterarse de todo lo que acontecía en el local y no soportaba quedarse encerrado en la trastienda. Eddie, en cambio, prefería quedarse allí y Bess se alegró, no por primera vez, de que el señor Swarovsky hubiese contratado un personal tan heterogéneo. Gracias a ellos el trabajo se hacía mucho más fácil.

Exceptuando a Tammy, naturalmente, quien se jactaba de chupársela a Ronnie Swarovsky, el hijo del jefe, y quien no podía ser despedida por muy inútil que fuera.

Bess se dio cuenta de que estaba cambiando el peso de uno a otro pie mientras Eddie trabajaba. Seguramente lo estaba poniendo nervioso y ella no tenía nada que hacer allí. Eddie no necesitaba su supervisión. Brian, en cambio, sí.

Pero no quería volver al mostrador. Una semana antes Nick la había acompañado a casa y desde entonces no había olvidado la conversación que mantuvieron en la playa. Él le había dicho que debería averiguar lo que significaba tener un novio «o algo así».

Y si se basaba en la última conversación que tuvo con Andy, ese «algo así» no significaba absolutamente nada. Bess aún no sabía cómo sentirse al respecto. Llevaba cuatro años con Andy. Cuatro años estupendos, y de repente él parecía empeñado en tirarlo todo por la borda sin que ella supiera por qué. Lo único que sabía era que la perspectiva de quedarse sin novio la inquietaba mucho menos que un mes antes.

–Voy a salir a la puerta unos minutos –le dijo a Eddie, quien asintió sin apartar la mirada de las palomitas.

Fuera no hacía mucho más fresco y apestaba a basura, pero desde que Bess descubrió que la sobreexposición a los olores de los dulces podía tener efectos tóxicos, el hedor de los contenedores se le antojaba un alivio. Se apoyó en la pared y sacó un paquete de chicles del bolsillo. No fumaba, pero le apetecía mascar algo.

Andy había sido una parte fundamental de su vida durante los últimos cuatro años, y Bess no conseguía imaginarse un futuro sin él. Habían empezado a salir cuando ella cursaba el último año en el instituto. Andy se había graduado dos años antes que ella y había vuelto para la fiesta de antiguos alumnos. Él y sus amigos habían sido los héroes en el campo de fútbol y los reyes en el baile de graduación, y exigieron bailar con todas las chicas que componían la corte. Bess nunca olvidaría la sensación de la mano de Andy cuando la ayudó a bajar del escenario a la pista de baile. No recordaba la canción de Richard Marx que estaba sonando ni las flores que llevaba en su ramillete, pero jamás podría olvidar el brillo de los ojos azules de Andy ni su blanca y reluciente sonrisa cuando le preguntó cómo se llamaba.

Ella sabía quién era, lógicamente. Cualquier chica lo habría sabido. Andy Walsh había causado impresión en las chicas de segundo curso cuando ayudó a la señorita Heverling a formar el equipo de fútbol femenino. Nunca antes una clase de educación física había suscitado tanto interés. Andy no recordaba a Bess de aquel año, y ella no le recordó que él le dijo una vez que había hecho un lanzamiento perfecto con el balón. Nunca le dijo que todo lo que sabía de fútbol lo había aprendido aquel curso. En vez de eso le hizo creer que era una gran aficionada al deporte. Era una mentira inofensiva, pero de gran utilidad. Quería que le gustara lo mismo que le gustaba a Andy. Y quería gustarle a él.

Al acabar los estudios se moría por formar parte de la vida de Andy. Habían mantenido el contacto mediante el correo, unas pocas llamadas telefónicas y alguna que otra visita durante el último año de instituto.

Al mirar atrás, se daba cuenta de que la distancia había intensificado su anhelo. Cuanto menos lo veía, más importante era verlo.

Barajó media docena de universidades porque sus padres querían que explorase todas las opciones, pero desde el principio sabía que acabaría en la universidad Millersville, donde Andy cursaba su tercer año.

Después de aquello la relación experimentó un rápido avance. Era la primera vez que estaba lejos de casa y descubrió que no era tan terrible como había temido. Perdió la virginidad con Andy en la primera semana de su primer año, en la pequeña cama de Andy mientras su compañero de habitación estudiaba en el pasillo.

Una parte de ella temía que la relación se deteriorara cuando empezaran a verse más a menudo. El primer mes en la universidad pasaron más tiempo juntos del que habían estado en el primer año de relación. Andy la introdujo en su círculo de amistades como si ella siempre hubiera for-

mado parte de su vida. Le dijo que la amaba antes de que
ella se lo dijera a él. Y desempeñó el papel de novio enamorado de una manera tan convincente que Bess jamás al-
bergó la menor duda.

¿Cuándo y de qué manera habían empezado a cambiar
las cosas?

–¿Bess? –Eddie asomó la cabeza por la puerta–. Brian
ne… necesita ayuda.

–Ahora mismo voy –escupió el chicle y volvió adentro
con un suspiro.

Brian estaba siendo asediado por las hordas, pero conseguía mantener a las hordas bajo control como la diva que
era. Los clientes se agolpaban en el pequeño local, pero sin
que nadie armara mucho escándalo. Nick seguía ocupando
su sitio en el rincón, aunque ya no quedaba ni resto del helado. No molestaba a nadie, pero de todos modos, Bess
frunció el ceño al verlo. Era una distracción para la que no
tenía tiempo en esos momentos.

Junto a Brian atendió a los clientes lo más rápidamente
posible, pero pasaron otros cuarenta minutos hasta que el
último de ellos abandonó el local. Brian se derrumbó entonces contra el mostrador con un suspiro exagerado y suplicó un descanso, y a Bess no le quedó más remedio que
concedérselo. Brian se retiró y Bess volvió a quedarse a
solas con Nick.

–Como te estaba diciendo… –dijo él con una sonrisa
tan deliciosa como el helado que se había tomado–. Fiesta
en mi casa esta noche.

Capítulo 15

Ahora

–Hola, Kara, ¿está tu padre? –le preguntó Bess a la hija de Eddie.

–Hola –la saludó Kara, pero sin apenas levantar la vista del periódico sensacionalista que tenía sobre el mostrador–. No. Creo que ha ido a la cafetería. ¿Quieres que lo llame?

Bess no se ofendió por la falta de entusiasmo de la chica.

–Si no te importa…

–Claro –respondió Kara con una breve sonrisa–. Además me dijo que lo avisara enseguida si te pasabas por aquí.

Lejos de incomodarla, la idea de que Eddie Denver pudiera seguir enamorado de ella le resultó muy reconfortante. Se rió y acercó una silla al mostrador.

–Gracias.

Kara se encogió de hombros y sacó un móvil rosa del bolsillo.

–De nada. ¿Papá? Está aquí. ¿Dónde estás? ¿Quieres que le diga que espere? –se apartó el móvil de la oreja para volverse hacia Bess–. No está en la cafetería. Ha ido a comprar cosas para la oficina. ¿Puedes esperarlo? Dice que sólo tardará media hora.

–Claro –pensó en Nick, esperándola en casa. Media hora era más de lo que había pensado, pero necesitaba hablar con Eddie.

–Te espera –le dijo Kara a su padre–. Sí, vale –puso los ojos en blanco y volvió a meterse el móvil en el bolsillo–. Dice que va a darse prisa. ¿Quieres tomar algo mientras esperas?

–Una limonada –ya se le hacía la boca agua al pensar en el líquido frío y agrio.

Recorrió el pequeño local con la mirada mientras Kara cortaba los limones, los exprimía y añadía agua y azúcar. Eddie había cambiado la decoración, pero no mucho. La instalación parecía más moderna y el menú era un poco más variado, pero por los demás todo seguía igual y Bess tuvo la sensación de estar sentada en el lado equivocado del mostrador.

La temporada turística aún no había empezado, por lo que la repentina llegada de un tropel de clientes las pilló a ambas por sorpresa. El local se llenó de una muchedumbre que se desgañitaba y gesticulaba en una larga y ruidosa cola ante el mostrador, pero Kara no perdió la compostura. Atendió a los clientes lo más rápida y eficazmente que pudo mientras el jaleo y la temperatura del local alcanzaban niveles asfixiantes.

–El autobús turístico –le explicó una de las mujeres a Bess.

Durante cinco minutos, Bess estuvo sorbiendo su limonada sin que se despejara el local. A pesar de la actitud irritable y desdeñosa de los clientes, Kara conseguía que la situación no se le fuera de las manos. Bess reconoció en ella la profesionalidad de Eddie, pero era evidente que la chica empezaba a sentirse agobiada. Tenía la mandíbula apretada y mostraba los primeros signos de torpeza al intentar moverse con más rapidez de lo que una persona podía hacer sola.

–Necesitas ayuda –observó Bess cuando Kara se acercó a ella para sacar el último *pretzel*.

La chica se detuvo un momento y le lanzó una sonrisa tan parecida a la de Eddie que Bess no pudo sino devolvérsela.

–¿Te ves capaz?

–Creo que me acordaré de cómo se hace –dijo Bess. Levantó la hoja batiente... ¡hasta el chirrido de las bisagras era el mismo!, y se colocó tras el mostrador–. Tú ocúpate de la caja –le dijo a Kara tras comprobar con una rápida mirada que no sabría cómo manejar la caja registradora en los próximos cinco minutos–. Yo atiendo los pedidos.

Estuvieron trabajando juntas sin apenas cometer errores, hasta que la multitud se acabó disolviendo. Bess vio que Eddie las estaba observando desde la calle, pero no entró hasta que el último de los clientes salió con su bebida en la mano.

–¿Cuánto tiempo has estado ahí fuera? –le preguntó, riendo.

–¡Muchas gracias por tu ayuda, papá! –le reprochó Kara.

–Las dos lo teníais todo controlado –dijo él con una sonrisa–. Hay cosas que no se olvidan, ¿eh, Bess?

–Parece que no –respondió ella, sonriendo con nostalgia.

–Lo habéis hecho muy bien.

–No pongas los ojos como platos, ¿vale, papá? –le pidió Kara–. ¡Me están entrando escalofríos!

Eddie se rió.

–¿Te apetece un café, Bess?

–¿Vas a dejarme sola otra vez? –protestó Kara.

Eddie miró la calle, donde apenas se veían coches aparcados.

–Sólo vamos al otro lado de la calle. Si te ves con problemas, avísame.

Kara gruñó por lo bajo, pero accedió con un suspiro.

–Por esto te pago una pasta, ¿recuerdas? –le dijo su padre.

La chica soltó una fuerte carcajada.

–Desde luego, papá. Una pasta gansa...

–Enseguida estoy de vuelta –dijo él, lanzándole un beso–. ¿Vamos, Bess?

Le sostuvo la puerta y Bess entornó los ojos al recibir los rayos de sol.

–Parece que el verano ha llegado por fin –comentó ella mientras cruzaban la calle–. Parecía que no iba a llegar nunca, con todas las tormentas que hemos tenido.

–Siempre llega, tarde o temprano –Eddie abrió la puerta de la cafetería y Bess pasó al interior–. Y siempre se acaba.

Ella lo miró por encima del hombro.

–Eso son palabras muy profundas.

–Así soy yo –dijo él, riendo–. Profundo como el océano.

Bess sacudió la cabeza, pero sus palabras la hicieron pensar otra vez en Nick y miró la hora en su reloj. Eddie se dio cuenta, pero no le dijo nada hasta que hubieron pedido los cafés.

–¿Tienes que ir a algún sitio?

–Oh... no, la verdad es que no. Sólo lo hago por costumbre.

Eddie levantó las manos para mostrar sus muñecas desnudas.

–Por eso no llevo reloj. Antes siempre estaba pendiente de la hora y me preocupaba más por lo que tenía que hacer que por lo que estaba haciendo.

Bess agarró los cafés antes de que pudiera hacerlo Eddie y los llevó a la mesa.

–¿Ves a lo que me refiero? Lo que dices es muy profundo.

–¿Quién lo hubiera dicho? –separó la espuma del café con su aliento.

–Lo digo en serio –no intentó sorber el café. Se había quemado tantas veces que había aprendido a tener paciencia. Al menos en lo relativo al café.

–¿Sí?

–Sí.

Los labios de Eddie se curvaron con una lenta e intensa sonrisa.

–Gracias.

–No debería de extrañarte. Siempre he sabido que tenías mucho en tu interior.

–Y en mi exterior también… Sobre todo en mi cara.

Bess no intentó desmentirlo.

–Todo el mundo tiene una etapa poco agraciada.

–Sí, la mía duró diecinueve años –se rió y tomó otro sorbo de café.

Bess se atrevió a probar el suyo. No le habían echado demasiada crema y aún quemaba mucho, pero por lo demás estaba aceptable.

–Mírate ahora…

Eddie se quedó callado y Bess temió haber herido sus sentimientos. Se dispuso a disculparse, pero él desvió la mirada hacia la ventana.

–¿Sabes? Pase lo que pase, una parte de mí siempre será aquel chico tímido y apocado con la cara llena de granos.

–Mucha gente se siente así, Eddie.

–¿Tú también?

Bess abrió la boca para decir que no. El tiempo la había cambiado y no compartía las sensaciones de Eddie.

–Sí, yo también. Te juro que hay días en que no me reconozco en el espejo.

–Pero tú no eras precisamente fea –sonrió él–. ¿Qué ves en el espejo?

Fue Eddie el primero que le dijo que Nick no era bueno para ella y que estar con él la hacía dudar de sí misma.

–Sigo viendo a una mujer que duda de sí misma.

–No deberías.

–Y tú tampoco deberías verte como un grandullón acomplejado.

Eddie levantó las manos en un gesto de rendición y Bess miró a una pareja que pasaba por la calle con una ración de churros. La boca se le hizo agua al ver la masa frita con azúcar espolvoreada y crema de chocolate.

–Dios... –suspiró.

–Pídete uno –la animó Eddie–. Los primeros churros de la temporada son los mejores.

Bess negó con la cabeza.

–Ni hablar. Además, sólo quiero un bocadito.

–¿Nada más? –preguntó él, riendo.

–Nada más. Tienes razón. El primer bocado es siempre el mejor –dirigió la mirada hacia Sugarland, al otro lado de la calle. Desde allí no podía ver el local de Swarovsky, pero había pasado por delante al ir al pueblo. El letrero de la fachada anunciaba la receta original de las palomitas caramelizadas, y Bess quiso embadurnarlo con algodón dulce para vengarse por lo de Eddie.

–Minichurros –murmuró Eddie pensativamente.

Se miraron el uno al otro y los dos empezaron a hablar a la vez.

–¿Y si vendieras minichurros?

–Podríamos hacer toda clase de dulces en tamaño reducido...

–Barritas de chocolate fritas –Bess se estremeció de deleite al pensarlo–. ¡Y galletas Oreos! Tienen muchas calorías y no hay por qué tomar más de una.

–Si mantienes los precios razonablemente bajos para que la gente no piense que los estás estafando y... –se interrumpió a sí mismo–. ¡Pepinillos fritos!

–Puaj...

–Están deliciosos –insistió él–. ¿Y perritos de maíz?

–¡Huevos *pretzel*! –exclamó Bess, tan alto que todas las cabezas en la cafetería se giraron hacia ellos.

–¿Qué son huevos *pretzel*?

–Es algo que solía hacer para mis hijos. Tomas un *pretzel* y cascas dos huevos en los agujeros. Es como un sándwich de desayuno. A mis hijos les encantaban.

–Es genial... Esta cafetería y el puesto de burritos son los dos únicos lugares del pueblo donde sirven cosas para desayunar. Yo siempre abro temprano... Sería un mercado por explorar.

–¿Tú crees? –preguntó ella mientras tomaba un trago de café, cuya temperatura había descendido considerablemente.

–Estoy seguro. Y ya no necesitaremos las palomitas dulces de Swarovsky. Nos haremos con nuestro propio hueco en el mercado –sonrió y golpeó la mesa con tanta fuerza que hizo saltar el servilletero.

–Podrías llamarlo Bocaditos –sugirió Bess.

–Podríamos.

Al principio, Bess no lo entendió.

–¿Cómo?

–Podríamos –repitió él–. Lo llamaremos Bocaditos. Tú tienes que estar en el proyecto.

Bess levantó las manos y negó con la cabeza.

–Oh, no, no. De ninguna manera.

–Vamos, Bess. ¿Tienes alguna oferta mejor? ¿Vas a volver a trabajar?

–Lo había pensado, pero...

–Lo harías muy bien. Siempre has tenido ideas geniales. Y sabes cómo llevar un negocio como éste. Te he visto hoy... Y parecías divertirte mucho.

–Pues claro. Porque sabía que podía irme cuando quisiera.

Eddie le dedicó una sonrisa encantadora.

–Eso es lo mejor de ser el jefe, Bess. Te vas cuando quieres.

Bess sabía que aquello no era del todo cierto. Un negocio como Sugarland exigía muchas horas de duro trabajo. En la industria alimentaria había que dedicarse en cuerpo y alma si se quería prosperar.

—No es lo que había imaginado para mi vida, Eddie.

—¿Y qué habías imaginado? —le preguntó él, mirándola con un brillo en los ojos.

—No lo sé. Todavía no lo he pensado…

—Pues piensa en esto. Si quiero convertir Sugarland en Bocaditos necesitaré a una socia que me nutra de ideas.

Bess sospechó que la estaba halagando.

—Lo que necesitarás es dinero.

—Eso también. Pero el dinero se puede conseguir. Lo difícil es encontrar a alguien con visión creativa y con la habilidad para llevar las ideas a la práctica.

—¿Estás hablando en serio? —le preguntó mientras apuraba el café. Los restos estaban fríos y un poco amargos.

—Completamente.

—¡Pero ser socios supondría mucho trabajo! ¿Y quién nos asegura que no acabaríamos tirándonos los trastos a la cabeza?

—Nunca he tenido problemas trabajando contigo.

Bess tuvo que apartar la mirada ante la intensidad que ardía en los ojos de Eddie.

—Yo tampoco, Eddie. Pero eso fue hace mucho tiempo.

—No olvides que por dentro sigo siendo el mismo chico con acné.

Bess se detuvo antes de morderse el labio, un mal hábito que le había costado mucho erradicar.

—Y yo la chica que duda de sí misma.

Eddie volvió a inclinarse hacia ella, y Bess se alegró de tener la mesa entre ambos. Tenía la sospecha de que si no hubiera ningún obstáculo, Eddie le habría agarrado la mano o el hombro.

–Piensa en ello –le pidió, muy serio–. Prométeme que al menos lo pensarás.

Bess agachó la cabeza y le dedicó una media sonrisa.

–No aceptas un no por respuesta, ¿verdad?

–No suelo aceptarlo.

–¿Lo ves? Ya no eres el mismo de antes.

Eddie se levantó y tiró los vasos de plástico en la papelera que había junto a la mesa.

–Si yo no lo soy, tal vez tú tampoco lo seas.

Bess también se levantó y volvió a mirar el reloj. El tiempo pasaba volando cuando estaba con Eddie.

–Tengo que irme.

Él asintió.

–Y yo tengo que volver a la tienda. Gracias por venir a verme.

Bess ya había salido a la calle cuando recordó que no había tenido ningún motivo en concreto para ir a verlo.

–Oh, casi lo olvidaba... Quería decirte que mi marido no va a llevarse a los chicos al viaje que habían planeado. Estarán aquí el trece de junio y no a principios de julio, como estaba previsto.

–Genial. Voy a necesitar ayuda.

–¿Incluso si decides transformar Sugarland en el paraíso de los minichurros? –bromeó ella.

–Sobre todo si lo hago. Piensa en Bocaditos, ¿de acuerdo?

–De acuerdo.

–¡Genial! Y a ver si tomamos café más a menudo –se despidió y cruzó la calle, pero se quedó junto al parquímetro hasta que ella se montó en el coche y se alejó.

Le gustaba Eddie. Siempre le había gustado. Y disfrutaba mucho hablando con él sin tener que preocuparse por su timidez adolescente ni por el engorro de trabajar juntos. Si se convertía en la socia de Eddie la situación podría ser tan incómoda como antes. Por otro lado, los dos habían cambiado mucho. Ella le había dicho que lo pensaría, nada más, y eso fue lo que hizo en todo el trayecto a casa.

Había pasado un rato agradable con Eddie, pero en cuanto entró en el garaje su mundo volvió a centrarse en Nick. Cada aliento, cada latido, cada paso que daba la acercaba a él. Cuando llegó a la puerta ya podía sentirlo, olerlo y saborearlo, y se preguntó cómo podía haber pasado tanto tiempo sin él.

Capítulo 16

Antes

–Sé que llegó a casa del trabajo hace horas –Bess no esperó a que Matty intentara cubrir a su hermano–. Por favor, Matt. Tengo que hablar con él.

Andy no esperaría una llamada de Bess aquella noche. Normalmente se llamaban los lunes a las diez, a menos que ella trabajara hasta tarde. A Andy no le gustaba que lo llamase después de esa hora, alegando que tenía que irse temprano a la cama para madrugar al día siguiente.

Trabajaba como interino en un bufete de abogados a diez minutos de su casa. Su horario era de nueve a cinco con una hora para comer, en la que uno de los socios solía invitarlo a almorzar en un buen restaurante. Ya habían empezado a hablar sobre la posibilidad de un contrato permanente cuando Andy se graduara oficialmente al final del verano. En el otro extremo se encontraba Bess, con su empleo en Sugarland y sus futuros estudios en trabajo social. Su vida se parecía tanto a la de Andy como un champiñón a Mozart.

–Bess… –dijo Matty con un suspiro. Habían sido compañeros de clase, pero no habían congeniado mucho hasta que ella empezó a salir con Andy–. Se está duchando.

A las nueve en punto, un viernes por la noche, no era

muy probable que Andy se estuviera duchando para irse a la cama.

—¿Te ha dicho que no me pases con él?

Matty dejó escapar otro suspiro.

—¿Matty? ¿Te ha dicho Andy que no quería hablar conmigo? —la necesidad por saberlo la abrasaba por dentro.

—Es mi hermano, Bess.

—¿Y eso te da derecho a tratarme tan mal como él?

Matty pareció sentirse más culpable que ofendido por la acusación.

—Lo siento —le dijo en voz baja—. De verdad que está en la ducha.

—¿Se está preparando para salir?

—Sí, eso creo. No suele consultarme sus planes para que le dé el visto bueno. Últimamente sale mucho, y no siempre sé con quién está.

—Pero a veces sí lo sabes —murmuró Bess. Miró al salón, donde su tía Jamie y su tío Dennis estaban empezando una nueva partida de Monopoly. Acababan de llegar para pasar allí su semana de vacaciones, y siempre estaban con los juegos de mesa. Bess se giró y se enrolló el cordón del teléfono en el dedo—. ¿Ha salido ya de la ducha?

Otro suspiro.

—Sí. Voy a avisarlo.

—Gracias.

Oyó el ruido que hacía Matty al mover el teléfono y cómo se dirigía a su hermano.

—Toma. Estoy harto de ser tu mensajero, Andy.

—Que te jodan, Matty.

—Y a ti.

Normalmente, las pullas entre los dos hermanos habrían hecho sonreír a Bess, ajena a la rivalidad fraternal por ser hija única. Pero aquella noche sólo pudo fijarse en las baldosas del suelo mientras esperaba a que Andy se pusiera al teléfono.

–¿Sí? ¿Qué pasa?

–Hola, soy yo.

–Ya sé que eres tú. ¿Qué pasa? –Andy parecía distante y distraído.

–Te echo de menos –la casa estaba llena de gente, como de costumbre, de modo que tiró del teléfono y se encerró en el armario de las escobas. Se sentó en el suelo y pegó las rodillas al pecho–. Te echo de menos, Andy, eso es todo.

–Hablaste conmigo hace unos días.

–Sí, lo sé, pero aun así te echo de menos. ¿Te parece mal?

–No, claro que no.

Se lo imaginó frunciendo el ceño. Seguramente estaba mirándose al espejo, tocándose el pelo y flexionando los bíceps. Típico de Andy.

–¿Adónde vas?

–Voy a salir.

«No le preguntes con quién. No se lo preguntes. No le demuestres los celos que siempre te está reprochando».

–¿Con quién?

–Con algunos de los chicos. Dan, Joe…

Bess nunca había oído hablar de ellos.

–¿Del trabajo?

–Sí.

–Yo también voy a salir –se arañó la cara hasta hacerse sangre–. A una fiesta.

–Que te diviertas –la voz de Andy sonó momentáneamente más lejana y Bess se lo imaginó apartando el teléfono para ponerse una camiseta.

–Sí. Este chico… Nick, me ha invitado.

–Pues que lo pases muy bien –se oyó un ruido metálico. Un reloj, tal vez–. Tengo que irme, Bess. Los chicos me están esperando.

–Pero te veré la semana que viene para el concierto,

¿verdad? Tengo el fin de semana libre –Andy había comprado entradas para ver a Fast Fashion en el Hershey Stadium. Iba a ser uno de los mayores espectáculos del verano.

–Sí, bueno, sobre eso...

A Bess se le cayó el alma a los pies. Del salón le llegaban las risas de sus tíos y de la pareja que los acompañaba en sus vacaciones. Parecían estar pasándoselo muy bien.

–¿Qué pasa?

–No tengo entrada para ti.

–¿Qué?

–Que no tengo entrada para ti –repitió Andy. La primera vez había sonado horrible, pero la segunda le revolvió el estómago.

–¿Cómo que no tienes entrada para mí? Lo habíamos hablado. Tengo el fin de semana libre y...

–Sólo he podido conseguir cinco entradas, Bess –parecía irritado, pero no a la defensiva–. Me dijiste que no estabas segura de poder venir, así que he invitado a algunas personas del trabajo.

Bess esperó un momento antes de preguntar.

–¿A quién?

–Dan, Joe, Lisa, Matt y yo. Cinco en total.

El mismo nombre que había leído en las cartas se le clavó en el estómago.

–¿Quién es Lisa?

–Trabajamos juntos. Le gusta Fast Fashion y le dije que podía venir.

Bess rumió sus palabras antes de soltarlas.

–¿Me estás diciendo que vas a llevar a una chica al concierto en vez de a mí? ¿A ese concierto del que llevábamos hablando todo el verano? ¿A otra chica en vez de a tu novia?

–Sabía que te pondrías así.

–¿Así cómo?

–Maldita sea, Bess. Sólo es un concierto.

–Olvídalo –se levantó, sintiendo un escalofrío a pesar del calor que hacía en el armario–. No importa, Andy. Tengo que ir a mi fiesta.

Él no pareció preocupado en absoluto. Más bien aliviado.

–Veremos a Fast Fashion en otra ocasión…

–No –fue todo lo que pudo decir a través del nudo que le oprimía la garganta.

–Ten cuidado en esa fiesta. Ya sabes que el alcohol no te sienta bien.

Bess no dijo nada.

–Te llamaré mañana, ¿vale?

–Mañana no es lunes, Andy.

Andy soltó un largo suspiro.

–Adiós.

Y colgó.

–Te echó de menos, Andy –volvió a decir ella, y cerró los ojos para intentar contener las lágrimas. Tal vez si lo decía demasiadas veces acabara por ser cierto.

Capítulo 17

Ahora

Bess apoyó una mano en los azulejos de la ducha y suspiró bajo el chorro de agua caliente. Todo el cuerpo le dolía, y aunque era el tipo de tensión que un masaje podría aliviar, la idea de que alguien la tocara en aquellos momentos no era precisamente tentadora.

De niños, sus dos hijos se habían pegado a ella como lapas. Connor seguía tomando el pecho hasta pocas semanas antes de que Robbie naciera, y Bess temía que tuviera que amamantar a los dos a la vez o que se viera obligada a imponerle el biberón a Connor. Por suerte su hijo mayor renunció voluntariamente al pecho, si bien el nacimiento de Robbie fue motivo de celos cuando el pequeño ocupó el lugar de Connor en el regazo de su madre. Bess perdió la noción del tiempo cuando se pasaba las horas en el sofá, dándole de mamar a uno de sus hijos mientras el otro demandaba su atención.

Andy no entendía aquella falta de deseo sexual. Volvía a casa del trabajo esperando encontrarse con la casa limpia, los niños acostados y una esposa solícita y dispuesta a complacerlo en la cama. No se explicaba cómo Bess podía estar tan cansada de no hacer «nada» durante todo el día, ni por qué una mujer tan pasional había perdido todo interés por el sexo.

Mucho tiempo había pasado desde que el cuidado de sus hijos apagara su libido, pero la última semana la había reavivado. Era más que sexo. Follar con Nick era mucho mejor de lo que había sido. Ahora era una mujer más segura, conocía mejor su cuerpo y no tenía ningún problema en decirle lo que le gustaba y cómo le gustaba. Siempre lo habían pasado bien juntos, pero el deseo se había visto atemperado por una actitud recelosa y retraída. Ninguno de los dos quería admitir que sólo era una aventura de verano.

Ahora era completamente diferente.

No podía imaginarse lo que debería de sentir Nick al volver de esa «niebla gris», como él la llamaba. Ya le resultaba bastante difícil aceptarlo sin volverse loca. Se referían a la larga ausencia de Nick como si hubiera estado de viaje. O en coma. Nada de eso explicaba cómo podía tener el mismo aspecto que veinte años antes. Ni por qué su corazón no latía, por qué no respiraba, por qué no dormía...

No podía imaginarse lo que debía de ser para él, así que cuando Nick necesitaba su cuerpo, ella se lo entregaba incondicionalmente. Cuando quería que se durmiera a su lado, los dos pegados y entrelazados, ella se lo permitía aunque odiara que la tocaran mientras dormía. Cuando le preguntaba cuánto lo había echado de menos, se lo decía. Cuando apagaba la televisión o apartaba los periódicos para reclamar toda su atención y olvidarse de los cambios que se habían producido en el mundo, ella lo complacía.

Le daba todo lo que quería porque no podía imaginarse lo que debía de ser regresar de la muerte, y porque entregarse a él era más fácil que pedir una explicación.

El agua aún no se había enfriado cuando decidió salir de la ducha, pero sabía que si se quedaba mucho más tiempo, Nick acabaría yendo en su busca. Cerró el grifo, se secó y se puso una bata de seda. Andy se la había llevado de Japón y le había dicho que era su geisha. La seda se le pegó a la piel húmeda mientras se lavaba los dientes y se aplicaba una carísima crema facial. Se miró las arrugas alrededor de los ojos. Para Andy eran patas de gallo, pero ella prefería verlas como líneas de la risa. Al menos había tenido suficientes risas en su vida para que se le reflejaran en el rostro.

–Hola, nena –Nick la abrazó cuando Bess entró en el salón, dónde él estaba echando un solitario. La sentó en su regazo y deslizó una mano entre sus muslos, pero frunció el ceño al sentir cómo se ponía tensa–. ¿Qué pasa?

Bess lo besó y apoyó la cabeza en su hombro. El cariñoso apelativo seguía sonándole extraño en boca de Nick, pero sumamente delicioso.

–Nada. Sólo me escuece un poco.

Nick le acarició ligeramente el muslo.

–¿Por mi culpa?

–No te preocupes por ello –pasó un dedo sobre las letras estampadas en su camiseta.

Él abrió la mano entre sus piernas, pero no intentó frotarla.

–Lo siento si te he hecho daño.

–Lo hemos hecho sin parar –dijo ella, riendo–. Tranquilo, no me pasa nada –se incorporó para mirarlo, y cuando él la besó sintió el mismo placer que con el apelativo–. Pero tengo que ir a comprar algunas cosas.

Pastillas de arándanos, por ejemplo, para prevenir las infecciones urinarias. Ropa para Nick. Y también comida.

Nick volvió a fruncir el ceño.

–Sí.

Ella le puso una mano en la mejilla.

–Te traeré lo que quieras. ¿Qué necesitas?

Nick la apartó de su regazo para levantarse y miró por la puerta cristalera de la terraza.

–Podrías traerme algo de tabaco.

¿No comía ni bebía y sin embargo fumaba?

–¿Algo más?

–Un par de camisetas. Ropa interior. Algún chándal…

–De acuerdo –fue hacia él y lo rodeó por la cintura para apoyar la mejilla en su espalda. Así permanecieron un rato, hasta que él se giró para abrazarla.

–No tardes –le murmuró con voz áspera, y Bess sonrió a pesar de sí misma con la cara enterrada en su pecho.

Lo único que necesitaba era saber que Nick la deseaba. Ninguno de los dos había hablado de lo que pasaría la próxima semana, cuando llegaran los chicos, y tampoco se habían expresado sus mutuos sentimientos.

Levantó la cara para recibir un beso y fue a vestirse. Se puso unas bragas y un sujetador, un vestido vaporoso con una rebeca a juego y unas sandalias. Agarró las gafas de sol y las llaves junto con el bolso y le dio otro beso a Nick antes de bajar al garaje.

No le había pedido que la acompañara ni él lo había sugerido. Seguramente no quisiera ver los cambios que había experimentado el pueblo, como tampoco quería ver la tele ni los periódicos. O quizá no quería tropezarse con algún conocido y tener que explicarle su milagroso regreso.

Mientras giraba en Maplewood Street hacia la Route I, pensó en la familia de Nick. Lo único que sabía era que se crió con unos tíos que vivían en Dewey Beach y a los que ella nunca había conocido. Nick apenas hablaba de ellos, pero lo más probable era que siguieran viviendo allí.

Aunque, ¿de qué serviría que lo vieran?

Tal vez ni siquiera pudieran verlo.

Bess aparcó en el parking del supermercado, pero no se bajó del coche. Un repentino escalofrío la hizo estremecerse y empezaron a castañetearle los dientes, hasta el punto de que tuvo que encender la calefacción a pesar de estar en la primera semana de junio. El estómago se le revolvió y tuvo que tragar saliva para contener las arcadas.

Separarse de Andy había sido decisión suya, igual que volver a la casa de la playa. Pero... ¿y si con ello hubiera desatado alguna especie de crisis? Se había pasado muchos años pensando en Nick Hamilton, dibujándolo en su cabeza y tratando de explicarse por qué no había vuelto con ella como había prometido. Su vida había sufrido un vuelco tan drástico con la separación que quizá se estuviera aferrando a cualquier detalle para intentar ser feliz.

El castañeteo de los dientes cesó por el aire caliente, pero seguía teniendo la piel de gallina. Se subió el bajo del vestido y observó el cardenal que tenía en una rodilla. Se lo podría haber hecho al golpearse con una mesa, no por chupársela a Nick en el suelo de la cocina. Las manchas circulares en la cara interna del muslo podían ser picaduras de mosquitos y no las marcas que Nick había dejado con sus dedos. Se apretó el sexo a través de las bragas. No había manera de ignorar ni disimular las secuelas de una pasión delirante, salvaje, frenética y constante.

Gimió y se bajó la falda hasta las rodillas. Agarró el volante con ambas manos. El sudor le caía por las mejillas y apagó la calefacción, aunque aún sentía frío. Fuera, la gente entraba y salía del supermercado con camisetas y pantalones cortos. El sol brillaba con fuerza.

Era verano, y ella había perdido el juicio.

Sacó del bolso una caja de pastillas de menta para quitarse el amargo sabor de la lengua. El aire en el interior del coche era sofocante y bajó una ventanilla. El ruido del tráfico, el murmullo de las voces y los chirridos de los carritos le asentaron el estómago con más rapidez que la menta, pero de todos modos se tomó otra pastilla y respiró hondamente.

Que no supiera si alguien más podía ver a Nick no significaba que sólo existiera en su cabeza. Lo había tocado, olido, probado y sentido. Era real. Cómo, era una pregunta para la que no tenía respuesta, pero la explicación no podía ser que se hubiera vuelto loca.

Nunca lo había olvidado, pero tampoco se había pasado los veinte años sufriendo por él. Su vida con Andy no sólo había constado de fracasos y juicios. Se había casado con él con el propósito de amarlo para siempre. Habían tenido dos hijos por los que siempre mantendrían un vínculo aunque el matrimonio hubiera acabado. Volvió a respirar lenta y profundamente. Su matrimonio se estaba acabando, pero eso tampoco la hacía enloquecer.

Se obligó a salir del coche. La brisa fue un agradable alivio, y el soplo de aire en las piernas desnudas terminó por convencerla de su cordura.

Entró en el supermercado y empezó con la compra. Toallas, jabón, champú, detergente, una silla de playa plegable, una cometa, cigarrillos y ropa para Nick, unas chancletas para ella, comida... La factura fue mayor de lo que esperaba, pero en las localidades costeras los precios eran mucho más elevados. Pagó con la tarjeta de crédito y pensó en lo irónico que resultaba comprar la ropa de su amante con el dinero de su marido. Pero no sintió el menor remordimiento. Al fin y al cabo, Andy le pagaba a su amante el viaje a Japón y otras muchas cosas. Y en unos pocos meses estaría pagando sus propias facturas. Tenía dinero de sus abuelos, pero tendría que conseguir un trabajo.

Aquel último pensamiento la convenció aún más de que no estaba perdiendo el juicio. ¿Cómo podía estar loca si pensaba en cuestiones prácticas?

Nick era real. La cuestión no era por qué, ya que para eso sí tenía respuesta. Ella había vuelto a la casa de la playa y él también. Para acabar lo que habían empezado. Después de tantos años seguían atados por una emoción mucho más fuerte que el deseo. Una emoción que ella se negaba a admitir.

La pregunta no era por qué, sino cómo. Y por primera vez desde que Nick surgiera del agua para besarla, creía estar preparada para pensar en cómo había sucedido.

Nunca había entrado en Bethany Magick, pero el letrero le llamó la atención de camino a casa. Aparcó en un estrecho hueco delante de la tienda, con su fachada pintada de rojo y morado y los marcos dorados. Bolas de cristal colgaban en las ventanas sobre juegos de velas, cartas del tarot y otros objetos místicos. También había libros, y eso era lo que interesaba a Bess.

El interior de la tienda olía a romero, gracias a unas pequeñas macetas colocadas en un alfeizar soleado, detrás de la caja registradora. Bess aspiró profundamente y se preguntó si podría cultivar un poco en su salón.

—Es romero —dijo una voz detrás de ella—. Para el recuerdo.

Bess se volvió y vio a una mujer de su misma edad. No iba vestida con faldas de gitana ni lucía aros enormes en las orejas, sino que llevaba unos vaqueros descoloridos, unas chancletas negras y una camiseta ceñida con una calavera estampada. Las cuencas del cráneo eran corazones perfilados con piedras brillantes de imitación.

—Sí —dijo Bess—. Es uno de mis olores favoritos.

La mujer sonrió.

—Soy Alicia Morris. ¿Has estado antes en Bethany Magick?

—Hola. Me llamo Bess Walsh. Y no, no he estado antes aquí —miró alrededor—. ¿Es tuya la tienda?

—Sí —respondió Alicia con una sonrisa de orgullo, y se colocó detrás del mostrador—. Echa un vistazo, y si tienes alguna pregunta no dudes en consultarme.

—Gracias —Bess tenía muchas preguntas, pero no sabía cómo formularlas—. De momento sólo quiero mirar.

—Claro. Adelante.

Bess ni siquiera sabía lo que estaba mirando ni lo que debería buscar, pero de todos modos recorrió lentamente la tienda. Constaba de dos habitaciones separadas por un arco, y parecía tener artículos para todos los gustos. Junto a la caja registradora había estanterías con bolas mágicas, tableros de güija y baratijas como velas con forma de unicornio, gnomos de plástico y gafas de mago.

—Lo más interesante está en la otra sala —le dijo Alicia tras la novela que estaba leyendo—. Esto sólo lo tengo para los turistas y curiosos. Pero no es tu caso, ¿verdad?

Bess dejó la pluma de escribir que estaba examinando.

—¿Cómo lo sabes?

Alicia sonrió.

—Tenía un cincuenta por ciento de posibilidades de acertar, ¿no? Si eres del pueblo te alegrarás de que no te haya confundido con uno de esos puñeteros turistas, y si estás aquí de vacaciones te sentirás halagada por parecer una pueblerina.

Bess se echó a reír.

—En realidad soy ambas cosas. De joven pasaba aquí los veranos, y ahora vivo en la vieja casa de mis abuelos. Pero hacía veinte años que no venía.

—Veinte es un bonito número —los ojos de Alicia se entornaron en una mueca que demostraba interés—. ¿Qué casa, si no te importa que te lo pregunte? Supongo que no te referirás a una de esas monstruosas mansiones que se están construyendo por todas partes...

—No. Está en Maplewood. Tiene una terraza y un tejado gris. Desde la calle no puede verse porque la oculta una casa más grande y nueva.

—Creo que sé a qué casa te refieres. Se puede ver desde la playa.

—Sí —Bess tocó el pelo colorido de un troll de plástico. Era muy bonito, pero no le sería de ninguna ayuda—. ¿A qué te referías con las cosas interesantes?

—Te lo enseñaré —dejó el libro, una novela romántica a juzgar por la tapa, y condujo a Bess a la otra sala bajo el arco. La cortina de abalorios resonó con un susurro metálico al atravesarla.

La habitación estaba iluminada por luces de fibra óptica instaladas en el techo. Había estantes y mesitas cubiertas de terciopelo que contenían un amplio surtido de bolsas con piedras, mazos de cartas y cadenas con colgantes. Una pared estaba enteramente cubierta de libros, y en un rincón había una pequeña cascada. Una puerta con una cortina daba acceso a otra habitación que no se veía desde la parte delantera del local.

–Ahí leo el futuro –señaló Alicia–. Tarot, quiromancia, runas… Pero sólo previa cita, ya que no puedo desatender la tienda.

–Claro –levantó un saquito de piedras de una mesa–. ¿Runas? –había oído hablar del tarot y de la quiromancia, pero no de las runas.

–Las runas son un sistema de adivinación, como las cartas del tarot –explicó Alicia. Removió una bolsa de terciopelo llena de piedrecitas planas y sacó una marcada con una especie de P–. Esta es la runa de Wynn. Normalmente simboliza la suerte o un final feliz –miró fijamente a Bess–. ¿Te dice algo?

Bess se rió.

–No sé… Ahora mismo estoy en medio de un divorcio. No creo que sea la más acertada.

Alicia frotó la runa entre los dedos.

–¿Estás segura?

Bess volvió a reírse.

–De un modo u otro, se resolverá.

Alicia sonrió y sacó otra runa de la bolsa.

–Wyrd.

–¿Qué significa?

–El destino. Un final desconocido –juntó las piedras en su palma.

Bess tragó saliva.

–Es…

–¿Increíble? –Alicia sacudió la cabeza y volvió a meter

las runas en la bolsa–. Deberías dejar que te leyera el futuro… Te haré el descuento para la gente del pueblo.

Fue el turno de Bess para sonreír.

–¿De verdad? Gracias.

Alicia la examinó durante un largo rato en silencio, pero, extrañamente, Bess no se sintió incómoda.

–¿Qué te ha traído hasta aquí? –le preguntó finalmente.

–Nunca había entrado en esta tienda. Me pareció interesante y… –sonrió para suavizar la respuesta–. Se me ocurrió que tal vez pudiera aprender algo sobre los… espíritus.

–¿Espíritus? –la sonrisa de Alicia flaqueó, pero sin llegar a desaparecer del todo–. ¿Por qué?

–Porque… ¿me interesa?

Alicia asintió, fue a la estantería y extrajo un pesado volumen de pasta dura.

–*El otro lado* está bien para empezar. Es un buen manual de referencia sin resultar muy pesado.

–¿Historias de fantasmas? –preguntó Bess con una risita incómoda mientras agarraba el libro.

–Historias, encuentros reales, teorías, testimonios de médiums cualificados que intentan explicar por qué algunas personas no pueden abandonar este mundo.

Bess hojeó las páginas.

–¿Y qué me dices de aquellos que… han vuelto?

Levantó la mirada del libro al no recibir respuesta. Alicia la estaba mirando con la boca ligeramente torcida.

–¿Vuelto?

Bess se encogió de hombros rápidamente.

–¿Alguna vez vuelven del otro lado?

–¿Te refieres a una experiencia cercana a la muerte? ¿La luz al final del túnel y ese tipo de cosas?

–No, me refiero a alguien que haya muerto pero cuyo espíritu no regresa hasta pasado un tiempo –cerró el libro, pero lo sostuvo fuertemente en sus manos.

–No soy una experta en espíritus –respondió Alicia pensativamente–, pero estoy convencida de que muchas manifestaciones se producen al cabo de largos periodos de tiempo, lo que daría la impresión de que el espíritu se ha marchado para luego regresar. No sé si te refieres a eso.

–Oh, sólo estoy hablando por hablar –se rió y se apretó el libro contra el pecho–. Me lo llevo. ¿Tienes algo más?

Alicia buscó en la estantería y sacó un libro, pero no se lo tendió a Bess enseguida.

–¿El espíritu es maligno?

–¿Maligno? No, no, en absoluto –sacudió la cabeza con vehemencia–. Simplemente tengo interés. No es que yo tenga... ya sabes, un espíritu en casa.

Alicia no se rió, aunque siguió sonriendo a medias, y le entregó a Bess el libro. Se titulaba *Más allá del sepulcro*.

–Puede que este te resulte interesante.

Un escalofrío recorrió la columna de Bess, igual que le había ocurrido en el coche.

–¿De qué trata?

–De espíritus malignos –esbozó una amplia sonrisa y la tensión se disipó–. Léelo con las luces encendidas.

–Gracias –agarró los dos libros y siguió a Alicia a la caja–. ¿Eres médium?

–¿Yo? –pareció sorprenderse por la pregunta mientras marcaba los precios.

–Has dicho que en el libro *El otro lado* hay testimonios de médiums cualificados. No sabía que uno se podía especializar para ser médium.

Alicia se rió y metió los libros y la factura en una bolsa plateada.

–Puedes especializarte para ser lo que sea. Pero no, no soy una médium exactamente. Llevo quince años profesando la Wicca.

–¿Eres una bruja?

–Sí –se giró hacia el alféizar y partió una ramita de romero. La olió con los ojos cerrados y se la ofreció a Bess con una sonrisa–. Romero. Para…

–El recuerdo –concluyó Bess–. No lo he olvidado.

Las dos se echaron a reír.

–Disfruta con la lectura. Y vuelve cuando quieras.

–Lo haré –prometió Bess, y salió de la tienda con los libros y el romero.

La temperatura en el exterior había descendido bastante y el cielo se había cubierto de nubes grises.

Un cielo gris…

Bess condujo de regreso a casa lo más rápidamente que pudo, pero aun así no llegó a tiempo antes de que el primer trueno resonara en el cielo. La lluvia empezó a caer nada más entrar en el garaje. Apagó el motor y permaneció unos momentos en el coche, viendo cómo el agua transformaba la arena en barro.

El viento le azotaba el vestido mientras abría el maletero y sacaba las bolsas de la compra para llevarlas corriendo una a una al pequeño vestíbulo al pie de las escaleras. Sólo cuando lo hubo descargado todo entró en casa, cerró la puerta tras ella y agarró tantas bolsas como podía transportar. Las dejó en lo alto de la escalera, a la entrada del salón, pero no se molestó en bajar a por el resto.

–¿Nick?

No recibió más respuesta que el golpeteo de la lluvia en el suelo de la terraza y el estruendo del trueno. Se acercó a las puertas correderas y pegó la cara al cristal. La lluvia horadaba la arena de la playa y revolvía la superficie del mar. Una sombrilla abandonada daba vueltas por la orilla, empujada por el viento hacia el agua. Bess la vio desaparecer, arrastrada por el oleaje, antes de girarse de nuevo hacia el salón.

–¿Nick? ¿Dónde estás?

«Tranquila».

–Siento haber tardado. Tenía que comprar muchas cosas.

Nick no estaba en la cocina, la cual podía ver desde donde ella estaba. Tampoco estaba en el piso de abajo, en la pequeña despensa o en el diminuto dormitorio que una vez fue el suyo. Sólo podía estar en cualquiera de los tres dormitorios del piso superior.

–¡Nick! ¡No tiene gracia!

No tenía gracia, pero si Nick saliera en aquel momento de un armario y gritara: «¡Bu!», ella se pondría a reír como una tonta, aunque sólo fuera de puro alivio. Volvió a llamarlo, aunque su voz quedaba ahogada por la lluvia y la tormenta.

Abrió la puerta del más pequeño de los dormitorios. Dos literas, una a cada lado de la ventana, le recordaron las cabañas de los campamentos veraniegos. Abrió el armario, vacío.

–¡Nick!

La segunda habitación tenía una cama de matrimonio y un futón. Nick no estaba acostado y tampoco en el armario de aquel cuarto, aunque a Bess se le detuvo el corazón al abrir la puerta esperando el susto. Empezó a latirle de nuevo cuando abrió la puerta del cuarto de baño. Apenas era lo bastante grande para la bañera, el lavabo y el retrete. El único escondite era la ducha. Retiró la cortina preparándose para gritar. Pero ni rastro de Nick.

Sólo quedaba por registrar su habitación y el cuarto de baño privado. Tan desesperada estaba por encontrarlo que al principio creyó verlo. Un relámpago iluminó la cama, deshecha, y le hizo creer que las almohadas y mantas eran un cuerpo. Ya estaba encendiendo la luz y avanzando hacia la cama cuando sus ojos se adaptaron y descubrió la verdad.

Dejó escapar un sollozo, pero se reprendió a sí misma. El cuarto de baño. Tenía que estar allí…

Pero no estaba. No estaba en ninguna parte, y mientras volvía al salón escuchó aquel silencio sepulcral que ni siquiera el fragor de la tormenta podía romper.

Nick no estaba allí.

Capítulo 18

Antes

—¿Quieres un trago?

Bess había estado buscando a Nick por la habitación, pero la mano que sostenía un vaso de plástico lleno de cerveza no era de él. Negó con la cabeza. El chico que le ofrecía la cerveza también sacudió la cabeza y le entregó el vaso a la chica que entró detrás de Bess. Se volvió hacia el barril que había en el suelo, junto a la puerta, y movió la manivela arriba y abajo para llenar otro vaso.

Bess se apartó de la puerta para hacer sitio a los invitados que iban llegando. El apartamento de Nick no era muy grande y no hacían falta muchas personas para abarrotarlo. Aun así, sabía que Nick estaba allí, en algún rincón.

La música estaba tan alta que ahogaba cualquier otro sonido. Bess permaneció en el extremo del salón rectangular. Dos sofás, un escritorio y un banco de pesas se alineaban contra las paredes. Delante de ella vio una mesa con sillas entre la gente, y en la pared de enfrente una puerta abierta que daba a un pequeño cuarto de baño. Seguramente la cocina también estaba en aquella dirección.

—¡Bess! —Brian se separó de un grupo de chicas bebedoras y la agarró de la mano—. ¡Hola, cariño! Le dije a Nick que vendrías.

–¿Te lo ha preguntado él? –dejó que Brian la arrastrara hacia la mesa, donde un grupo de personas observaba a un chico y una chica con las manos en un tablero de güija.

–La estás moviendo tú –se quejó la chica, y apartó las manos mientras su compañero insistía en que él no movía nada.

–Están jugando con los espíritus –dijo Brian–. ¡Ven, siéntate conmigo en el sofá! ¿No quieres beber nada? ¡Eh, que alguien le traiga a Bess algo de beber!

–Me lo serviré yo misma –se soltó de los tentáculos de Brian, quien afortunadamente parecía estar distraído y no resultó difícil librarse de él.

Encontró a Nick en la cocina, rodeado por un grupo de chicas bronceadas y con bebidas en las manos. Alzó la vista cuando entró Bess y levantó su botella.

–¡Has venido! –no se bajó de la encimera, pero señaló el frigorífico–. Tengo refrescos, por si quieres.

Debería haberla complacido que Nick la conociera tan bien, pero de repente no quería ser tan buena y previsible. Miró las botellas de vodka, ron y tequila que llenaban la encimera. Normalmente todo el que iba a esas fiestas llevaba alcohol para compartir. Ella había llevado una caja de galletas con mantequilla, más que nada para asegurarse de tener algo que llevarse a la boca. Dejó la caja en la mesa, entre las bolsas de patata y los vasos vacíos, y se sirvió un refresco de cola al que añadió un generoso chorro de ron.

Levantó la mirada antes de tomar el primer sorbo y vio que Nick la estaba observando. Sus ojos negros brillaban intensamente. Le sonrió y levantó su cerveza hacia ella en un brindis silencioso sobre las cabezas de sus admiradoras.

Bess respondió al brindis y bebió.

El cubata le abrasó la garganta y le llenó los ojos de lágrimas, pero el segundo trago le resultó más suave. El sabor no era gran cosa, teniendo en cuenta que estaba hecho con refresco barato. Pero aunque ella no fuese una bebedora, sí que conocía a muchos aficionados a la bebida y sabía que cuanto más bebiera, mejor le sabría.

No podía acercarse a Nick, pero no importaba. La mirada que le había echado hablaba por sí sola. Ella había ido a su fiesta; estaba allí, y eso era suficiente. Agarró su bebida y volvió al salón.

El grupo seguía reunido en torno al tablero de güija. La plancha se movía más rápido que antes, a tal velocidad que nadie podría creerse que la estuviera moviendo un espíritu. Bess no podía ver las palabras que deletreaba, pero a juzgar por las expresiones de asombro debía de ser algo interesante.

–Te digo que están jugando con los espíritus –le repitió Brian–. Y eso no está bien, Bess. No está bien.

–Estás borracho –dijo ella, tomando otro sorbo de su cubata.

–¡Lo estoy, cariño, lo estoy! –chasqueó los dedos e intentó besarla.

Bess apartó la cara en el último momento, de modo que recibió el beso en la mejilla, pero no intentó librarse del abrazo. Brian se apretó contra ella y empezó a mover la boca por su cuello, y entonces sí que se apartó.

–¡Brian! –tuvo que contenerse para no reír, pues Brian no se detendría si no le hablaba en serio–. ¡Soy tu jefa, por Dios! ¡Y soy una chica!

–Lo sé, lo sé –no parecía en absoluto arrepentido–. Pero estás tan apetitosa, cariño… y por aquí no hay nadie tan complaciente.

–¿Complaciente? Eso son palabras mayores. Me sorprende que puedas hablar así estando tan bebido.

–¡Mira quién fue hablar! –repuso él, meneando un dedo.

–Eh, tío, ¿qué haces ligando con Bess? –la voz de Nick acarició los oídos y la entrepierna de Bess–. ¿Es que no sabes que tiene novio… o algo así?

Brian se apartó con un bufido.

–¿Ese imbécil?

Bess se encogió de hombros, pero no dijo nada.

–Interesante respuesta –murmuró Nick.

Por una vez, Brian pareció quedarse sin palabras. Los miró a ambos y se fue a la cocina mientras sacudía la cabeza.

Bess se giró hacia Nick. Aquella noche no llevaba una gorra de béisbol ni un pañuelo y el pelo le cabía sobre un ojo y formaba greñas sobre las orejas y en la nuca. Bess sintió el deseo de entrelazar las manos en sus cabellos.

–¡Nicky! ¡Ven a jugar! –Missy había aparecido de repente, sin Ryan, y tiraba de Nick hacia el otro lado de la habitación, donde un grupo de chicos y chicas formaba un pequeño círculo–. ¡A verdad o reto!

–Vamos –Nick agarró a Bess de la mano y tiró también de ella.

El círculo se abrió para hacerles sitio. A Bess se le empezaba a nublar la vista, pero el ardor de su estómago lo provocaban los dedos de Nick más que el alcohol. La mantuvo agarrada de la mano mientras se sentaban y alguien le pasaba un vaso de cerveza. Se la apretó un par de veces y luego la soltó, pero sus muslos seguían en íntimo contacto.

El juego ya había empezado cuando se unieron al mismo. Alguien había puesto una botella vacía en el centro del círculo.

–Verdad o reto –le susurró Nick al oído–. Si la botella te señala, tendrás que elegir una cosa u otra.

Bess asintió, aunque hubiera preferido simplemente el juego de la botella. Cuando le llegó su turno, eligió verdad y tuvo que contarles a todos con qué edad perdió la virginidad. Dieciocho años, una respuesta fácil. Le tocó girar la botella y esta señaló a Missy, quien eligió reto. Bess la desafió a que enseñara las tetas, lo que ella hizo incluso antes de que Bess acabara de decirlo. El juego se iba animando, como solía ocurrir con esas cosas. Alguien retó a una chica llamada Jenny a que besara a Bess en la boca, y así lo hicieron ante los clamores y vítores del resto.

Al acabar de besarse, Bess se disculpó, riendo. Tenía que ir al baño y a por otra bebida, aunque esa vez sólo pensaba tomar un refresco. No estaba borracha y no quería estarlo, pero un ligero mareo la invadía mientras se lavaba las manos en el lavabo.

¿Por qué había tenido dudas para asistir a la fiesta de Nick? Todo era diversión y nada más que diversión. Andy salía por ahí y se divertía mucho. ¿Por qué no podía hacer ella lo mismo? Era verano, por amor de Dios. ¿Acaso no se merecía un poco de...?

—Diversión —le dijo a su reflejo.

Estaba un poco más borracha de lo que había pensado.

Cuando volvió al salón, el grupo que jugaba con los espíritus había abandonado el tablero de güija y se había unido al círculo de verdad o reto. Bess permaneció un rato en la puerta, observando, pero en vez de volver al juego se sentó junto al tablero abandonado.

—¿Lo has probado alguna vez? —le preguntó una chica sentada en el sofá. Tenía el pelo largo y negro recogido en una cola de caballo—. ¿La güija?

—No. ¿Y tú?

—No.

—Hey, Alicia —Nick saludó con la mano a la chica, quien le devolvió el saludo mientras él se sentaba junto a la mesa—. Pruébalo conmigo, Bess.

—Oh, no sé... —dijo ella, pero ya se estaba sentando. Dejó el refresco a un lado y colocó las manos en la plancha de plástico.

Sus dedos se rozaron y Bess se lamió el labio al imaginarse el hormigueo que le despertaba el contacto. Tenía que ser imaginario. La gente no sentía cosquilleos en la vida real... ¿o sí?

—¿Sabes cómo se hace? —le preguntó a Nick.

–No –le sonrió y se inclinó ligeramente hacia el table-ro–. ¿Hay alguien aquí?

–¿No hay que hacerlo en un lugar tranquilo con una vela encendida o algo así? –preguntó la chica llamada Alicia, inclinándose ella también hacia el tablero.

–La gente lo estaba haciendo antes –Bess parpadeó y apartó los dedos un momento antes de volver a bajarlos. Definitivamente sentía un hormigueo.

–Pregunta tú algo –la animó Nick.

–¿Hay alguien aquí? –preguntó Bess.

La plancha se movió hacia el SÍ.

–Joder, esto acojona –Alicia se echó hacia atrás y subió los pies al sofá, como si temiera que algo la agarrase por debajo.

Nick no parecía asustado y volvió a sonreír.

–Pregunta algo más.

–¿Cómo te llamas? –los efectos del alcohol empezaban a disiparse y Bess volvía a recuperar la agudeza en los sentidos.

La plancha se movió de una letra a otra.

C... A... R... E...

–¿Care?

SÍ

–¿Ese es tu nombre?

SÍ

–¿Dónde estás, Care? –Bess miró a Nick, quien miraba fijamente el tablero de güija.

SOY UN FANTASMA

–¡Me estoy acojonando de verdad! –exclamó Alicia–. ¿Lo estáis moviendo vosotros?

–Yo no –dijo Nick, mirando a Bess.

–Yo tampoco.

SOY UN FANTASMA

SOY UN FANTASMA

SOY UN FANTASMA

La plancha se movía más y más rápido, de una letra a otra, repitiendo la misma frase. De repente se detuvo en el centro del tablero. Bess respiraba agitadamente, y también Nick.

—¿Eres un fantasma bueno? —recordó la famosa frase de *El mago de Oz*: «¿eres una bruja buena o una bruja mala?», pero ni ella era Dorothy ni aquel espíritu era Glinda.

La plancha se giró lentamente, entrelazando las muñecas de Bess y Nick.

SÍ

—No parece muy seguro —dijo Nick—. Tal vez sea un chico malo.

La plancha se movió tan rápidamente que casi se le escapó a Bess de las manos.

NICK

—¿Qué pasa con él? —preguntó Bess.

CHICO MALO

Nick se echó a reír, y al cabo de unos momentos también lo hizo Bess.

—Lo estás moviendo tú, Nick —lo acusó.

NO

SOY UN FANTASMA

—¿Y Nick es un chico malo?

SÍ

PERO TE GUSTA

Nick volvió a reírse, igual que Alicia, pero Bess se limitó a sonreír.

—¿Cuánto le gusto a Bess?

MUY

—¿Muy qué? —preguntó Bess sin poder detenerse.

MUCHO

—Puede que sea un buen fantasma, pero no se le da muy bien el deletreo —Alicia seguía observando la sesión con interés, pero sin bajar los pies del sofá.

CHICO MALO

–¿Eres un chico malo? –preguntó Bess.

FUI

–Ahora es un fantasma –señaló Nick en voz baja.

SÍ

Todos se echaron a reír.

–¿Cómo moriste, tío? –preguntó Nick.

La plancha no se movió, aunque un pequeño temblor la hacía vibrar sobre el tablero, como si estuviera intentando desplazarse. Después de la velocidad con que se había deslizado sobre el elaborado alfabeto para deletrear las respuestas, aquello era como si se hubiera quedado en silencio.

–Pregunta difícil –dijo Nick.

–O tal vez grosera –dijo Bess.

SÍ

–¿Tienes algo que decirnos, Care?

ERROR

Nada más.

–¿Cometiste un error?

NO

–¿Uno de nosotros ha cometido un error?

LO HARÁ

Bess miró a Nick y él la miró a ella. Tragó saliva lentamente antes de formular la siguiente pregunta.

–¿Cuál de los dos?

La plancha la apuntó a ella e inmediatamente a Nick.

–Esto es jodidamente extraño –Alicia se levantó del sofá–. Hasta luego, chicos.

Una carcajada se elevó del grupo que seguía jugando a la botella. La música reverberaba alrededor de la mesa con el tablero. Bess y Nick se miraron el uno al otro.

CHICO MALO

ERROR

SOY UN FANTASMA

–Sí –murmuró Bess cuando la plancha se detuvo–. Ya lo sabemos.

–¿Bess quiere estar conmigo? –preguntó Nick.

SÍ

Nick sonrió.

–¿Es ese su error?

NO

Aquello no era más que un ridículo juego de mesa y ella había estado bebiendo, pero aquellas dos letras le parecieron a Bess más importantes que cualquier explicación racional.

–¿Bess debería romper con su novio?

ERROR

–¿Es un error que rompa con él? –Nick no apartó la vista de los ojos de Bess–. ¿O es un error que se quede conmigo?

Bess retiró las manos de la plancha.

–Esto es absurdo.

Nick siguió con las manos en la plancha.

–¿No quieres saber lo que dicen los espíritus?

–No –se levantó y notó que le temblaban las piernas–. Esto es una estupidez.

Nick también se levantó.

–Eh, no te enfades.

Pero sí que se había enfadado. Incapaz de reprimir las lágrimas, se alejó de Nick, de la fiesta y de todo.

En el porche había más gente, bebiendo y fumando. Se abrió camino a empujones para bajar a la calle, sin importarle ser brusca o maleducada. Sus pies tocaron la acera y luego la calzada. Se había olvidado de su bici, atada a un lateral del edificio. Apretó los puños y se dirigió hacia allí mientras se secaba las lágrimas.

Nick la encontró mientras intentaba abrir el candado.

–Bess…

Se puso muy rígida y dejó de mover las ruedecitas del candado para dar con la combinación correcta.

–Sólo es un juego.

Se acercó a ella y Bess se dio la vuelta, pero tenía la pared a sus espaldas y Nick estaba delante de ella. No había escapatoria.

–No quería enfadarte –pareció que se disponía a tocarla en el hombro, pero no lo hizo.

Bess respiró profundamente.

–No es por ti... Soy yo.

–Eso ya lo he oído antes –dijo él, sonriendo.

Más lágrimas amenazaban con afluir a sus ojos. Quería echarle la culpa al alcohol, pero era mucho más que eso. Era por Andy. Por Nick. Por todo.

–No lo entiendo –dijo, empezando a llorar de nuevo–, si lo quiero a él... ¿por qué sólo puedo pensar en ti?

Una vez que lo hubo dicho ya no había manera de tragarse las palabras. Y en cierto modo era un alivio. La verdad le retiraba un peso de los hombros.

Nick no dijo nada.

Bess desvió la mirada. Debería haberlo imaginado. Nick sólo deseaba lo que estaba fuera de su alcance, y al saber la verdad perdía todo interés en ella.

Era un error desearlo. Se sentía como si estuviera al borde de un acantilado, mirando las aguas revueltas de la ambigüedad moral y deseando que Nick la empujara. Pero él no hizo nada.

De modo que fue ella quien saltó.

Lo besó al tiempo que lo empujaba de espaldas contra la pared. Al principio él no reaccionó, pero entonces llevó una mano a su nuca mientras con la otra la agarraba por la cadera mientras ella lo aprisionaba entre la pared y su cuerpo. Nick le hizo abrir la boca con la suya, pero no le introdujo la lengua. La ligera presión de sus labios le provocaba un hormigueo insoportable. Creyó que iba a decirle algo, pero sólo se oía el susurro de sus respiraciones. Incapaz de esperar más, volvió a besarlo. Le metió la lengua en la boca y esa vez él hizo lo mismo.

Se devoraron mutuamente y sólo se separaron para tomar aliento. Bess se llenó los pulmones con su olor y sabor. Tenía los pezones endurecidos y una corriente de calor
manaba entre sus piernas, y a través de los vaqueros de
Nick sentía su bulto contra el vientre.

Fue Nick quien interrumpió finalmente el beso y se apartó para mirarla a los ojos.

–Esto no es un error, Bess.

–No –dijo ella, sorprendida de poder hablar–. No lo es.

Capítulo 19

Ahora

Para Bess era inconcebible dormir en su cama, que aún seguía impregnada con el olor a sexo, de modo que se acostó en el sofá del salón. La funda de tela vaquera ocultaba el viejo tapizado de flores, y aunque favorecía mucho la decoración hacía que los cojines estuvieran rígidos y fríos. Agarró un paño de ganchillo que su abuela había tejido para el respaldo de un sillón y lo usó para envolverse.

Los ojos y la garganta le escocían por las lágrimas contenidas, pero no podía permitirse llorar. Si cedía al llanto y a la histeria tal vez no pudiera parar. Lo que hizo fue acurrucarse de costado y mirar hacia las puertas correderas. La barandilla de la terraza ocultaba casi toda la vista de la playa, pero llegó a atisbar la espuma de las olas al lamer la orilla. Aquella noche habría resaca.

Nunca le había gustado mucho nadar, a pesar de pasar todos los veranos de su infancia en la playa. Prefería hacer castillos de arena o tomar el sol, aunque el recuerdo de aquellas quemaduras le hacía examinarse compulsivamente las pecas y lunares de su pálida piel. Le gustaba llevar la silla hasta la orilla y dejar que el agua le acariciara los pies mientras se perdía en sus fantasías y mundos imaginarios. Si hacía demasiado calor, se daba un rápido chapuzón para refrescarse, pero nunca le gustó nadar en el mar.

Porque una vez estuvo a punto de ahogarse.

Apenas recordaba el incidente. Era muy pequeña y estaba chapoteando en la orilla mientras su abuela la agarraba de una mano y su madre de otra. De pronto, una gran ola la soltó de sus manos y la volteó bajo el agua. Recordaba la arena arañándole la cara y la espalda mientras la marea la arrastraba hacia el fondo. Contuvo la respiración por instinto y cerró los ojos contra el picor de la sal. Pronto empezaron a arderle los pulmones, más dolorosamente que la abrasión en los codos y rodillas. Una concha rota le cortó la mano al buscar desesperadamente algo a lo que aferrarse.

Justo antes de que la sacaran del agua el dolor había cesado. Y había visto...

—La niebla gris —dio un respingo en el sofá. Las palabras sabían a sangre en sus labios, pues se había mordido la lengua.

La sacaron del agua y ella vomitó todo el agua que había tragado, y desde entonces olvidó que el mundo se había vuelto gris. Hasta ahora. Se incorporó, con el paño enredado en sus pies y el corazón desbocado.

Olió a agua salada y algas. Se giró hacia la puerta, parpadeando frenéticamente, y distinguió una silueta oscura. Oyó el goteo del agua en el suelo, el sonido de su propia respiración y el murmullo de las olas.

Abrió los brazos.

Él se arrodilló a sus pies y enterró la cara en su regazo. El pelo mojado le empapó la falda, y su piel estaba húmeda y ardiente. Estaba desnudo. Bess le recorrió la columna y las costillas con los dedos. Siempre había sido delgado, pero en aquellos momentos también parecía frágil.

Emitió un sollozo y le agarró los muslos. El olor del océano barría su sensual fragancia a jabón y colonia.

Nick volvió a gemir y a Bess le partió el corazón una vez más.

–No vuelvas a dejarme... –le susurró con voz agónica, como si lo estuvieran torturando.

Su cuerpo irradiaba un calor tan intenso como la arena tostada por el sol, pero de todos modos, Bess lo envolvió con la manta y se colocó en el suelo junto a él. Nick pegó la cara a su cuello, acariciándole la mejilla con el pelo mojado, y ella lo abrazó fuertemente mientras pensaba qué podía decir.

–Cada vez que te marchas, creo que no volverás –dijo él.

–He vuelto, Nick.

Él la apretó con fuerza y se apartó. Sus ojos destellaban a la franja de luz que entraba por la ventana. No se veía lágrima alguna.

–Tenía que salir –dijo ella en tono suave. Le apartó el pelo de la frente y le tocó la mejilla.

Siempre se había imaginado a Nick como un hombre intrépido que no le tenía miedo a nada. Era ella la que siempre albergaba los temores y las dudas. Pero al mirar atrás podía ver que Nick había estado tan asustado como ella. O tal vez más.

–Lo sé –dijo él. Apartó la cara y se sentó con la espalda apoyada en el sofá. La manta cayó a su cintura–. Olvídalo.

–Cuando llegué a casa y vi que no estabas... –dudó un momento–, creí que no volverías. Pensé que te había perdido, Nick. Esta vez para siempre.

Se giró para mirarla. Los labios que tanto placer le habían brindado se curvaban hacia abajo en una fea mueca de disgusto. Al cabo de un momento la agarró por la nuca y Bess pensó que iba a besarla, a tirar de ella hacia su regazo y a follarla en el suelo del salón. A pesar de las magulladuras y escozores, su cuerpo respondió al instante.

Pero Nick no la besó. Se limitó a mirarla fijamente.

–No quiero irme. Nunca.

Bess sacudió levemente la cabeza, sin soltarse de su mano.

–Y yo no quiero que te vayas.

Un atisbo de sonrisa asomó en sus labios.

–¿No?

–No.

–¿Qué vamos a hacer? –dobló los dedos y presionó el pulgar contra su pulso. Ella se inclinó hacia él para que su calor la envolviera–. ¿Qué pasará cuando lleguen tus hijos? ¿Les dirás que soy tu novio? Diles que te estás acostando conmigo y que…

Ella lo besó para hacerlo callar. Él se lo permitió, pero no le devolvió el beso y Bess se apartó a los pocos segundos.

–Ya pensaré en algo.

Nick se levantó y la manta cayó a sus pies. No era la primera vez que Bess estaba de rodillas delante de él, pero en esa ocasión no se sentía cómoda con Nick mirándola desde arriba, de manera que también se levantó.

Nick fue hacia la pared y encendió la luz del techo. Bess se protegió con una mano del resplandor y no vio cómo él se acercaba para agarrarla de la muñeca y tirar de ella hacia el espejo.

–¿Qué ves? –le preguntó.

Bess parpadeó unas cuantas veces.

–A mí. Y a ti.

Nick miró intensamente el espejo.

–Para ti sigo teniendo el mismo aspecto. Y tú lo sigues teniendo para mí. Pero tú no te ves igual.

–No recuerdo cuál era mi aspecto a menos que vea alguna foto –dijo ella–. Este es mi aspecto, Nick. Aparento la edad que tengo.

Él se giró hacia ella.

–Tienes miedo de lo que pueda decir la gente.

–Y con razón –respondió Bess. No pretendía ser cruel, pero la forma con que lo dijo le sonó excesivamente dura.

Nick volvió a mirar sus reflejos.

–¿Crees que alguien podría reconocerme?

–Yo lo hice.

Sonrió.

–Me refiero a alguien con quien no me haya acostado.

–¿Acaso hay alguien con quien no te hayas acostado? –preguntó ella, dolida.

–Eh… –la agarró del brazo cuando ella intentó apartarse–. Lo siento, Bess.

Ella dejó que la apretara contra su pecho y le agarró las nalgas mientras él le rozaba el pelo con la nariz.

–Sólo me preguntaba si habría alguien aparte de ti que pudiera recordarme.

–Tu familia.

El cuerpo de Nick se puso momentáneamente rígido, pero enseguida se relajó.

–Casi nadie de mi familia me conocía. Dudo que me reconocieran ahora.

La fragancia marina se había disipado y Bess volvió a aspirar la esencia única y especial de Nick.

–Hay gente en el pueblo que quizás te recuerde, pero la memoria es muy caprichosa, Nick. A menos que tengan una foto tuya dudo que puedan reconocerte. Es posible que les resultes familiar, pero ¿quién podría creerse que no has cambiado nada en veinte años?

–Podrían pensar que soy mi hijo.

–Podrían –corroboró ella–, si pensaran en ello.

Una emoción fugaz cruzó el rostro de Nick.

–Esto es jodidamente complicado. No dejo de temer que sea un error.

«Error».

Bess sacudió la cabeza ante el repentino recuerdo.

–No, no lo es.

Nick la besó en la boca, le introdujo lentamente la lengua y le quitó la camiseta. Le puso las manos en la piel desnuda y volvió a besarla, presionando la erección contra su vientre.

—Quiero follarte otra vez —le pasó una mano sobre las costillas para juguetear con el encaje del sujetador mientras con la otra le agarraba el trasero—. Dime que tú también lo deseas —le ordenó. Sus ojos llameaban al apartarse.

—Te deseo —Bess se lamió los labios y vio como él bajaba la mirada a su lengua—. Lo sabes muy bien.

La penetró allí mismo, en el suelo, y ella se corrió rápidamente, sintiendo el áspero roce de la alfombra en los hombros y el trasero. Nick se corrió un momento después, gritando su nombre a pleno pulmón. Después, la arropó con el paño. El suelo era duro e incómodo, pero Bess estaba demasiado exhausta para levantarse.

—¿No quieres saber dónde he estado? —le preguntó él.

—Si quieres decírmelo…

—Fui a nadar.

—¿No tenías miedo?

—¿Miedo de qué? ¿De ahogarme? —entrelazó los dedos con los de Bess y ella le besó la mano. Quería decir si no había tenido miedo de ser arrastrado a esa niebla gris, lo que quiera que fuese. Pero no le preguntó nada más.

Nick se apretó contra su espalda y la besó en el hombro.

—Nadé con todas mis fuerzas, pero no conseguía alejarme de la orilla. No podía alejarme de ti.

—¿Querías hacerlo?

—Quería saber si podía hacerlo —respondió él.

No era la respuesta a la pregunta que ella le había hecho.

Capítulo 20

Antes

A la mañana siguiente vio una nota clavada en el panel que le había pasado desapercibida la noche anterior. «Andy te ha llamado», había escrito su tía con su letra redonda y clara. Los platos estaban apilados en la cocina y el tablero del Monopoly seguía en la mesa del salón. Ni tía Lori ni tío Carl eran muy madrugadores cuando estaban de vacaciones, y a Bess le encantaría no tener que serlo. La cabeza le dolía horrores mientras se llenaba un vaso de agua y sacaba una porción de pizza del frigorífico. No le gustaba mucho la pizza de jamón y piña, pero no estaba en situación de exigir nada. Una de las pocas ventajas de compartir la casa con la familia era que todos, por acuerdo tácito, le daban de comer de vez en cuando. La comida alivió ligeramente las náuseas, pero para el dolor de cabeza tuvo que permanecer un buen rato bajo el agua caliente de la ducha.

En su pequeño cuarto, mientras se preparaba para ir a trabajar, se miró finalmente al espejo. Tenía el pelo mojado y pegado a las mejillas y al cuello, más oscuro que cuando estaba seco. Le habían aparecido más pecas en la nariz. Lo que le llamó la atención, sin embargo, fue su boca.

Su boca… Los labios que Nick había besado. La lengua que había paladeado. Los dientes que había lamido. Un mareo repentino la invadió, obligándola a apoyar los codos en las rodillas y la cara en las manos, preparándose por si tenía que vomitar la pizza.

Afortunadamente, el estómago no se le salió por la boca, a pesar de los brincos. Los ojos le palpitaban, pero no quería llorar. Al contrario. Lo único que podía hacer era sonreír.

Había besado a Nick Hamilton.

Y él la había besado a ella. La había tocado y ella lo había tocado a él. Una risa nerviosa brotó de su garganta y la sofocó llevándose una mano a la boca. Otro vistazo al espejo le reveló la misma imagen de su boca, hinchada por los besos de Nick.

No habían hecho más que enrollarse. El apartamento de Nick estaba lleno de gente y no había espacio para la intimidad. Además, los dos tenían que levantarse temprano y ya era muy tarde. Bess fue la que puso fin al beso para marcharse, aunque él la siguió hasta la bici y volvió a besarla hasta dejarla sin aliento.

Miró el reloj y se dio cuenta de que iba a llegar tarde. Se recogió rápidamente el pelo, se puso el polo blanco y la minifalda caqui del uniforme y agarró su mochila. Al llegar al trabajo, el aire de la mañana le había aliviado la jaqueca. Y aún no podía dejar de sonreír.

—No me mires así —le advirtió Brian. Estaba sentado junto a la puerta trasera, con la cabeza en las manos—. Tengo una resaca de mil demonios… ¿Por qué tú no?

—Porque yo no soy tan estúpida para emborracharme si tengo que trabajar a la mañana siguiente —le dio un suave puntapié—. Arriba, grandullón.

Brian se levantó con dificultad.

—Es muy temprano. ¿Dónde está Tammy?

—Tammy tiene el turno de tarde, con Ronnie —le recordó Bess con mucha paciencia mientras abría la puerta—. Por la mañana sólo estamos tú, yo y Eddie.

En ese momento llegó Eddie.

–Bu... buenos días.

Brian lo saludó con la mano.

–Eddie, ¿qué te parece si te ocupas tú hoy del mostrador mientras yo me quedó ahí atrás contando los vasos?

La idea pareció horrorizar tanto a Eddie que Bess se compadeció de él.

–Cállate, Brian. Bebe agua o tómate una aspirina, si te sientes tan mal.

Entraron y Brian desapareció inmediatamente en el aseo.

–¿Qué le pasa? –preguntó Eddie.

–Resaca –su dolor de cabeza parecía una pesadilla lejana, gracias a Dios, y había sido sustituido por el recuerdo de la boca de Nick–. Se recuperará. Anoche estuvimos en una fiesta.

–¿No está siempre de fiesta?

Aquel día Eddie llevaba un polo parecido al de Bess, pero de color azul marino. Tenía el cuello doblado por un lado y levantado por el otro. Sin pensar en lo que hacía, Bess le igualó las dos partes. Eddie se quedó helado cuando lo tocó.

–Tenías el cuello asimétrico –le explicó ella, quitándole importancia al gesto.

–Gra... gracias –el rubor de sus mejillas podría haber horneado las galletitas saladas. Como era natural, no la miró a los ojos.

Bess comprendía al muchacho, pero ser el objeto de adoración la hacía sentirse incómoda.

–Estaré en el mostrador.

Los dos asintieron torpemente y Bess se fue a la parte delantera. Aún faltaba una hora para abrir, pero había mucho que hacer en el local. Bess no entendía cómo alguien podía atiborrarse de helados o palomitas por la mañana, pero en cuanto se colgaba el cartel de *Abierto* los clientes no paraban de entrar.

Lo mejor de empezar a trabajar temprano era que acabaría temprano. Y así podría ver antes a Nick y... ¿Qué
harían exactamente?

«Andy te ha llamado».

Su buen humor cayó en picado. En la nota no aparecía
ninguna hora, pero como sus tíos permanecían levantados
hasta muy tarde podría haber sido en cualquier momento
antes de las tres de la mañana, cuando ella volvió a casa.
Sonrió con dureza. Andy había llamado y ella no estaba en
casa... Bien. Que sufriera un poco, preguntándose adónde
había ido y con quién estaba.

Una vez más, el recuerdo de la noche anterior le revolvió las tripas y tuvo que extender un brazo para guardar el
equilibrio.

–¿Te encuentras bien? –le preguntó Brian. Tenía el rostro sonrosado y el pelo y el cuello de su polo rosa empapa-
dos–. No me digas que tú también tienes resaca... Si vas a
vomitar, hazlo atrás.

–No, estoy bien –se irguió e intentó respirar hondo.

Si Andy descubría que había besado a Nick, rompería
con ella de inmediato.

¿Y qué?

–No tienes buen aspecto –Brian llenó un vaso en el sur-
tidor de refresco y se lo puso en la mano–. Toma, bébete
esto. Puede que necesites algo para el estómago.

–Ya te he dicho que no tengo resaca –dijo ella, pero de
todos modos se bebió el refresco y le dio el vaso a Brian
para que volviera a llenarlo.

Él lo hizo y vio cómo ella se lo tomaba con más calma.

–Oh, oh.

Bess dejó el vaso y empezó a encender la máquina de
los batidos y las luces de las vitrinas. No miró a Brian. A
pesar de sus extravagancias era muy observador e inteligente. Y extremadamente descarado.

–¿Te lo has tirado? –le preguntó en voz baja, como si

fuera un secreto de estado–. Joder, Bess... te has tirado a Nick Hamilton.

–¡No! –exclamó ella. Vio a Eddie observándolos desde la puerta, pero el muchacho volvió a desaparecer en la trastienda–. ¡Cierra el pico, Brian!

–¡Oooooh, cariño! –Brian chasqueó con la lengua–. ¿Qué ha pasado con tu novio?

–Nada. No me he acostado con Nick –intentó mantener las manos ocupadas para fingir desinterés.

–Algo has hecho con él. Missy me dijo que había algo entre vosotros.

–Ah, ¿ya aparecemos en las páginas de sociedad?

–Tranquila, pequeña... Missy nunca sabe lo que dice.

–Aunque lo supiera, no es asunto suyo. Ni tuyo.

–Entendido... –por una vez, Brian pareció ponerse serio. Se acercó a ella por detrás y le frotó los hombros para aliviarle la tensión–. Pero ten cuidado, ¿vale, cariño?

Bess intentó relajarse con el masaje.

–Ya soy mayorcita, Brian. No me pasará nada.

Brian se concentró en un lado del cuello.

–Sólo te digo que a Nick le gusta jugar.

Bess volvió a ponerse rígida, inutilizando el masaje de Brian. Rodeó el mostrador y se puso a rellenar los servilleteros de las mesas.

–He dicho que no me pasará nada.

Brian tardó un momento en contestar.

–Sí que te ha dado fuerte, ¿eh?

–No es nada.

–A mí no me parece que sea nada... –Brian rodeó el mostrador y le tocó el cuello–. A mí me parece un chupón enorme.

Horrorizada, Bess se llevó la mano al cuello y se palpó la carne irritada.

–Oh, no.

–Tu novio te comerá viva, cariño –dijo Brian, riendo–.

Ya sé que puedes manejarlo, pero por si acaso… ten cuidado.

Bess levantó el servilletero metálico y vio el inconfundible reflejo de una marca.

—Maldita sea…

—Tengo un poco de crema base en la mochila. Voy a traértela.

—Te quiero, Brian.

—Es la historia de mi vida, cariño… —suspiró—. Ojalá pudiera encontrar a mi príncipe azul…

Nick no era su príncipe azul, pensó Bess mientras terminaba de rellenar los servilleteros. Pero cuando entró en el pequeño aseo para maquillarse la marca de sus labios, pensó que era… algo.

¿Pero qué?

No tuvo tiempo para pensar en ello, porque los clientes empezaron a llegar en tropel. Entre los tres mantuvieron las cosas bajo control, y si Eddie parecía más callado que de costumbre o Brian se mostraba más descarado, Bess apenas lo notó. Cada vez que sonaba la campanilla de la puerta se le encogía el corazón, pero nunca era Nick.

Ni siquiera tenía su número para llamarlo, pensó al acercarse el final de su jornada y seguir sin noticias suyas. Sí sabía dónde vivía y trabajaba, pero ¿podía ir a verlo sin invitación, igual que él había ido a Sugarland para buscarla a ella? ¿Podía hacerlo? ¿Debería hacerlo?

Aún no se había decidido cuando apareció Ronnie para relevarla. Ni cuando guardó sus cosas y desató la bici. Al final del callejón se le presentaron dos opciones. Podía girar a la izquierda y volver a casa, unirse a la partida de Monopoly, comer pizza y bromear con sus tíos y los amigos de estos, llamar a Andy, soportar otra dolorosa conversación, o hacerlo oficial, decirle la verdad y que fuera él quien rompiera con ella.

Giró a la derecha.

No habían pasado ni veinticuatro horas desde que recorrió aquella misma ruta, pero le pareció mucho más larga que a las tres de la mañana. El valor casi la abandonó por completo cuando ató la bici a la barandilla de la terraza de Nick.

Llamó a su puerta antes de que pudiera arrepentirse. Él tardó un rato en abrir, pero la espera mereció la pena cuando lo vio aparecer con una toalla a la cintura y nada más.

—Bess —pareció sorprenderse de verla.

—Hola.

Nick se apartó el pelo mojado de la frente y se hizo a un lado para dejarla pasar. Un hormigueo recorrió a Bess al verlo semidesnudo, y de repente lamentó no haber ido a casa a ducharse, cambiarse de ropa y maquillarse. Se llevó una mano a la cabeza para quitarse la horquilla, así, al menos, el pelo le caería suelto sobre los hombros.

—Sobre lo de anoche... —empezó sin más preámbulos.

Nick sonrió.

—Ya sé que te gusta andar jodiendo por ahí.

La sonrisa de Nick desapareció al instante. Bess respiró hondo y siguió hablando.

—Y solo quería decirte que... me parece bien. Si es eso lo que quieres.

Nick apretó los labios y frunció el entrecejo mientras se cruzaba de brazos. La toalla se deslizó un par de centímetros sobre sus caderas y Bess se sorprendió deseando que se le cayera.

—¿En serio?

—Sí.

Ninguno de los dos hizo ademán por acercarse. Bess quería que la besara igual que la noche anterior. Quería que la sujetara contra la pared y que la penetrara allí mismo.

—Ya sé que tú no buscas nada serio —la voz le temblaba, lo cual no era extraño, ya que se había olvidado de respirar—. Y me parece bien, porque yo tampoco puedo tener algo serio.

Nick la observaba fijamente. Su respiración era más agitada que unos momentos antes, y Bess se preguntó si sería por ella.

—¿No?

Bess negó con la cabeza y se humedeció los labios. Tenía los puños apretados a los costados y se obligó a abrir y relajar las manos. No había pensado en lo que haría cuando se viera en esa situación, pero ahora que se encontraba ante Nick no podía pensar en otra cosa que en follar con él hasta la extenuación.

—Te deseo —confesó en voz baja—. Ahora.

Nick no la sujetó contra la pared. Ni siquiera se movió. Se limitó a mirarla impasible, hasta que finalmente volvió a sonreír.

—¿Estás segura de que no es un error? Anoche los dos habíamos bebido. Le podría haber pasado a cualquiera.

La frialdad de Nick tendría que haberla desanimado, pero Bess no estaba dispuesta a echarse atrás. Se quitó el polo y se estremeció de emoción al ver el brillo de sus ojos. A Nick se le congeló la sonrisa y apretó las manos que tenía bajo los codos, pero por lo demás no se movió.

—No le ha pasado a cualquiera. Nos ha pasado a nosotros —se desabrochó la falda y dejó que cayera al suelo. Su ropa interior cubría más que algunos de los bikinis más atrevidos que había visto, pero no era lo mismo. Ni mucho menos.

Sabía que a través del encaje se podían ver sus pezones, completamente rígidos, y el vello del pubis. Nick emitió un sonido ahogado y gutural, pero Bess no se atrevió a apartar la vista de su cara, ni siquiera para ver si tenía un bulto en la toalla. Se quitó el sujetador y lo tiró al montón de ropa del suelo. Nick tampoco apartó la mirada de sus ojos.

Permanecieron así unos minutos, y cuando Nick abrió finalmente la boca para hablar sin que ninguna palabra saliera de sus labios, Bess avanzó hacia él.

Le bastaron dos pasos para llegar hasta él y otros dos para llevarlo contra la pared. Le quitó la toalla de un tirón y le besó la clavícula, el punto más alto que podía alcanzar sin que él agachara la cabeza. Desde allí fue bajando imparablemente hasta un pezón de color cobrizo, lo lamió y lo sujetó por la cintura para seguir descendiendo hasta la cadera. Allí lo mordió ligeramente y él masculló algo incomprensible. Bess empezó a subir con la boca hasta que estuvieron vientre contra vientre. Nick estaba duro como una piedra, desnudo y con la polla atrapada entre ellos. Bess aún llevaba las bragas y se frotó la entrepierna con el muslo de Nick.

Le mordió el bíceps y él volvió a maldecir. La rodeó con los brazos y le buscó el cuello con la boca. La tocó entre las piernas y ella gimió y también lo tocó a él. Con sus bocas cubrieron varios palmos de piel expuesta mientras se masturbaban mutuamente.

No habían pasado ni dos minutos desde que lo empujara contra la pared, pero Bess no necesitaba más tiempo. Estaba preparada y no quería detenerse a pensar.

–¿Y los condones? –le preguntó al oído, dando por hecho que tendría algunos.

–En la habitación.

Era la primera vez que pisaba su cuarto. Tenía una cómoda, un viejo televisor y una pared llena de CDs y cintas de vídeo. Pero lo único que le interesaba a Bess era el enorme colchón que había sobre un somier en el suelo.

Nick abrió un cajón y sacó un puñado de paquetitos cuadrados que cayeron como una lluvia multicolor en la cama. Bess lo hizo tumbarse boca arriba y se sentó a horcajadas sobre él para remover el montón de condones.

–¿Black Jack? –agarró uno al azar–. Interesante…

Nick levantó las caderas y se frotó contra ella. El roce de la polla erecta contra las bragas mojadas la hizo estremecerse de placer y anticipación. No debería estar allí, pero le daba igual. Y esa despreocupación era casi tan excitante como el propio Nick. Rasgó el envoltorio y le colocó el preservativo con manos torpes y temblorosas. Él la observó sin moverse mientras ella se levantaba y se quitaba las bragas. Volvió a colocarse a horcajadas y agarró la polla por la base, pero de momento no hizo nada. Respiró profundamente, haciendo acopio de valor.

Nick no dijo nada, pero sus ojos ardían de deseo. Tenía la boca entreabierta y los labios humedecidos, y respiraba agitadamente. No hizo nada para forzarla, ni siquiera el más mínimo gesto. Su miembro palpitaba con fuertes pulsaciones, como los latidos de Bess.

Iba a hacerlo. Iba a hacerlo antes de que pudiera arrepentirse. Se levantó para guiar el miembro de Nick a su interior y volvió a bajar lentamente. Ahogó un grito. Nick cerró los ojos y arqueó la espalda para empujar más profundamente de lo que Bess se había esperado.

No fue perfecto, pero las fantasías siempre excedían la realidad. Puso las manos en los hombros de Nick y colocó el cuerpo para ejercer presión donde más la necesitaba. Estaba empeñada en potenciar al máximo cualquier postura que le diera placer en vez de concentrarse en el orgasmo. No esperaba tener ninguno.

El orgasmo, breve e intenso, la pilló por sorpresa. Se inclinó hacia delante y lo agarró fuertemente por los hombros mientras él le aferraba las caderas. Un pequeño gemido brotó de su garganta ante la corriente de placer.

Lo miró y vio que parecía tan sorprendido como ella, pero entonces Nick cerró los ojos y su rostro se contrajo al tiempo que una última embestida lo llevaba al orgasmo. Pasados unos segundos de inmovilidad absoluta, se lamió los labios y abrió los ojos.

Se miraron el uno al otro en silencio. Bess tragó saliva, sintiendo el sudor que le corría por los muslos. Aflojó los dedos y frotó las marcas que le había dejado en los hombros, antes de apartarse y tumbarse de espaldas.

Nick no dijo nada, y ella no supo qué decir ni qué hacer. Aunque en aquellos momentos no podía hacer otra cosa que intentar recuperar el aliento y el sentido común.

Se preparó para sentir la punzada del remordimiento, pero no fue así.

Al cabo de un rato la respiración de Nick se hizo más suave y regular. Bess se giró para mirarlo. Fuera aún no había oscurecido. El perfil de Nick todavía no le resultaba familiar y se dedicó a estudiar sus facciones. La nariz, el mentón, la sombra de las pestañas en las mejillas, la mata de sedosos cabellos negros cayendo sobre la frente…

Era la imagen más bonita que había visto en su vida.

–¿Bess? –la llamó sin mirarla y sin abrir los ojos siquiera.

–¿Mmm? –exhausta por el sexo, y un poco sobrecogida por unas emociones que no esperaba sentir, se giró de costado hacia él.

–Nunca creas saber lo que yo quiero.

No fue hasta mucho después, cuando se encontraba bajo la ducha e intentaba, sin éxito, sentir algún remordimiento, que se percató de una cosa. Habían recorrido sus cuerpos a conciencia con las manos y las bocas. Se habían tocado, lamido, chupado y mordido…

Pero ni una sola vez se habían besado.

Capítulo 21

Ahora

Bess estaba acostumbrada al sonido de la televisión. Andy tenía la costumbre de quedarse dormido frente al aparato, con el volumen bajo, pero lo bastante alto para que se oyera por toda la casa en el silencio de la noche. Tal vez fue la primera señal de que el matrimonio se estaba desmoronando, cuando Andy empezó a preferir los programas nocturnos en vez de irse a la cama con ella.

Se despertó de una pesadilla y al principio no supo dónde estaba. Parpadeó frenéticamente y pasó los dedos por la sábana enrollada a la cintura. La almohada estaba mojada, aunque no supo si era de sudor o de lágrimas. A través de la puerta vio el destello blanco y azulado de la televisión, pero tanto la puerta como la cama estaban en lugares equivocados. Se dio la vuelta para mirar al techo y finalmente supo dónde se encontraba.

En la casa de la playa.

Estaba en la casa de la playa, y el hombre que veía la televisión en el salón no era Andy.

Se apoyó en un codo y sofocó un bostezo con el dorso de la mano. Las pesadillas habían quedado atrás y la única secuela era un estómago ligeramente revuelto. Se levantó y se puso el camisón. Nick estaba sentado con los codos en las rodillas, mirando fijamente la televisión. No miró a Bess cuando ella entró en el salón ni cuando se sentó junto a él, muslo contra muslo. Sólo llevaba puestos unos calzoncillos.

–Hola –lo saludó, besándolo en el hombro desnudo.

–Hola –pestañeó y la miró–. Por Dios, Bess...

Ella apoyó la cabeza en su hombro y miró la pantalla. Nick estaba viendo el canal de noticias.

–Apaga eso.

–Cuántas cosas han pasado...

Bess agarró el mando a distancia de la mesa y apagó la televisión. La oscuridad los envolvió y ella cerró los ojos para adaptarlos. Nick seguía inmóvil a su lado.

–Ya sé que ha pasado mucho tiempo, pero aún no puedo hacerme a la idea... –sus hombros oscilaron levemente con un suspiro–. Maldita sea, Bess.

–Tranquilo. Te acostumbrarás –lo tomó de la mano y le apretó los dedos.

Nick no apartó la mano, pero no le devolvió el apretón. Se estremeció ligeramente y Bess lo rodeó con un brazo, sin que él pareciera relajarse lo más mínimo.

–Voy a preparar unas tostadas –dijo ella al cabo de un largo silencio.

Lo besó en el hombro y se levantó. La luz de la cocina le hizo daño en los ojos hasta que estos se adaptaron al cambio. Sacó el pan blanco del congelador, metió dos rebanadas en la tostadora y sacó la mantequilla y la mermelada de frambuesa del frigorífico. Cuando el tostador expulsó el pan, suculentamente dorado, se sirvió un vaso de zumo de naranja.

Nick entró en la cocina mientras ella untaba de mantequilla y mermelada la tostada. Se sentó en la encimera y la observó. Bess permaneció de pie mientras comía; le parecía ridículo sentarse para tomar un trozo de pan.

–El olor a tostada me recuerda al sexo –le dijo él con una sonrisa.

Bess se metió un pedazo de tostada en la boca y se lamió los dedos.

–¿Quieres un poco?

Nick negó con la cabeza.

–¿Para qué?

Tenía razón, pero Bess no retiró inmediatamente la tostada que le ofrecía. Tampoco se la comió ella, y en vez de eso la tiró al cubo de la basura. Había perdido el apetito.

Nick se bajó de la encimera y le puso una mano en el hombro para girarla hacia él.

–Lo siento.

–No tienes que sentir nada –se encogió de hombros, sin mirarlo–. No debes hacer nada que no quieras sólo por…

–¿Por parecer normal? –concluyó él. Flexionó los dedos, arrugando la tela del camisón–. ¿Te sentirías mejor si fingiera comer? A lo mejor podría yacer junto a ti toda la noche, como si estuviera durmiendo, sólo para que no creas estar follando con un monstruo.

–¡Yo no creo que seas un monstruo! –protestó ella.

Las llamas siempre ardían entre ellos, ya fuera por el calor que despedía la piel de Nick, por la incontenible pasión sexual o por los ánimos encendidos. El calor de sus dedos la abrasaba a través del camisón. Bess se apartó y recogió las migas de la encimera. Al terminar, Nick seguía donde estaba.

–Lo siento.

Bess lo miró, respirando aceleradamente. No soportaba la mirada inescrutable de Nick. Nunca había soportado que sus ojos la traspasaran sin dar nada a cambio.

–No pongas en mi boca palabras que no son mías.

La mirada de Nick vaciló un poco, al tiempo que esbozaba un atisbo de sonrisa.

–¿Y si pongo otra cosa mejor en tu boca?

Bess se cruzó de brazos y retrocedió unos cuantos pasos.

–No puedes tener las dos cosas, Nick.

–¿Qué se supone que significa eso? –preguntó él, poniéndose serio.

–Significa que puedo fingir que no hay nada extraño en todo esto. En nosotros. En ti. Puedo fingir sin problemas que eres mi amante, mucho más joven que yo. O puedo admitir que toda esta situación es una puta locura y que tú has vuelto de... de alguna parte...

–De la niebla gris –dijo él en voz baja.

–Te fuiste y has vuelto –siguió ella en voz más alta–. Hace veinte años fuiste mi amante, y de repente surges de la nada...

–¡De la nada no! –exclamó él–. Maldita sea, Bess, ¿cómo puedes fingir nada si sabes muy bien dónde estuve y lo que soy? ¿Cómo puedes comportarte como si no importara?

–¡Porque te quiero! –gritó ella.

Las palabras resonaron en el silencio. Fuera, el sol se elevaba en un nuevo amanecer y nuevas olas se mecían en el mismo mar de siempre para romper en la misma arena de siempre.

–Te quiero –repitió, y lo tomó de las manos.

Nunca se lo había dicho. Él tampoco se lo había dicho, y no era probable que fuera a hacerlo. Apretó los dedos, pero ninguna palabra salió de sus labios. Mantuvo la boca fuertemente cerrada. Sus ojos, sin embargo, parecieron abrirse a un caudal de emociones contenidas. No todas eran descifrables, pero al menos ya no eran inalcanzables.

–Te quiero –susurró por tercera vez. Tiró de él y le puso una mano en la mejilla–. Siempre te he querido.

Nick cerró los ojos y giró la cara para besarle la palma. La rodeó con los brazos y la apretó contra él. Así permanecieron un largo rato, aunque Bess no se molestó en contar los minutos transcurridos.

–No me importa lo que seas –le dijo finalmente–. Soy feliz de que estés aquí –se apartó para mirarlo a los ojos y tomó una profunda inspiración–. Pero si tú no...

–No –Nick negó con la cabeza y volvió a tirar de ella para besarla en la boca–. Quiero estar contigo. Sólo necesitaba saber que lo tenías claro. No importa qué. Sólo que estuvieras segura.

–Lo estoy –lo besó–. Si tenemos que fingir ante el mundo que nos acabamos de conocer, lo haremos. Si tenemos que decir que eres otra cosa, lo haremos.

Nick sonrió.

–¿Qué pasa con tus hijos?

Bess suspiró.

–No necesitan saber que nos acostamos juntos. Aún no, al menos.

Confió en que Nick lo entendiera, y fue un gran alivio cuando él asintió con la cabeza.

–Claro. Es mejor no asustarlos... Pero ¿quién le diremos que soy?

–Un inquilino –le recorrió las costillas con las manos–. Puedes hospedarte en mi vieja habitación. Tendrás tu propio cuarto de baño y entrada. Si preguntan, les diré la verdad. Hace falta mucho dinero para mantener esta casa, y mi situación económica es más precaria de lo que me gustaría.

Nick inclinó ligeramente las cejas.

–¿Y se lo creerán?

Por la forma en que lo dijo parecía una mentira aborrecible, pero Bess asintió de todos modos.

–Sí. Se lo creerán.

Nick llevó las manos a su trasero y se inclinó para morderle el cuello.

–¿Y qué harás? ¿Te vendrás sigilosamente a mi cuarto por las noches?

Bess se rió cuando los labios y dientes de Nick encontraron un punto especialmente sensible.

–Ya lo veremos.

–¿Y cuando se acabe el verano? –formuló la pregunta

en un tono despreocupado, pero los dos eran conscientes de su seriedad–. ¿Qué pasará entonces?

Ella entrelazó los dedos en su pelo.

–No me marcharé al final del verano.

–¿No?

Bess negó lentamente con la cabeza.

–No.

–¿Estás segura?

–No voy a volver con mi marido. Estamos oficialmente separados.

Era la primera vez que lo decía en voz alta, y se sorprendió de que las palabras siguieran doliéndole. Tragó saliva y carraspeó.

–Connor empezará la universidad en otoño. Robbie se quedará aquí, conmigo. Andy se queda en Pensilvania. No lo ha confesado, pero sé que tiene una amante.

Nick frunció el ceño y masculló un insulto. Su indignación alivió un poco el peso que Bess cargaba en los hombros.

–¿Quién soy yo para criticarlo?

Él la miró seriamente, antes de tomar su rostro entre las manos y besarla. La había besado de muchas formas distintas. Con dulzura, con avidez, con pasión... Pero era la primera vez que la besaba como si fuera lo más importante que pudiera hacer en el mundo. Al retirarse, el corazón de Bess latía frenéticamente.

–¿Te sientes mal? –le preguntó él.

–No, Nick. Debería sentirme mal, pero no es así.

Como tampoco se había sentido culpable años atrás.

–Bien –volvió a besarla y apoyó la frente contra la suya–. Ahora tenemos que inventarnos una historia convincente sobre mí. ¿Cuál será mi nombre? ¿A qué me dedico?

Bess no había pensado en ello.

–¿Qué tiene de malo el nombre de Nick Hamilton?

–Junior –dijo él, dirigiéndose al salón–. ¿Soy mi propio

hijo? ¿Mi padre se largó cuando yo era un crío y me dejó con mi madre?

–Tal vez no te dejó –repuso Bess tranquilamente–. Tal vez murió.

Nick se volvió hacia ella.

–¿Eso crees?

Bess asintió al cabo de un momento.

–Que yo no lo supiera no significa que nadie más lo supiera, Nick.

Él no dijo nada. Fue hacia las puertas correderas y salió al exterior. El sol de la mañana arrancaba destellos dorados en su piel, que conservaba un bronceado permanente fuera cual fuera su estado corpóreo. Bess lo siguió y se apoyó en la barandilla. La brisa le sacudió los cabellos.

Nick contemplaba el mar. El Atlántico no podía compararse con las azules aguas del Caribe, pero aquel día la superficie tenía un tono menos verdoso. La espuma coronaba las olas como relucientes ribetes de encaje blanco y hasta la arena parecía más brillante.

–Volví al pueblo para trabajar durante el verano –dijo Nick con un deje de emoción en la voz.

Bess le puso una mano en el hombro.

–Sí. Necesitabas un lugar para quedarte y yo…

–Me alquilaste una habitación en tu casa porque conociste a mi padre.

–Sí.

–Y el resto no es asunto de nadie…

–Exacto –corroboró ella con una sonrisa.

Nick volvió a mirar hacia el agua.

–Tendré que encontrar un maldito trabajo donde se me pague en negro, ya que no tengo ningún documento de identidad.

Bess no se sorprendió de que Nick supiera cómo conseguir una identidad falsa. Le agarró el brazo y se lo apretó. Su tacto era tan fuerte y sólido como siempre. Nick había sido enteramente real desde su regreso, aunque no comiera, durmiera ni respirara.

–Todo saldrá bien.

Él sonrió, sin apartar la vista del océano.

–Sí, supongo.

Tenía que salir bien. ¿Quién podría creerse que Nick Hamilton había vuelto de la muerte para follar con ella?

–¿Qué te parece si nos vestimos y nos vamos al pueblo? Podemos ir paseando por la playa. Conozco algunos sitios donde contratan a gente sin papeles. Y podemos hacer algunas compras.

–Se me ocurre que antes podríamos hacer otras cosas… –la forma con que se relamió los labios no dejaba lugar a dudas sobre sus intenciones.

La llevó al cuarto de baño y la metió en la ducha, donde descolgó la alcachofa de la pared para rociarle el cuerpo con el chorro de agua caliente.

–Nunca me cansaré de ti –le dijo mientras le separaba los labios vaginales con el dedo.

–Espero que no.

–Lo digo en serio, Bess.

–Está bien –lo besó y se abrazó a él con todas sus fuerzas para recibirlo en su interior con un gemido ahogado–. Te creo.

Capítulo 22

Antes

—Entonces, ¿cuándo voy? —la voz de Andy sonaba débil y apagada en la distancia.

O tal vez sólo se lo parecía a ella.

Bess no tenía un calendario a mano.

—¿Cuándo quieres venir, Andy?

Durante los tres últimos veranos, Bess había trabajado en Bethany Beach, y en ese tiempo Andy sólo la había visitado dos veces. Se excusaba diciendo que ella no solía librar los fines de semana y que no le apetecía ir hasta allí para estar solo. No quería dormir en el sofá ni en el suelo, y no era posible compartir la habitación de Bess estando su familia en casa. Bess había creído que una estancia gratis en la playa compensaría cualquier otro inconveniente, pero al parecer, Andy no pensaba del mismo modo y, consecuentemente, ella dejó de insistirle para que fuese a verla. Y, como era lógico, en cuanto ella dejó de pedírselo, él decidió que ya era hora de hacerle una visita.

—Trabajo todos los fines de semana —añadió antes de que él pudiera responder—. Y la casa va a estar ocupada lo que queda de verano. Supongo que podrías dormir en el porche…

—Muy graciosa.

Bess no lo decía en broma.

–Me parece una tontería que vengas sólo para dos días cuando ni siquiera voy a tener tiempo libre.

–¿No puedes tomarte algunos días libres?

–Soy encargada –le explicó por cuarta o quinta vez–. Y necesito el dinero.

–Sí, claro... El dinero –Andy no había tenido problemas de dinero en su vida–. Pensaba que como no nos vemos desde mayo, querrías que fuera a hacerte una visita.

–Íbamos a vernos para ir juntos al concierto de Fast Fashion –le recordó ella. Hasta una semana antes no se habría atrevido a sacar el tema, pero ahora parecía empeñada en provocarlo–. ¿Cómo estuvo, por cierto?

–¿Aún sigues enfadada por eso? –la carcajada de Andy le crispó los nervios.

–¿Te refieres a haberle ofrecido mi entrada a otra chica para ver a mi grupo favorito? ¿Por qué iba a enfadarme por eso, Andy?

–No seas tan resentida.

–¿Por qué será que cada que vez que te llamo la atención sobre algo que has hecho me acusas de ser una resentida? –miró hacia el salón, donde un nuevo grupo de familiares se sentía felizmente como en casa.

Aquella semana les tocaba a su prima Danielle, a su marido, Steve, y a sus tres adorables pero agotadores hijos. Bess ya se había ofrecido a cuidar de ellos una noche, una oferta no tan generosa como podría parecer, teniendo en cuenta que Danielle y Steve estaban dispuestos a pagarle casi tanto como lo que cobraba en Sugarland.

–¿Quieres que vaya a verte o no?

–Quería que me llevaras al concierto.

–Por Dios, ¿es que vas a seguir siempre con eso?

–Supongo que sí.

Andy soltó un largo suspiro.

–Si hubiera sabido que ibas a incordiar tanto...

—Te lo podrías haber imaginado, Andy —lo interrumpió ella—. Sabías que quería ir contigo a ese concierto. Sabías cómo podría sentarme que me dejarás de lado. Lo sabías y aun así lo hiciste.

Lo que más le dolía no era que hubiese invitado a otra chica, sino que ella le hubiera expresado sus sentimientos y él los hubiese ignorado. Y no era la primera vez.

—Lo siento, ¿vale?

—¡No, no vale! —gritó ella.

—¿Qué quieres que haga? ¡Lo hecho hecho está! ¡Ya no puedo hacer nada por cambiarlo!

—Tienes razón. No puedes hacer nada.

—Te he dicho que lo siento, Bess.

Lo más fácil habría sido perdonarlo y olvidarlo todo, pero Bess no dijo nada y el silencio se alargó entre ellos. No podía saber lo que Andy estaba pensando, pero ella no podía dejar de pensar en Nick.

—Te quiero —dijo Andy.

—¿Ah, sí? ¿En serio?

Andy colgó, y ella se quedó mirando unos segundos el auricular antes de colgar también. El estómago le ardía de furia e indignación y las manos le temblaban, pero no lloró.

Se retiró a su habitación, minúscula y sin apenas espacio, pero siempre limpia y ordenada. Sacó una caja de sobres del cajón de la mesa con la letra E estampada en relieve. Era la inicial de su nombre, Elisabeth, y los sobres se los había regalado una tía por Navidad, mucho tiempo atrás. Bess nunca los había usado porque no se identificaba con su nombre completo y porque tenía la costumbre de escribir ella misma en el sobre. Sacó una hoja y un bolígrafo.

Querido Andy,
Ya no te quiero.

Andy, te odiaría si pudiera sentir algo por ti, pero has dejado de importarme.

Andy,

Me he acostado con otro y me he corrido de tal manera que creo estar enamorada de él. Así que ya puedes llevarte a ese chochito del trabajo a todos los conciertos que quieras.

Querido Andy, no sé cómo decirte esto, salvo contándote la verdad. Creo que ya no te quiero, y estoy segura de que tú tampoco me quieres, porque si lo hicieras me habrías llevado a mí al concierto de Fast Fashion en vez de a una chica a la que acababas de conocer. Sé que te parece absurdo enfadarse por un concierto, y tal vez tengas razón, pero no se trata del concierto en sí. Se trata de la elección que tomaste. Se trata de que elegiste a otra persona por encima de mí.

Escribió una línea tras otra, sin parar. Al final, mordió el extremo del boli, metió las hojas garabateadas en el sobre y lo guardó en el cajón, sin escribir dirección ni destinatario.

Capítulo 23

Ahora

–¿Listo? –Bess se había puesto un vestido de color claro con una rebeca a juego, sobre un sujetador de encaje y unas bragas semitransparentes. Llevaba las sandalias en la mano, en vez de calzarlas para caminar por la playa.

Nick estaba mirando al mar por las ventanas.

–Sí.

Aún era temprano y casi todas las tiendas estarían cerradas cuando llegaran al pueblo, pero el sol ya estaba muy alto en el cielo. Bess había perdido la noción del tiempo mientras estaban en la ducha, y tampoco sabía cuántas veces habían hecho el amor.

Cerró la puerta tras ellos, se guardó las llaves en el bolso y siguió a Nick por el estrecho sendero de arena que conducía a la playa. La arena estaba caliente, pero la sensación en los pies era muy agradable. Levantó la cara para que la brisa fresca le acariciara el rostro y le sacudiera el pelo.

–Creo que voy a comprarme un sombrero para el sol.

Nick la miró.

–Entonces no te saldrán más pecas.

–Ni cáncer de piel, con suerte.

Él se giró del todo para mirarla mientras caminaba hacia atrás.

–Me gustaban tus pecas.

–Claro... –se rió ella–. Las pecas son muy sexys.

–Mucho. Sobre todo las que te aparecen en la nariz.

Bess volvió a reírse.

–Si tú lo dices...

Caminaron pegados a la orilla para evitar las sombrillas y mantas de los pocos valientes que se atrevían a bañarse. El agua aún estaba fría en esa época del año. Nick se agachó para agarrar una venera negra con forma de abanico, sin ninguna mella ni grieta. Encajaba perfectamente en su palma y le pasó el pulgar por encima antes de ofrecérsela a Bess.

En la casa había muchos jarrones con veneras de todas las formas y colores, pero Bess aceptó aquella y se la guardó en el bolsillo de la rebeca. Era el primer objeto material que Nick le había dado.

Aún estaba sonriendo cuando él se arrodilló.

–¿Nick?

Él se encorvó y enterró una mano en la arena mientras con la otra se aferraba el estómago. Una ola avanzó hasta la orilla y se arremolinó alrededor de sus dedos, dejando al retirarse un montón de algas y una breve capa de burbujas.

Bess se arrodilló a su lado y apoyó la mano en su hombro.

–¿Qué ocurre, Nick?

Él sacudió la cabeza. Sus oscuros cabellos cayeron hacia delante, ocultándole los ojos. Gimió. Otra ola se acercó y mojó las perneras de sus vaqueros y el vestido de Bess. Ella rodeó con el brazo sus rígidos hombros.

Nick tomó impulso en la arena y se arrastró unos pasos hacia atrás. Se detuvo, temblando, y volvió a impulsarse. Las huellas que iba dejando parecían las de un cangrejo. Bess lo siguió. El vestido se le pegaba a la arena mojada y le arañaba las piernas, pero ignoró el picor.

–Nick... Dime qué te ocurre.

Él la miró. Tenía el rostro muy pálido.

—Duele —se soltó el estómago y volvió a ponerse de rodillas.

Bess lo ayudó a levantarse. Permanecieron uno frente al otro, con las manos agarradas y las cabezas agachadas, como si estuvieran examinando que hubieran encontrado en la arena. Una blanca cicatriz discurría por la base del pulgar derecho de Nick, y un mapa de venas azules cubría el dorso de su mano. Eran unas manos reales, tangibles y sólidas.

—¿Qué ha pasado?

—No podía seguir. Era como si me hubieran sacado las tripas...

Ella asintió, aunque no podía entender la sensación.

—¿Te sientes mal? ¿Estás... estás enfermo?

Él torció la boca y ella se sintió como una estúpida por preguntárselo.

—No.

—¿Entonces? —le apretó las manos.

Nick negó con la cabeza. Alrededor de sus pies las olas avanzaban y retrocedían. Ella había soltado las sandalias, pero no se giró para comprobar si el mar las había arrastrado.

—Vamos —dijo él.

Se dio la vuelta, soltando una de las manos de Bess, y siguió caminando por la orilla. Ninguno de los otros bañistas parecía haber advertido nada raro y nadie les prestaba atención. Nick tiraba de Bess mientras avanzaba por la fina superficie de agua que lamía la orilla. Ella miró sus sandalias, a salvo de las olas, y vio como el agua borraba las huellas que habían dejado en la arena, como si nunca hubieran pasado por allí.

Dejaron atrás la casa y la franja de playa que había delante y que habría sido el patio de una vivienda tradicional.

—Cuenta —dijo Nick, soltándole la mano.

—¿Qué?

Nick dio un paso adelante.

—Cuenta mis pasos.

A diez pasos de donde se había quedado Bess, se dobló por la cintura con un gruñido. Al undécimo, se tambaleó. Al duodécimo, soltó un gemido que le puso a Bess los pelos de punta.

—¡No, Nick, por Dios!

Al decimotercer paso, Bess descubrió horrorizada que podía ver a través de él. Se lanzó rápidamente en su persecución e intentó agarrarlo por la camiseta para tirar de él hacia atrás, igual que una vez tiró de Connor para evitar que lo atropellara un coche. En aquella ocasión la cabeza también le palpitaba y lo único que podía ver era la mano con que agarraba la espalda de Connor. Aquel día consiguió poner a su hijo a salvo, pero al extender el brazo hacia Nick sus dedos atravesaron el cuerpo sin tocar tela ni carne.

—¡Nick!

El viento se llevó el nombre de sus labios. Nick se tambaleó hacia atrás y Bess palpó finalmente el suave tejido de la camiseta.

Tiró con todas sus fuerzas. La camiseta se rasgó y Nick cayó de espaldas, con Bess encima. Se giró de costado, gimiendo y retorciéndose, pero estaba allí. Su cuerpo era sólido. Seguía siendo real.

Volvió a arrastrarse hacia atrás y formó un ovillo en la arena seca. Bess se arrodilló junto a él y se colocó su cabeza en el regazo. Una sombra se cernió sobre ella y la hizo estremecerse con un escalofrío.

—¿Está bien? —una chica con coletas rubias y bikini azul le ofreció una cantimplora—. ¿Necesita agua?

Nick rodó encogido por la arena y se puso en pie con dificultad. Tenía la cara llena de arena, pero la sonrisa que le dedicó a la chica fue tan arrebatadora que la enamoró al instante.

–Estoy bien. Me ha dado un tirón, eso es todo –puso una mueca y estiró una pierna mientras movía un poco la cintura–. Duele horrores.

La chica no pareció muy convencida, pero otra sonrisa de Nick bastó para tranquilizarla.

–Vale. Sólo quería asegurarme.

Miró a Bess sin el menor asomo de interés, lo cual era lógico estando junto a Nick. Bess le sonrió y asintió con la cabeza, y la chica dio un paso atrás, luego otro y finalmente se alejó, aunque mirando de vez en cuando por encima del hombro. Se sentó en su toalla, dejó la cantimplora en el suelo y agarró su libro, pero seguía mirando a Nick.

Él dejó de sonreír y se dirigió hacia la casa sin decirle nada a Bess ni esperar a que lo siguiera. Sus pies dejaban huellas poco profundas en la arena seca, sin nada que las hiciera desaparecer salvo el tiempo.

Al cabo de unos instantes, Bess lo siguió.

–Espera, Nick.

Él no se detuvo hasta llegar al garaje y apoyarse junto a la puerta. Estaba temblando, pero se recuperó con más rapidez que antes y asestó un puñetazo tan fuerte contra la pared que se despellejó los nudillos.

–Joder, joder, joder –gritó de dolor.

–Níck, mírame… háblame, por favor.

–No puedo dormir, pero sí que puedo sentir dolor –su sonrisa parecía más un feo rictus que una mueca de humor–. ¿No te parece gracioso?

Bess alargó la mano hacia él, pero Nick se soltó y tiró de la puerta. Esta no se abrió, lógicamente, ya que estaba cerrada con llave. Se hizo a un lado para que Bess la abriera y entró como una exhalación. Atravesó rápidamente el vestíbulo y se metió en la pequeña habitación junto al aseo. Volcó la silla del escritorio y fue hacia la ventana. No daba al mar, sino a la valla que separaba la casa del jardín vecino.

En la habitación sólo había espacio para la mesa, la silla, la lámpara en el rincón y el sofá cama. El pequeño armario no tenía puerta, porque la mesa estaba pegado al mismo.

Bess permaneció en el umbral, temblando y en silencio. Nick golpeó el marco de la ventana con tanta fuerza que hizo vibrar el cristal. Golpeó una segunda vez, más suavemente, y se volvió hacia ella.

—No puedo marcharme.

—No lo entiendo —no quería entenderlo. Levantó la silla del suelo y la pegó a la mesa.

—La noche que salí a nadar. Te dije que no pude alejarme de la orilla. Hoy ni siquiera he podido alejarme más de doce pasos de tu playa.

—No es mi playa...

—¡Es esta casa! —agitó una mano en el aire—. ¡Y la playa que está delante! Estoy convencido de que si intentara alejarme por la calle no conseguiría dar más que unos pocos pasos antes de que algo me atravesara la garganta, me sacara las tripas y...

—¡Basta! —exclamó ella. Se llevó las manos a los oídos y soltó una temblorosa exhalación—. Basta ya, Nick.

Se miraron el uno al otro como dos lobos acechando la misma presa, hasta que Nick hundió los hombros y se sentó en la cama con la cabeza en las manos. Bess se sentó a su lado y le rodeó los hombros con el brazo, y él no intentó apartarla.

—Encontraremos la solución —era lo que siempre les había dicho a sus hijos cuando se enfrentaban a un problema aparentemente irresoluble. En aquellos momentos le pareció la respuesta más apropiada.

—No hay ninguna solución —murmuró él—. No puedo marcharme, Bess. Si lo intento, volveré a morir.

Bess no creyó que supiera que había empezado a desvanecerse ante sus ojos. Y no estaba segura de querer decírselo.

–Lo siento.

Nick levantó la cara de las manos.

–¿Lo sientes? ¿De verdad?

–¿Qué significa eso?

–Creo que sabes muy bien lo que significa.

Bess no se dejó amedrentar por sus duras palabras. Además, sabía de qué estaba hablando, aunque él no lo admitiera.

–No quiero que te marches, pero si estás insinuando que me alegra que no puedas ir más allá de la playa...

–No quieres que me marche –repitió él en voz baja, sin mirarla–. La cosa está clara, Bess.

Ella no era la responsable de aquello. No lo era. No podía serlo. Nunca le habría deseado el menor sufrimiento a Nick.

–Siento que estés sufriendo –le dijo con voz débil y distante.

Él se encogió de hombros, sin decir nada. Ella apoyó la cabeza en su hombro y él se puso rígido por un instante. Pero entonces se relajó y Bess sintió una pequeña victoria cuando él se giró hacia ella, la rodeó con los brazos y la besó en la boca.

Y, sobre todo, cuando no le dijo que él quisiera marcharse.

Capítulo 24

Nick no pareció tener ninguna duda sobre la asistencia de Bess a su próxima fiesta cuando se presentó en Sugarland para decírselo. Y, en realidad, Bess tampoco tenía ninguna duda al respecto por mucho que Missy sí pareciera tenerlas. Su amiga estaba en el local, comiéndose un *pretzel* con mostaza, cuando Nick apareció para darles la noticia. Invitó a Brian y a Bess, pero la forma con que invitó a Missy fue más fría y distante. Incluso invitó a Eddie, aunque todo el mundo sabía que Eddie no iba a fiestas. Luego le hizo un guiño a Bess y se marchó de la tienda.

Brian se abanicó el rostro.

–Ese chico es como una aspiradora andante...

–¿Una qué? –preguntó Bess, riendo.

–Si lo que dices es que Nick Hamilton la chupa muy bien, tienes razón, Brian –dijo Missy.

–Ojalá lo supiera –declaró Brian–, pero lo que estoy diciendo, señorita Sabelotodo, es que parece aspirar todas las feromonas allí donde va y... Bah, olvídalo –disgustado, entró en la trastienda.

Bess dejó de sonreír y se volvió hacia Missy.

–¿Se puede saber qué te pasa?

–A mí no me pasa nada. Pero, ¿no crees que Andy puede tener un problema?

–Andy no es asunto tuyo –Bess se puso a limpiar las mesas e intentó ignorarla.

–No puedo creerme que vayas a abandonar a tu novio sólo por una aventura con Nick el Polla –la suavidad de su tono no le confirió ninguna sinceridad a sus palabras.

Bess se irguió y clavó una mirada fija en Missy.

–No lo llames así.

–¿Cómo, Nick el Polla? ¿Qué te parece Nick la Cola?

–No voy a hablar del tema contigo –rodeó el mostrador para escurrir el trapo.

–Tú misma… Luego no digas que no te lo he advertido –Missy se bajó del taburete para tirar el envoltorio a la papelera–. A Nick sólo le interesa el sexo. Se folló a Heather y luego…

–Lo primero –la interrumpió Bess–: yo no soy Heather –dejó que Missy estableciera por sí misma la comparación–. Lo segundo: él no es mi novio y yo no soy su novia. Lo que hagamos no le importa a nadie salvo a nosotros, ¿vale? Y lo tercero: dice que fue Heather quien lo engañó a él.

Missy se echó el pelo por encima del hombro.

–Bueno…

–Sí, bueno –Bess puso los ojos en blanco–. Sea lo que sea, déjalo ya, Missy. Los celos te están nublando el cerebro.

Missy la miró boquiabierta, se puso colorada y volvió a echarse el pelo hacia atrás.

–Celos… ¡Claro!

Las dos se mantuvieron la mirada, hasta que fue Missy quien la apartó.

–A Nick sólo le interesa meterla, pero tú eres mi amiga. No quiero que te hagan daño.

–Nadie va a hacerme daño, Missy.

Missy se hizo a un lado para dejar que una panda de adictos al helado se acercara al mostrador. Cuando Bess terminó de atenderlos, su amiga ya se había marchado.

Para aquella segunda fiesta se peinó y maquilló con mucho más esmero. Incluso eligió con cuidado la ropa interior y se puso un conjunto de satén verde esmeralda que se había regalado a sí misma por su cumpleaños.

—Estás muy guapa —le dijo Benji, el hijo mayor de su prima Danielle, asomando la cabeza en el aseo. Sólo había un lavabo, un espejo y un inodoro, pero al menos era privado. O casi.

—Gracias —usó un lápiz de ojos de color gris para que sus ojos parecieran más azules y brillantes y miró a Benji, que llevaba un pijama de Spiderman y tenía la boca manchada de chocolate—. ¿Qué estáis haciendo?

—Mamá y papá han dicho que tenemos que irnos a la cama —dijo Benji, claramente indignado.

Bess sonrió mientras se aplicaba un poco de brillo de labios.

—En ese caso será mejor hacerles caso.

—¿Tienes novio, Bess?

Bess le puso el capuchón a la barra de labios, metió sus escasos artículos de maquillaje en la bolsa y se volvió hacia su pequeño pariente.

—Algo así.

Benji se echó a reír y Bess le revolvió el pelo.

—Algún día, Benji, tendrás tantas novias que no sabrás qué hacer con ellas.

El chico arrugó el rostro.

—¿Y por qué no sabré qué hacer con ellas?

Era una buena pregunta.

—Créeme… —le dijo Bess—. Ya lo verás.

Mientras iba en bici a casa de Nick tuvo un *déjà vu*, pero se desvaneció en cuanto entró en su apartamento. Aquella fiesta era como una noche en la ópera, comparada con la escandalosa juerga de la vez anterior. Vio unas cuantas caras conocidas, como Brian, Missy y Ryan, pero el resto eran todos desconocidos.

Nick la recibió en la puerta.

—Pasa.

—Vaya... ¿Hay comida de verdad? —miró la mesa de la cocina, donde había una fuente de sándwiches y unos cuencos de patatas.

—Sí —respondió él, riendo—. ¿Tienes hambre?

Se estaba muriendo de hambre, pero no se atrevía a servirse ella misma. Nick la llevó a la mesa y le llenó un plato con comida. Sus miradas se encontraron por encima de las patatas y Nick le sonrió, pero el momento se rompió al cabo de un segundo cuando la gente entró en masa en la cocina.

Comieron, rieron y echaron una partida al Trivial Pursuit. La bebida se tomaba con moderación, y Bess acabó por darse cuenta de que era una fiesta de parejas. Contó mentalmente a los asistentes mientras intentaba abstraerse a la pregunta que Missy le hacía a otra chica sobre la Unión Soviética. Había un chico por cada chica. O, en caso de Brian, otro chico.

Y ella era la chica de Nick.

Las palmas empezaron a sudarle y una sonrisa tonta se dibujó de forma permanente en sus labios. No ganó la partida, pero tenía la cabeza muy lejos del Trivial Pursuit.

La fiesta acabó tarde, aunque mucho antes que la otra. Nick despidió a sus invitados, cerró la puerta y se volvió hacia Bess, quien seguía sentada junto a la mesa de centro.

—Te ayudaré a limpiarlo todo —se ofreció ella. No les llevaría mucho tiempo y ella no quería marcharse, y no sabía de qué otro modo sugerir que quería quedarse allí.

Nick sacó una bolsa de pan blanco del frigorífico y metió algunas rebanadas en la tostadora.

—¿Quieres unas tostadas?

–¿Todavía tienes hambre? –ella no podría tomar ni un bocado más.

–Sí –respondió él, sentándose en la encimera con las piernas colgando.

Bess se apoyó en la encimera justo enfrente de él. La cocina era tan pequeña que Nick le rozó con los pies el bajo de sus pantalones cortos. La tostadora expulsó el pan y él le dio un mordisco a la tostada, sin untarle nada.

–Las tostadas huelen a sexo –dijo con la boca llena.

–¿Qué? –preguntó ella, riendo.

Nick movió la rebanada delante de su nariz.

–¿No te lo parece?

–Si tú lo dices.

Él se acabó la rebanada, pero no se comió la otra. Bess se acercó para sacudirle unas migas de los labios. La tensión creció entre ellos, tan espesa como una capa de miel.

Ya había sido atrevida con anterioridad, pero la advertencia de Missy seguía resonando en su cabeza. Quería colocarse entre las piernas de Nick y tirar de él para besarlo, pero las dudas la refrenaban.

Los ojos de Nick brillaron.

–¿Seguro que no quieres una tostada?

–No quiero tostada.

–Y… –le agarró el codo con una mano y con la otra le tocó la barbilla–, ¿qué otra cosa quieres?

Ella se rió y se acercó más.

–No tiene gracia si no quieres lo mismo…

–Si no lo quiero, te lo haré saber.

Envalentonada, se puso de puntillas para ofrecerle su boca, pero Nick le puso una mano en el hombro. El gesto fue sutil y delicado, pero suficiente para detenerla.

Bess dio un paso atrás.

–¿No?

Nick se bajó de la encimera y la llevó hacia atrás antes de que tuviera tiempo para preguntarle otra vez. En tres pasos habían llegado a la puerta del dormitorio. Nick la cerró con un puntapié, y un segundo después, Bess estaba en la cama con él encima, con su boca pegada al cuello y sus manos tirándole de la camiseta. En pocos segundos estaban los dos desnudos.

Le agarró el miembro y empezó a frotárselo mientras él llevaba los dedos a su entrepierna. La encontró húmeda y preparada. Más que preparada. Apretó los dedos contra el clítoris y Bess gimió de placer.

Nick sacó un preservativo del cajón y se lo dio a ella. Bess lo miró sin saber cómo reaccionar.

–Pónmelo tú. Yo te ayudaré –le agarró la mano y la movió a lo largo de su erección. Se mordió el labio cuando ella extendió la palma sobre el glande.

–Ya lo he hecho antes –dijo ella, riendo.

–Aun así te ayudaré –la voz de Nick se había vuelto ronca. Le agarró la otra mano, la que sostenía el condón, y se colocó el anillo de látex alrededor de la punta. Juntos lo desenrollaron hasta abajo.

A Bess se le secó la garganta ante el momento tan increíblemente erótico que estaba viviendo. Cada movimiento le parecía intensamente especial y excitante. Estaba colocándole un preservativo a Nick para que pudiera penetrarla... ¡A ella! Iba a tener su erección dentro de ella.

Los pezones le palpitaban dolorosamente. El vientre y las mejillas le ardían. Miró a Nick mientras él se acostaba de espaldas y apartó la mano de su polla, enhiesta y enfundada. Se apoyó sobre las manos y rodillas junto a él y se tumbó boca arriba.

–Así.

Nick se giró para colocarse sobre ella y la penetró con facilidad. Se apoyó en las manos para mirarla a los ojos y empezó a moverse, al tiempo que ella se movía con él.

Bess contuvo la respiración a medida que la escalada de placer la llevaba al orgasmo.

–Di mi nombre.

Nick parpadeó con asombro y sacudió la cabeza.

–No...

–Sí...

Los músculos faciales de Nick se endurecieron al resistirse contra lo que Bess le estaba pidiendo. Ella movió las caderas para llevárselo más adentro. Él no apartó la mirada de sus ojos, y en aquel momento, justo antes de darle lo que ella quería. Bess supo que había ganado algo sumamente valioso.

Su nombre brotó de labios de Nick en un susurro débil y ronco que acompañó la eyaculación. Un instante después, ella apretó todo el cuerpo alrededor de su miembro, todavía erecto, y se corrió sin apartar la mirada de sus ojos. Más tarde, sin el preservativo usado y tras hacer sendas visitas al baño, Bess se tumbó junto a él para compartir la almohada y mirar el techo

–¿Vas a decírselo? –le preguntó él en voz baja.

–No lo creo.

Nick se movió.

–Es irónico, ¿no te parece?

–¿El qué?

Se miraron a los ojos.

–Que seas la primera chica con la que quiero estar y que tengas novio.

–Algo así –dijo ella, incapaz de ocultar una sonrisa.

Nick no sonrió.

–Escucha. No puedo prometer que vaya a estar contigo para siempre ni nada de eso...

Bess se incorporó.

–No espero que lo hagas.

Él también se incorporó.

–Pero sí puedo prometerte que eres la única chica con la que me estoy acostando.

La confesión sorprendió, agradó y asustó a Bess.

–Yo tampoco me estoy acostando con nadie más.

Nick sonrió.

–¿No?

–He roto con él –sonrió y dobló las rodillas para apoyar la barbilla encima. Andy tal vez no lo supiera, pero ella sí.

–Entonces tienes mucho tiempo libre… para estar conmigo –Nick le subió una mano por el muslo.

–Supongo que sí.

–Estupendo –dijo él, como si hubieran zanjado algo importante.

Algo que Bess no estaba segura de lo que era.

Capítulo 25

Ahora

Por primera vez en diecinueve años, Bess se había abierto su propia cuenta bancaria. Sólo necesitó media hora en el banco y otros quince minutos en casa para instalar el software pertinente en el ordenador portátil. Debería haberse animado, o al menos tranquilizado, por las cifras que aparecían en la pantalla. Pero al mirar la prueba del cambio que estaba sufriendo su vida, lo único que sentía era tristeza.

–¿Qué pasa? –Nick se inclinó sobre su hombro para mirar la pantalla, pero la besó en la mejilla y se retiró antes de que ella pudiera comentarle nada–. Deja eso y ven a la cama.

–Acabamos de levantarnos –murmuró ella mientras tecleaba rápidamente. Había introducido sus facturas para los próximos meses–. Voy a tener que encontrar un trabajo.

Miró a Nick, quien estaba mirando por las puertas correderas. Cerró el programa y apagó el ordenador.

–Sí –dijo él al cabo de un momento–. Supongo que en ese asunto no puedo serte de mucha ayuda.

Ella no añadió que él tampoco iba a suponerle mucho gasto.

–No estoy preocupada por eso.

Él asintió a medias y siguió mirando a través del cristal.

–¿Qué clase de trabajo quieres buscar?

–He estado pensando en ello –admitió Bess con una risita–. Me han hecho una oferta.

–¿Ah, sí? –volvió a mirarla por encima del hombro–. ¿Quién?

–Eddie. Se nos ocurrió una idea para abrir un nuevo negocio y... creo que voy a decirle que estoy interesada –no se lo había propuesto en serio hasta que las palabras salieron de su boca, pero una vez que lo hubo dicho supo que era la decisión correcta.

Nick se giró hacia ella y frunció el ceño.

–¿Qué clase de negocio? ¿Con Eddie? ¿Ese...?

Bess le lanzó una mirada de advertencia y Nick se calló.

–Eddie es empresario, Nick. Compró Sugarland y tiene experiencia para llevar un negocio. Y hemos pensado en algo novedoso y especial, no en otra tienda de palomitas.

Nick movió los labios, pero apartó la mirada sin decir nada. Bess se dio cuenta de que estaba celoso y no pudo evitar una sonrisa. Fue hacia él y lo abrazó por la cintura.

–Es sólo un trabajo –le susurró con la boca pegada a su espalda.

–Está enamorado de ti –dijo él.

–Oh, no, no lo está –suspiró–. Eso fue hace mucho.

–Para mí no fue hace mucho –repuso él, sin moverse.

Bess lo hizo girarse lentamente.

–Fue hace mucho tiempo.

Él frunció el ceño, suspiró y la apretó contra su pecho.

–Muy bien. Si es eso lo que quieres...

Bess no necesitaba su permiso, pero no lo dijo.

–Creo que quiero intentarlo, Nick. Es una gran idea, y si conseguimos despegar será mejor que trabajar para otra persona.

Él le acarició el pelo.

–No quiero que trabajes. Quiero que te quedes conmigo todo el día y que no nos levantemos de la cama.

–Estaría bien, ¿verdad? –se rió–. Lástima que esto sea la vida real.

–Sí… Lástima.

Bess echó la cabeza hacia atrás para mirarlo.

–Quiero ir a hablar con Eddie y decirle que me gustaría poner en práctica la idea. ¿Estarás bien si te quedas aquí un rato?

Una sombra oscureció fugazmente sus ojos.

–Claro.

–No tengo que irme aún…

–Sí, sí tienes que irte. No puedes quedarte aquí todo el tiempo. Estaré bien. Veré una película o algo.

–¿Estás seguro? –insistió ella, aunque no podía negar que estaba deseando salir de casa. Las ideas para Bocaditos empezaban a brotar en su cabeza y quería contárselas a Eddie–. No tardaré.

–He dicho que estaré bien –espetó Nick, y se apartó con brusquedad de ella para ir al sofá. Agarró el mando a distancia y puso el canal de deportes.

–Vale –Bess no quiso discutir con él–. ¿Quieres que te traiga algo?

–No.

En vez de presionarlo, Bess optó por irse al dormitorio a vestirse rápidamente. Se aseguró también de no tener ninguna marca o chupón visible. Se recogió el pelo en lo alto de la cabeza y le dio un beso a Nick de camino a la puerta.

–Enseguida vuelvo.

–Tómate tu tiempo –dijo él, pero sin parecer muy convencido.

Bess volvió a besarlo.

–Pensaré en ti a cada segundo.

Nick esbozó una sonrisa forzada sin apartar la vista de la televisión.

—Claro.

—Quiero que estés listo para mí cuando vuelva… —le acarició el estómago y él tiró de la mano hacia abajo.

—Siempre lo estoy —la besó él también y tiró de ella para colocársela en su regazo–. No tardes.

—No lo haré —lo besó una vez más y se levantó, y Nick siguió mirando la tele.

Eddie estuvo encantado de dejar a Kara a cargo de la tienda y acompañar a Bess al Frog House, donde pidieron tortillas, patatas fritas y café.

—Podría desayunar a cualquier hora del día —dijo con un suspiro de deleite cuando les sirvieron los platos–. Bueno, ¿qué tienes en la agenda para hoy? ¿Vas a ir a buscar trabajo?

Ella negó con la cabeza y pinchó la tortilla con el tenedor, aunque estaba tan excitada que apenas podía tomar bocado.

—De eso quería hablarte precisamente.

—¿Sí? —Eddie sonrió y dejó su tenedor–. Cuéntame.

Bess soltó una risita nerviosa.

—He estado pensando en Bocaditos…

—¡Lo sabía! —exclamó él, sacudiendo un puño en el aire.

Extrañamente, Bess no sintió vergüenza alguna cuando varias cabezas se giraron hacia ellos. Volvió a reírse y siguió hablando.

—No tengo dinero, Eddie. Necesito un trabajo. Pero no sé si…

—Ya te dije que el dinero no es problema. ¿Cómo estás de crédito? —adoptó una expresión más seria, aunque sus ojos seguían brillando.

—Bien, creo —el corazón le latía con fuerza. Iban a hacerlo–. ¿Eso importa?

—Importa, si tu nombre va a aparecer en la línea de crédito… Esto va a ser fantástico.

Esa vez, Bess sí que se ruborizó.

—Me alegra que lo pienses.

—Estoy convencido —corroboró él con una amplia sonrisa.

—Tengo que hacer algo —dijo ella—. Mi último empleo fue en un centro de desintoxicación, pero las drogas ya no son las mismas de antes. Ahora la gente esnifa y se mete cosas de las que nunca había oído hablar. No creo que pudiera volver a ese trabajo.

—Claro que podrías —le aseguró Eddie—. Pero me alegro de que no lo hagas.

Bess se dejó contagiar por su entusiasmo.

—Las facturas no van a pagarse solas. Connor empezará la universidad después del verano, y con el asunto del divorcio... —se calló, pero Eddie no dejó que el silencio se hiciera incómodo.

—En otoño empezaremos con las reformas. Todo saldrá bien, Bess. Ya lo verás.

Lo dijo con tanta seguridad que a Bess no le quedó más remedio que creerlo.

—Lo sé.

El móvil de Eddie empezó a sonar y se lo sacó del bolsillo para mirar la pantalla.

—Es Kara. Tengo que volver a la tienda.

—Y yo debo volver a casa —agarró la cuenta antes de que él se le adelantara—. Pago yo.

—No. Invito yo.

—No —insistió ella, manteniendo la cuenta fuera de su alcance.

Eddie levantó las manos en un gesto de rendición.

—De acuerdo. Pero te debo una.

—¡No, no me debes nada! —exclamó, riendo—. ¡La última vez me invitaste tú!

Eddie sacudió la cabeza.

—¿Me dejarás que te invite a cenar alguna vez?

Una cena no era igual que un desayuno, y ambos lo sabían. Bess abrió la boca para responder, pero él la cortó amablemente.

–Si te parece demasiado pronto, lo entenderé. Quiero decir... con el divorcio y todo eso. Podría ser una cena amistosa, nada más.

–No estaba pensando en nada más –dijo Bess.

Eddie tenía una sonrisa realmente encantadora, y sus ojos azules brillaban permanentemente tras sus gafas de montura oscura.

–Lástima... porque iba a pedirte una cita.

Bess se removió incómoda en el asiento.

–Eddie...

–Piénsalo –se inclinó ligeramente hacia delante.

Ella lo miró a los ojos.

–No puedo, Eddie.

Esperó que no malinterpretara su rechazo, pero ¿de qué modo podía tomárselo? Ella no podía decirle la verdad, y Eddie no se merecía que le mintiera.

Eddie asintió, como si se hubiera esperado su negativa.

–De acuerdo –aceptó, sonriente–, pero si cambias de opinión, la proposición seguirá en pie.

Bess ladeó la cabeza para mirarlo de arriba abajo.

–Realmente has cambiado, ¿eh?

–Eso espero –se pasó una mano por el pelo y pareció encogerse por primera vez desde que volvieron a encontrarse–. Supongo que he crecido.

–Estás mucho mejor así –le dijo Bess, aunque enseguida deseó haberse mordido la lengua.

La sonrisa de Eddie, sin embargo, la tranquilizó.

–Gracias.

Se miraron el uno al otro durante medio minuto, sonriendo, hasta que Bess se levantó.

–Tengo que volver a casa. Gracias, Eddie, por... por todo.

Por darles trabajo a sus hijos. Por pedirle una cita y verla como algo más que una madre o una mujer separada.
Por ser su amigo, aun después de veinte largos años.

–Aquí estoy para lo que me necesites –le dijo él, y Bess
lo creyó.

Capítulo 26

Antes

Bess estaba maravillada por la facilidad con la que había sucedido todo, pero no se lo dijo a Nick. Él parecía asumir que era el orden natural de las cosas: primero el sexo salvaje y luego pasar juntos todo el tiempo libre. A Bess le daba un vuelco el estómago cada vez que cerraba Sugarland y se encontraba a Nick esperándola.

Claro que sólo llevaban juntos tres semanas.

No paseaban de la mano por la playa y él no le llevaba flores ni le recitaba versos. Nick prefería tomar pizzas y batidos en su apartamento que invitarla a cenar en un restaurante. Ninguno de los dos tenía coche, por lo que para ir al cine dependían de la generosidad de sus amigos. Missy los ignoraba a ambos y Ryan hacía todo lo que Missy quería, de modo que las citas de Nick y Bess se limitaban a lo que pudieran hacer en el pueblo.

A ella no le importaba. Lo que más le apetecía tras un duro día de trabajo era tirarse en el sofá. Había estado haciendo tantas horas como podía, lo que a veces suponía cerrar el local y abrirlo a la mañana siguiente, con sólo cuatro o cinco horas de sueño, para luego volver a cerrarlo.

No le daban un nombre específico a lo que había entre ellos. Ni siquiera se lo decían a nadie, aunque difícilmente podría ser un secreto. Brian había dejado de bromear con Bess sobre ello, lo que demostraba hasta qué punto debía de parecer algo serio. Pero con Nick nunca hablaba de una «relación», ni de «lo nuestro».

No había vuelto a hablar con Andy desde la noche que le colgó el teléfono, y cada día que pasaba sin que él la llamara más difícil le parecía llamarlo ella. Intentó sentir pena, remordimiento o enojo, pero ni en su cabeza ni en su corazón quedaba mucho espacio para el malestar. Nick la había colmado de otras cosas.

Ella no se trasladó a su apartamento, y raramente se quedaba a pasar la noche con él. Dejó un cepillo de dientes y una pequeña bolsa de aseo en su cuarto de baño, y le pareció algo tan significativo que no quiso comentarlo en voz alta.

El sexo era cada vez mejor. Lo hacían siempre que se veían, es decir, a diario, una o dos veces al día, e incluso en una ocasión memorable lo hicieron cuatro veces, dejándola con dolores durante varios días.

Tampoco hablaban de eso. Ni de cómo a Nick le gustaba sujetarle las manos sobre la cabeza o agarrarla por el pelo cuando ella se ponía de rodillas; ni de esos días en los que Nick la follaba nada más abrirle la puerta. Ni de todas las posturas que practicaban estando desnudos, si bien no habían vuelto a besarse en la boca desde la primera noche que pasaron juntos.

Aquella noche, Bess se dejó caer en la cama de Nick frente al ventilador. En su pequeña habitación tenía aire acondicionado, pero no comentó nada al respecto. Nunca llevaba a Nick a la casa de la playa. No quería tener que dar explicaciones, sobre todo porque Andy había sido una presencia constante en los eventos familiares y su reemplazo suscitaría muchos interrogantes que ella no quería responder. Bostezó y se acurrucó con una almohada bajo la mejilla mientras Nick hacía zaping perezosamente. Ya habían comido y hecho el amor, y Bess intentaba recuperar las fuerzas para ducharse y volver a casa en la bici.

Nick se detuvo en la escena de una mujer con el pelo largo y negro que le tiraba bolas de nieve a un chico rubio. Los dos cayeron en la nieve, riendo y besándose.

—¿Quieres ver esto? —le preguntó, pero dejó el mando a distancia sobre la cómoda sin esperar respuesta.

—¿*Love Story*? Claro —la había visto media docena de veces, y era perfecta para una noche en la que no quisiera pensar en nada.

Nick se acostó a su lado, desnudo también, y le puso una mano sobre la cadera. El vello del pubis le hacía cosquillas en el trasero. Bess entrelazó las piernas con las suyas y volvió a bostezar.

—Debería irme.

Nick la apretó momentáneamente con la mano.

—Dentro de un rato.

Bess estaba demasiado cansada después de dos orgasmos y no le apetecía montar en bici bajo un sol ardiente, de modo que no dijo nada y no se movió.

Se sabía de memoria los diálogos de la película, pero por alguna razón desconocida aquella noche la sumieron en una profunda melancolía.

—Menuda bazofia —masculló Nick—. ¿El amor significa no tener que decir nunca lo siento? Vamos…

—Es romántico.

—Es patético.

Ella se sentó para mirarlo.

—¿Por qué? Se aman el uno al otro.

—¿Crees que eso es amor?

—No he dicho que sea real —protestó ella, separándose un poco de él—. Sólo he dicho que es romántico. A muchas personas les gusta.

Nick también se sentó.

—¿Como a ti?

–Puede ser.

Por primera vez, la risa de Nick no la contagió.

–Pues te estás acostando con el chico equivocado.

Era algo que Bess ya sabía, pero de todos modos apartó la mirada.

–Hey –dijo él tranquilamente–. Voy a por algo de beber. ¿Quieres tú también?

Ella negó en silencio con la cabeza, pero antes de que él se levantara lo agarró por la muñeca y se inclinó hacia delante con los labios separados.

Nick no la besó, y el momento se alargó entre ellos hasta romperse del todo. Él se levantó y salió de la habitación, y al volver, ella seguía sentada en la misma posición.

–Piensas demasiado –le dijo él, abrazándola–. No pienses tanto.

Bess, que se había pasado la vida pensando, se apartó lentamente de él y empezó a recoger su ropa. Él la observó en silencio, pero cuando ella se puso los shorts vaqueros, se levantó y la agarró del brazo.

–No te vayas.

–Tengo que trabajar mañana, Nick.

–Quédate a dormir aquí.

Ella negó con la cabeza. Los dedos de Nick se clavaron en su carne. Era el tipo de reacción que siempre le encantaba recibir, pero en aquel momento sólo le provocó ganas de llorar.

–Así que… –dijo él–, ¿puedes quedarte cuando estamos follando pero no puedes dormir conmigo cuando hemos acabado?

–Así que… –dijo ella, mirándolo fijamente a los ojos–, ¿puedes meterme tu polla pero no puedes besarme en la boca?

Él la soltó del brazo y ella se agachó para recoger su camiseta y ponérsela por encima de la cabeza.

–¿Es eso lo que quieres? ¿Flores y paseítos por el parque? Para eso no sirvo, lo siento.

–No estoy hablando de eso.

Nick la siguió hasta el salón, donde Bess recogió su mochila.

–¿De qué estás hablando?

–¿Alguna vez vas a besarme cuando estemos follando?

Él frunció el ceño, pero se acercó a ella y le dio un sonoro beso en la mejilla.

Bess sacudió la cabeza.

–¿Alguna vez vas a besarme en la boca?

–Puede que para Navidad o para tu cumpleaños.

–Que te jodan, Nick –espetó ella. No sabía cómo había empezado aquella conversación ni por qué le estaba dando tanta importancia. Se giró sobre sus talones y se marchó.

Nick la alcanzó cuando sólo se había alejado unos pasos, descalzo y con unos pantalones cortos y andrajosos, pero al menos no había salido desnudo a la calle.

–Faltan meses para Navidad –dijo él–. Y también para tu cumpleaños.

Bess se detuvo y volvió a apoyar la bici en el porche.

–¿Entonces?

Él se cruzó de brazos sobre el pecho.

–Que faltan muchos meses para eso, Bess.

Ella imitó su postura.

–Dentro de unos meses ya no estaré aquí.

Nick descruzó los brazos y le apartó el pelo de los hombros.

–Iré a verte.

Bess soltó una amarga carcajada.

–¿Ah, sí? ¿Lo harás de verdad?

Fue el turno de Nick para ponerse serio.

–Sí. Lo haré.

–¿Y me besarás en la boca en Navidad?

Él asintió y le tiró de la muñeca para acercarla.

–¿Y hasta entonces qué? –le preguntó ella con desconfianza.

–¿Es eso lo que realmente quieres? –le preguntó él al oído.

Bess se estremeció por el susurro.

–Que no quiera ser tu novia no significa que... que... –la boca de Nick moviéndose por su piel hacía casi imposible hablar.

–¿No significa qué?

–No significa que no sienta nada por ti –concluyó, y lo apartó con una mano en el hombro.

Él la miró y asintió lentamente con la cabeza.

–Entra conmigo.

–No. Tengo que irme a casa.

Nick la agarró por la cintura.

–Ven adentro conmigo, Bess.

Era lo que ella deseaba más que nada.

–No.

Nick la besó en el cuello y subió hasta la oreja.

–Entra y te besaré donde quieras...

–¡No quiero que lo hagas si no quieres hacerlo!

–Te dije que no creyeras saber lo que yo quiero. Entra.

Bess había dado dos pasos hacia el porche con él cuando las emociones la hicieron tropezar con los escalones. Nick la agarró rápidamente por el codo.

–Ten cuidado.

–Creo es que un poco tarde para tener cuidado.

Nick sonrió y la besó, allí mismo, en el porche, donde todo el mundo pudiera verlos. La besó en la boca. Donde ella quería.

Capítulo 27

Ahora

−¿Estarás bien? −no hacía ni media hora que Bess le había hecho la misma pregunta, pero no pudo reprimirla.

−¿Qué voy a hacer? ¿Montar una fiesta? −Nick la miró desde el sofá, donde había estado leyendo un ejemplar amarillento de *Un mundo feliz*.

−No sería la primera vez −dijo Bess con una sonrisa forzada.

Nick resopló y metió un dedo entre las páginas.

−Estaré bien. Sólo vas a estar fuera dos días.

−Van a ser dos días muy largos.

−Pues ven aquí y dame un beso de despedida, porque cuando vuelvas a casa con tus hijos ya no podremos follar más en el salón.

Bess fue hasta el sofá y se inclinó para besarlo, pero Nick dejó el libro y la agarró para tirar de ella sobre él. La sujetó con fuerza, aunque ella no intentó resistirse, y la besó apasionadamente.

−Será mejor que te vayas −le dijo al fin, pero ninguno de los dos se movió.

Bess lo miró a los ojos, tan oscuros que parecía no haber separación entre el iris y la pupila. Aquel día llevaba un pañuelo atado a la cabeza para que el pelo no le cayera sobre la cara, y la imagen le resultó terriblemente nostálgica a Bess. Desnudo de cintura para arriba, con unos vaqueros caídos por la cintura, ofrecía un aspecto irresistible.

El bulto de la erección se apretó contra su vientre, a través de la tela vaquera y el vestido de algodón. Aquella mañana la había despertado con la mano entre sus muslos y la había hecho correrse dos veces antes de penetrarla. Se había frotado contra ella mientras Bess preparaba la bolsa de viaje y la había besado tantas veces a lo largo de la mañana que tenía los labios hinchados.

–¿Otra vez? –le preguntó ella.

–No quiero que me olvides.

–Como si eso fuera posible…

Nick le levantó el vestido y le frotó las bragas mientras la besaba.

–Estás caliente… Lo siento a través de los vaqueros.

Bess se movió para poner una mano entre ellos.

–Y yo siento lo duro que estás…

Nick metió la palma bajo las bragas para acariciar las nalgas desnudas.

–Quiero follarte hasta que no puedas tenerte de pie –le susurró al oído–. Quiero que pienses en mí cada paso que des, y que te pases los dos próximos días deseando que te la meta.

Bess estaba segura de que así sería, pero la boca de Nick le impedía responder con otra cosa que no fuera un gemido.

–¿Sabes lo que más me gusta de todo? –consiguió preguntarle cuando se separaron para respirar.

–¿Qué? –preguntó él mientras le recorría el cuerpo con las manos y le tiraba de las bragas.

–Besarte.

Nick detuvo las manos, la miró a los ojos y volvió a besarla hasta que la cabeza le dio vueltas. Era como si le hiciese el amor con la boca.

–¿Así?

–Sí.

Nick sonrió, enganchó los dedos en el elástico de las bragas y tiró de ellas hasta la mitad de los muslos. Llevó la mano rápidamente al clítoris y le provocó a Bess un respingo al empezar a frotarlo.

–Sé qué otras cosas te gustan... –le dijo en voz baja, y Bess se olvidó de todo lo demás al quedar atrapada por la pasión y el éxtasis.

Salió de casa mucho más tarde de lo previsto. Al llegar a la vivienda que había compartido con Andy durante los últimos trece años, el corazón le palpitaba con fuerza y tenía los dedos agarrotados en el volante. Salió del coche y tuvo que cerrar los ojos para no desmayarse por un repentino mareo.

–¡Mamá!

Pestañeó unas cuantas veces y dibujó una sonrisa mientras Robbie se acercaba corriendo. Era demasiado mayor para abrazarla, pero se puso a bailar delante de ella como cuando era un niño pequeño y tenía algo importante que decirle.

–Hola, cariño.

Robbie sacó la maleta del coche sin que ella se lo pidiera, un gesto que llenó a su madre de orgullo, y la siguió hacia la puerta. Había crecido en las pocas semanas que habían estado separados, y a Bess se le rompía el corazón al pensar en la disolución de la familia.

–Creo que he bordado los exámenes finales –le estaba diciendo Robbie mientras ella abría la puerta.

La casa ya ni siquiera olía igual. Robbie dejó la maleta en el suelo, junto a la puerta, y Bess la agarró para dejarla junto a la escalera mientras su hijo, sin dejar de hablar, se dirigía a la cocina. Bess lo siguió, pues no se le ocurría otro lugar al que ir.

La encimera estaba cubierta de bolsas de patatas y *pretzels*, panecillos de hamburguesas y perritos calientes, salsas y encurtidos. Bess suspiró, pero al menos Andy había comprado comida para la fiesta de graduación de Connor que tendría lugar al día siguiente. Habían planeado celebrarla en el jardín, junto a la piscina, y habían contratado a un pinchadiscos. El jardín estaría rebosante de amigos y familiares, y con un poco de suerte, Bess no tendría que cruzarse con Andy para nada.

–¿Dónde está tu padre?

Robbie sacó un bocadillo envuelto del frigorífico, lo dejó en un hueco de la encimera y sacó un cuchillo del cajón.

–No sé… Trabajando, tal vez.

¿Un viernes por la noche? No era probable.

–¿Y tu hermano?

–Ha salido con Kent y Rick.

–Ah –Bess intentó quitarle importancia al hecho de que Connor no se hubiera quedado en casa para verla–. ¿No tienes planes para esta noche?

Robbie le mostró el bocadillo que se había cortado para él solo.

–Esto y la primera temporada de Expediente X. ¿Te animas?

Bess no había comido desde el desayuno, y la boca se le hizo agua al ver las gruesas lonchas de pavo y salami.

–Sí. Córtame un trozo.

Abrió una de las bolsas de patatas y echó unos puñados en los platos. Se llevaron la comida junto a una gran botella de refresco y un recipiente de helado al cuarto de estar, frente al inmenso televisor de pantalla plana. Robbie se fue a dormir a medianoche y Bess se puso a recoger los restos de la cocina esperando a que llegaran Andy y Connor.

La remodelación de la cocina había sido idea de Andy, aunque él decía que era para ella. Cuando hicieron la piscina en el jardín trasero, Andy quiso unas puertas correderas y para ello hubo que tirar la encimera y la pared. El proyecto fue creciendo y actualmente la cocina relucía con encimeras de mármol y todos los electrodomésticos posibles, incluso algunos que Bess jamás había usado. No echaría de menos nada de eso, y fue precisamente esa indiferencia lo que la hizo llorar.

Se secó rápidamente las lágrimas cuando oyó abrirse y cerrarse la puerta de la calle y las lentas pisadas acercándose por el pasillo. Se preparó para encontrarse con su marido, pero fue Connor quien entró en la cocina y fue directamente al armario para sacar un vaso y llenarlo de agua.

–Hola, cariño.

Connor se bebió el agua sin mirarla.

–Hola, mamá.

–¿Estás preparado para mañana? Es tarde –miró el reloj. Era más de la una, y Connor siempre había vuelto temprano a casa.

–Sólo es una estúpida ceremonia. Ni siquiera obtenemos los diplomas –dejó el vaso en el fregadero y se giró para marcharse.

–Connor.

Se detuvo en la puerta y finalmente la miró. Tenía los ojos rojos y caminaba con un cuidado excesivo. La cuestión era ¿debería advertírselo ella?

–¿Te has divertido esta noche?

Él asintió.

–Escucha, Connor… –empezó Bess, pero su hijo levantó la mano.

–Ahórrate el sermón, ¿vale? Sólo quiero acostarme para no estar grogui mañana.

–¿Qué has estado haciendo por ahí tan tarde? Estaba preocupada.

–Estoy bien.

–Ya lo veo –dijo ella, cruzándose de brazos.

–¿Y por qué no te preocupas mejor por papá? Él tampoco está en casa.

–Tu padre es adulto...

Connor soltó un bufido desdeñoso.

–Un adulto, sí.

–Vete a la cama, Connor –le ordenó ella severamente.

Esperó hasta que él se hubo marchado para irse a la salita e improvisar una cama en el sofá, pero esperó despierta lo que le pareció una eternidad, sin que Andy llegara a casa.

A la mañana siguiente se atrevió a subir a su cuarto para darse una ducha antes de que sus hijos la encontraran en el sofá. Sabían que ella y Andy se estaban separando, pero Bess no les había dicho que iba a ser una separación permanente. No quería echar a perder la fiesta de Connor, ni el verano para él y su hermano.

Andy estaba afeitándose delante del espejo, con el pelo mojado y una toalla alrededor de la cintura. La miró de arriba abajo cuando ella se detuvo en la puerta.

–¿Has dormido bien?

Bess miró la cama por encima del hombro. No parecía que nadie hubiese dormido en ella.

–Sí, muy bien.

Andy se limpió la espuma de la cara y se roció con colonia, mientras Bess pasaba a su lado para buscar una toalla limpia. Se tomó su tiempo porque, aunque había estado desnuda delante de Andy cientos de veces, no quería desnudarse delante de él en esos momentos. Por suerte, él se marchó antes de que ella tuviera que hacerlo. Tal vez, él tampoco quería verla desnuda.

La ceremonia de graduación duró mucho más de lo previsto, pero Bess estaba preparada para aguantarlo tras pasarse años asistiendo a conciertos y obras de teatro en la escuela de sus hijos. Robbie se sentó entre ella y Andy, y Bess se deleitó con el momento en vez de suspirar con cada discurso. Aquella sería seguramente una de las últimas veces que todos estuvieran juntos como una familia.

Nadie más parecía darse cuenta de que Bess se sentía como una extraña en su propio jardín. Andy la había sorprendido al contratar un servicio de catering para que se encargara de preparar los perritos y las hamburguesas, además de servirlo y limpiarlo todo. Bess intentó convencerse de que su marido intentaba ser considerado, pero la verdad era que se encontraba perdida al no tener que ocuparse de cocinar y lavar los platos.

Habían repartido tantas invitaciones que perdió la cuenta de los asistentes, pero en ningún momento se sintió abrumada por la constante afluencia de invitados. Echaría de menos todo aquello.

Nunca se le habían dado bien los cambios. No sabía arriesgarse ni confiar ciegamente en nada. Si algo funcionaba, se aferraba a ello con todas sus fuerzas.

Y también lo hacía cuando algo no funcionaba.

—¡Hola, Bess! —la saludó Ben, un primo segundo por parte de padre—. ¡Una fiesta genial! Mis padres están ahí.

Los señaló y Bess los saludó con la mano. Las relaciones familiares se habían vuelto un poco tensas desde que sus abuelos decidieron qué hacer con la casa de la playa, pero su prima Danielle nunca la hacía sentirse incómoda.

—Tenéis que venir a la playa este verano —le dijo a Ben—. Igual que antes.

Él se echó a reír. Era un hombre alto y de anchos hombros con un gran parecido al abuelo de Bess, pero ella lo seguía recordando como un niño pequeño con la cara manchada de chocolate.

—Si consigo librarme del trabajo unos días, iremos. Gracias.

Se alejó con su trozo de tarta y Bess comprobó automáticamente si necesitaba cortar más, pero el proveedor ya se estaba encargando de ello. Y lo mismo con las servilletas y vasos de plástico.

–No te preocupes tanto. Todo el mundo se lo está pasando bien.

Bess se giró y sonrió de oreja a oreja al ver el rostro familiar.

–¡Joe!

El hombre que tenía enfrente podría haber salido de la portada de una revista de moda masculina. Iba demasiado elegante, comparado con el resto de asistentes, pero Bess no podía imaginárselo con vaqueros cortos y camiseta. Joe y Andy habían trabajado juntos antes de que Bess y Andy se casaran, y los dos habían mantenido el contacto incluso después de que acabaran trabajando en bufetes distintos. Joe había asistido a los bautizos y cumpleaños de los niños y no era ninguna sorpresa verlo allí, pero de todos modos a Bess se le saltaron las lágrimas.

–El pequeño Connor se ha hecho un hombre –dijo él con su encantadora sonrisa–. Te saca una cabeza y tiene a un montón de chicas guapas comiendo de su mano.

–Sí, así es –Bess se rió, olvidando parte de su melancolía–. ¿Cómo te va en tu vida de casado?

La sonrisa de Joe se hizo más ancha.

–No me puedo quejar.

–Suerte que tienes –dijo ella. Buscó inconscientemente a Andy con la mirada, aunque no podía verlo por ninguna parte.

–Sobre eso, Bess… –empezó Joe, pero ella levantó una mano.

–Calla. No es tu problema.

Joe frunció el ceño.

–Lo sé, pero…

–Cállate, he dicho –repitió ella–. Eres amigo de Andy y no espero que tomes partido. Además, es mucho mejor así.

Joe asintió.

–¿Cómo están los chicos?

Bess miró hacia la piscina, donde Robbie y Connor jugaban al voleibol en el agua, cada uno en un equipo.

–Espero que bien, pero... ¿qué va a ser de ellos, si los estoy dejando sin la vida que conocían?

–Bess... –la voz de Joe, firme y suave, fue tan reconfortante como la presión de sus dedos en el hombro–. Los chicos tienen una gran capacidad de recuperación, y es mejor que aprendan cómo ha de funcionar una relación en vez de vivir en medio de una permanente ruptura. Es lo mejor para ellos, y para ti también.

Bess vio entonces a Andy. Estaba hablando con una mujer junto a la mesa del bufé. Bess no reconoció a la mujer, pero no le hacía falta. Se le formó un doloroso nudo en el estómago que la obligó a darse la vuelta.

–Gracias, Joe –su voz no insinuaba la agitación interna que sentía, pero Joe miró también hacia la mesa del bufé y volvió a apretarle el hombro.

En ese momento llegó la mujer de Joe con dos bebidas. Bess sólo había visto a Sadie una vez, en la boda. No le quedaban ánimos para ponerse a charlar, de modo que se disculpó y entró en la casa. Cruzó la cocina, la cocina de Andy, y subió a su dormitorio para marcar un número de teléfono casi olvidado. Cerró los ojos y se imaginó la casa de la playa. El viejo teléfono amarillo con el cable extensible sonando y sonando, sin que nadie respondiera.

Colgó y oyó voces en el pasillo. Fue rápidamente a la puerta para cerrarla, y a través de la rendija vio a Andy y a la mujer delante de las fotos enmarcadas que Bess había colgado en la pared a lo largo de los años.

Andy señalaba algunas fotos de Connor y de Robbie mientras su compañera escuchaba con atención. No se tocaban, pero el lenguaje corporal hablaba por sí solo.

Bess cerró la puerta, haciendo el suficiente ruido para que la oyera, y esperó sentada en la cama. Medio minuto después entró Andy en la habitación.

–Bess...

Ella no dijo nada. Andy cerró la puerta tras él y se acercó a la cama. Los dos se miraron, y Bess no pudo evitar una perversa satisfacción al comprobar que estaba envejeciendo peor que ella. Andy empezaba a engordar y a quedarse calvo, pero aún era un hombre atractivo.

–Nos iremos cuando acabe la fiesta –dijo.

–No tienes por qué hacerlo –repuso él–. Sabes que puedes quedarte a pasar la noche y salir mañana temprano.

–No. Quiero irme hoy. Sólo son cuatro horas de viaje, y los chicos también quieren irse. Ya se lo he preguntado.

Andy asintió lentamente.

–Escucha, Bess...

Ella esperó, pero él se quedó sin palabras.

–No, Andy. No hace falta que digas nada. No tenemos que pasar por lo mismo otra vez.

–¿Y ya está? –preguntó él con más brusquedad de la que Bess esperaba–. ¿Hemos acabado?

–¿Acaso no habíamos acabado ya?

Andy soltó un profundo suspiro y frunció los labios en un gesto que Bess siempre había odiado, porque lo hacía parecer viejo y estúpido. Apartó la mirada para no tener que verlo.

–No quiero que pienses que no estoy dispuesto a intentarlo.

–Ya lo hemos intentado –dijo ella.

–Pero podríamos volver a intentarlo.

Hubo un tiempo en que la sonrisa de Andy lo significó todo para ella. Pero hacía mucho que había dejado de creerlo.

–Déjame preguntarte algo –dijo Bess, con la voz clara y serena–. ¿La quieres?

Andy se puso a toser.

–¿A quién?

–No insultes mi inteligencia ni la de ella. ¿La quieres?

La negativa de Andy a responder se lo dijo todo, pero Bess no se levantó y siguió mirándolo fijamente.

–Estarás bien, Andy.

–¡Eso es lo que se dice siempre!

–Es la verdad. Estarás bien –se levantó, aunque aún había una distancia insalvable entre ellos–. Y ahora tienes la oportunidad de encontrar algo realmente maravilloso. No lo eches a perder.

–¿Como hice contigo? –preguntó él con una mueca.

Su honestidad la sorprendió, y también ella quiso ser honesta.

–Nunca me arrepentiré de haberme casado contigo, Andy, porque me diste dos hijos maravillosos a los que quiero más que nada en este mundo. Pero creo que ya es hora de que dejemos de engañarnos.

–Yo también quiero preguntarte algo, Bess.

Ella esperó pacientemente a que él dijera lo que necesitara decir.

–¿Fue todo un error?

–No, Andy –respondió ella en voz baja, incapaz de mantener la compostura por más tiempo–. No fue un error.

Entonces él la abrazó y Bess no tuvo que esforzarse por sentir la emoción del momento. Era la última vez que estaría en sus brazos, y eso era algo que ella jamás podría olvidar.

Capítulo 28

Antes

–No está aquí, Bess.

–¿Dónde está, Matt? –preguntó ella, apretando los dientes con frustración.

–Ha salido.

–¿Con ella? –golpeó el mostrador con los dedos y se enrolló el cable telefónico en las manos.

–No sé a quién te refieres –dijo Matt.

Bess suspiró, pero sorprendentemente no sintió el menor arrebato de ira. Tan sólo un enorme alivio.

–¿Puedes dejarle un mensaje?

El hermano de Andy guardó un breve silencio y suspiró.

–Sí, claro. Deja que vaya a por un boli.

–No necesitas un boli.

Matty hizo un ruidito.

–Lo siento mucho, Bess. De verdad.

–No es culpa tuya –cerró los ojos y hundió los hombros–. Dile solamente que… adiós.

–¿Nada más?

–Si no lo entiende, tal vez tú puedas explicárselo.

–Vale –Matty volvió a suspirar–. Por si te sirve de algo, creo que es un imbécil.

–Gracias –respondió ella, sonriendo.

–De nada.

Bess colgó y se preparó para el inminente aluvión de lágrimas, pero estas se habían evaporado al igual que la ira. Levantó la mirada y vio a su tía Trish en la puerta.

–Ha venido alguien a verte, Bess.

La expresión de su tía no dejaba lugar a dudas sobre el género masculino del visitante. A Bess le dio un vuelco el corazón al pensar en Nick.

–Gracias.

Eddie la esperaba en la terraza. El escrutinio de la familia no parecía afectarlo lo más mínimo, pero se puso rojo como un tomate cuando vio aparecer a Bess en las puertas de cristal.

–Hola, Bess.

–¿Eddie? –Bess evitó las curiosas miradas de sus parientes–. ¿Va todo bien?

–Sí.

Algún tipo de explicación se hacía necesaria de cara a los demás.

–Eddie trabaja conmigo en Sugarland.

Aquello pareció satisfacer a todo el mundo. Eddie sonrió y también lo hizo Bess, aunque no se imaginaba qué hacía allí.

–Estaba dando un paseo –dijo él–. Y se me ocurrió pasarme por aquí para saludarte.

Habían trabajado juntos los tres últimos veranos y Eddie jamás se había pasado por su casa para saludarla.

–Muy amable.

Eddie se retorció ligeramente.

–¿Quieres pasear conmigo?

La invitación atrajo más miradas curiosas, por lo que Bess se apresuró a asentir con la cabeza para eludir cualquier pregunta.

–Claro.

Eddie dejó que fuera ella la primera en bajar los escalones hasta la arena. Bess lo esperó al pie de la escalera y descubrió que no podía mirarlo mientras caminaban hacia la orilla. Por primera vez comprendió lo que debía de sentir él al estar cerca de ella.

–¿Có... cómo estás? –le preguntó Eddie.

Había aparecido justo cuando ella más necesitaba a un amigo.

–Bien.

Él asintió, sin mirarla.

–Me alegro.

Bess se quitó las sandalias y avanzó hasta el borde del agua. Las olas le acariciaron los pies mientras contemplaba el mar. No se le ocurría nada que decir, y tampoco Eddie parecía dispuesto a hablar. Los dos permanecieron un largo rato en silencio, plantados en la orilla, viendo el flujo y reflujo de las olas.

–Gracias, Eddie –dijo ella finalmente.

–De nada –respondió él. La miró y ella también lo miró–. Cuando quieras.

Ahora

A ninguno de sus hijos pareció importarles que les dijera que tenía un inquilino en casa. Habían tenido estudiantes de intercambio otras veces y no les había molestado para nada. En aquel aspecto eran iguales que su padre. No se preocupaban por las cosas que no los afectaran directamente. Connor se había limitado a gruñir y a mirar por la ventanilla, y Robbie tampoco dijo mucho más desde el asiento trasero.

Bess se mordió la lengua para no seguir hablando del tema. Sus palabras o su tono podrían delatarla si hablaba

más de la cuenta. En otras circunstancias habría sido sincera sobre la presencia de Nick en su vida, algo que Andy no
había hecho. Pero sería pedirles demasiado a sus hijos que
aceptaran como amante de su madre a un joven de veintiún
años que había regresado de la muerte.

No quería admitirlo, pero tenía miedo de confesar la
verdad. Si Andy era el único que tenía una amante conoci-
da, Bess podría aparecer como la única inocente. Se aver-
gonzaba de sí misma al pensar así, pero no podía evitarlo.

Cuanto más se acercaban a la casa de la playa, más rápido le latía el corazón. Al meter el coche en el garaje su-
daba copiosamente y tenía todo el cuerpo agarrotado por la
tensión.

Connor y Robbie se bajaron del coche antes que ella y
sacaron sus bolsas del maletero. Bess les había dado una
llave a cada uno y fue Connor quien abrió la puerta. Entraron y dejaron la puerta abierta tras ellos mientras Bess seguía junto al coche. Los nervios aumentaban por momentos. Tenía que convencerse de que Nick estaba allí y de que
todo saldría bien. Pero si no entraba, no tendría que descubrir que se había marchado mientras ella estaba fuera. No
tendría que enfrentarse a la realidad y...

–¡Mamá! –la voz de Robbie llegó desde la escalera–.
¿Puedes traer mi almohada?

Bess volvió a abrir el maletero y sacó la almohada de
Robbie. Sin más excusas para demorarse, entró en la casa.
Ante ella estaban las escaleras, y a su derecha la puerta del
aseo y la del cuarto de Nick. Estaba cerrada. ¿Había estado
abierta cuando ella se marchó? No podía recordarlo.

–¡Yo me quedo con la habitación grande!

–¡Ni hablar!

–¡Soy el mayor!

–¡Mamá!

–¡Ya voy! –gritó ella. Subió la escalera, le dio a Robbie
su almohada y fue a su dormitorio a dejar el bolso. El alma

se le cayó a los pies al ver que la habitación estaba desierta.

Ni rastro de Nick.

Se había marchado.

Lo sabía. Ella lo había abandonado durante dos días y Nick había vuelto a marcharse...

El rumor de unas voces procedentes del salón llegó a sus oídos, y durante un par de minutos se quedó tan aturdida por el alivio que no consiguió moverse.

Connor ya había saqueado la nevera en busca de refrescos. Robbie estaba sacando la videoconsola que Bess había llevado en un viaje anterior pero que nunca había enchufado.

Y Nick... estaba de pie en el salón, con unos vaqueros y una camisa con una camiseta blanca debajo. Bess le había comprado esa ropa basándose en los recuerdos que tenía de sus gustos, y la verdad era que le sentaban tan bien como si las hubiese escogido él mismo. La imagen de sus pies descalzos hizo que quisiera arrodillarse para besarlos.

—Hola, Bess —su despreocupada sonrisa y el gesto que le hizo con la mano no eran el tipo de saludo al que ella se había acostumbrado.

Tardó un poco en responder, y para entonces, Nick ya estaba examinando la videoconsola de Robbie.

—Bonito aparato.

—Gracias —dijo Robbie con una amplia sonrisa—. Tengo el nuevo juego de Bounty Hunter. ¿Quieres jugar?

—Claro.

—¡Es un negado, tío! Le vas a dar una paliza.

—No lo creo —dijo Nick.

—Ve... veo que ya habéis conocido a... a Nick —balbuceó Bess, ganándose una mirada suspicaz de Connor—. Nick, estos son mis hijos, Robbie y Connor.

Robbie sonrió.

–Y no soy un negado.

Connor fue al salón con la bolsa de patatas y el refresco y se acomodó en el sofá con los pies sobre la mesita.

–Claro que lo eres.

Robbie dejó de hacerle caso, acabó de desenredar la maraña de cables de la consola y le ofreció uno de los mandos a Nick.

–Mi madre ha dicho que vas a quedarte todo el verano. ¿En la habitación pequeña?

–Sí. He conseguido un trabajo como camarero en el Rusty Rudder, así que no me veréis mucho el pelo por aquí –aceptó el mando y pasó los pulgares sobre los botones.

Ninguno de los tres miró a Bess. Ella ya había sufrido en sus carnes la invisibilidad de la maternidad y no debería sentirse sorprendida ni decepcionada. Al fin y al cabo quería que los chicos aceptaran a Nick y que a él le cayeran bien. Entonces, ¿por qué se sentía como si la hubieran excluido de un club selecto o algo así?

Fue a la cocina a guardar la botella de refresco que Connor había dejado en la mesa. Del salón le llegaban los zumbidos y pitidos del videojuego, acompañados por las burlas de Connor y las réplicas de Robbie. Un rápido vistazo al frigorífico y los armarios le dijo que necesitaba hacer la compra. Con dos chicos más en casa no tendría comida ni para dos días.

Miró hacia el salón. El pelo negro de Nick contrastaba con los rubios cabellos de Robbie. Los tres reían como si se conocieran de toda la vida. Era lógico, pues Nick sólo era unos pocos años mayor que ellos.

Y ella no quería quedarse en la cocina, sintiéndose mayor al compararse con su amante y sus hijos.

–Chicos, voy a la tienda a comprar unas cosas. ¿Queréis algo?

–Froot Loops –dijo Connor.

–Ho Hos –añadió Robbie.

Nick no dijo nada y siguió manipulando los mandos de la consola.

–¿Nick? ¿Quieres algo?

Por Dios... Parecía que era su madre.

–No, gracias.

Bess los dejó con el videojuego y se fue a la tienda. A diferencia de la última vez que estuvo allí, no tuvo que permanecer un rato en el aparcamiento preguntándose si había perdido el juicio. La chica de la playa había visto a Nick, y también lo habían visto sus hijos. Nick existía de verdad, aunque ella aún no supiera lo que iban a hacer con el resto de sus... de su... vida.

Aún no había tenido tiempo para leer los libros que había comprado en la tienda de Alicia, pero el título de un libro grueso y en rústica le llamó la atención junto a la caja registradora. *Guía de espiritismo*. Examinó el dorso, esperando encontrarse con algo sobre *New Age* o de los indios americanos, pero al parecer era una obra que abarcaba una amplia variedad de temas. Siguiendo un impulso dejó el libro en la cinta transportadora junto al resto de sus compras.

De vuelta en casa... no se le pasó por alto que había empezado a pensar en la casa de la playa como si fuera su casa, Connor y Robbie la ayudaron con las bolsas. Pero Nick había vuelto a desaparecer.

–Ha dicho que se iba a la cama –respondió Robbie a la pregunta de su madre.

No tenía ningún motivo de peso para comprobar si era cierto, así que tras vaciar las bolsas de la compra y guardarlo todo, también ella se fue a la cama.

Debió de quedarse dormida enseguida, porque estaba soñando cuando el crujido de la puerta la despertó. Se incorporó con todos los sentidos en alerta, consciente de que sus hijos estaban bajo el mismo techo que ella. La puerta volvió a cerrarse con un suave clic y una figura oscura se acercó a la cama. Al llegar junto a ella, Bess ya sabía que no era ninguno de sus hijos. Apartó las sábanas y se movió para hacerle sitio. Nick sólo llevaba unos calzoncillos y una camiseta, que ella le quitó rápidamente.

No se hablaron. Había pasado mucho tiempo desde que Bess tuviera que hacer el amor en silencio. Al sentir la lengua de Nick en los pechos, el vientre y los muslos tuvo que morderse el puño para no gritar. El crujido de las sábanas podría delatarlos, pero cuando Nick se colocó sobre ella para penetrarla, lo hizo de una forma tan lenta y cuidadosa que la cama apenas hizo ruido.

Se movieron a la par y con las bocas pegadas. Nick se apretaba contra ella mientras metía y sacaba su polla. Nunca habían follado de aquella manera. Normalmente, Bess necesitaba que le tocase el clítoris para aumentar la excitación, pero aquella vez bastó con la presión del cuerpo de Nick. Los muslos le temblaban al rodearlo con las piernas, y la lengua de Nick imitaba en su boca los movimientos pausados y precisos del pene. El sudor la empapó. Clavó los dedos en la espalda de Nick y luego en su trasero, apretándolo más contra ella.

El orgasmo le sobrevino en pequeñas sacudidas, cada una más fuerte que la anterior. Se corrió una y otra vez, o quizá una sola vez, tan prolongada que parecía no acabar nunca. El roce de la pelvis de Nick contra el clítoris le provocaba una oleada de placer tras otra.

Siguió besándola cuando lo sacudieron las convulsiones de su propio orgasmo, ahogando cualquier sonido que pudiera brotar de sus gargantas. La oscuridad se llenó de relucientes estrellas que giraban frenéticamente alrededor de la cama. Bess intentó respirar, pero la boca de Nick se lo imposibilitaba.

Finalmente Nick se apartó y Bess se llenó los pulmones de aire con un sensual murmullo de agradecimiento. Fue el único sonido que emitieron, y Bess tensó el cuerpo por si sus hijos lo hubieran oído.

Nick se tumbó a su lado, posando la mano en su vientre. Bess miró el techo, donde ya no bailaban las estrellas. Sintió frío sin el calor de Nick sobre ella, pero no se tapó con la sábana.

Se giró para mirarlo, tan cerca de ella en la misma almohada. Nick le sonrió y sus blancos dientes destellaron en la oscuridad. Bess le puso la mano en la mejilla y también sonrió.

–Ha sido muy arriesgado –murmuró.

–Lo sé.

–No podemos hacerlo así.

–Lo sé –le besó la mano.

–No quiero tener que esconderme, pero...

–Lo sé –la besó en la boca–. Lo sé, lo sé, lo sé.

Su aceptación sentó peor a Bess que si se hubiera mostrado en desacuerdo.

–No será siempre así.

Nick no volvió a decir «lo sé». La besó por última vez y se levantó de la cama, dejándola a solas en la oscuridad.

Bess tardó un largo rato en volver a dormirse.

Capítulo 29

Antes

Nick no dijo una sola palabra cuando abrió la puerta y se encontró a Bess en su porche. Ella no le dio tiempo para hablar. Lo empujó hacia adentro, cerró la puerta tras ellos y lo besó y abrazó con toda la pasión de la que era capaz. Nick tardó unos segundos en reaccionar, y cuando la rodeó con los brazos, ella se derrumbó contra él con un débil suspiro.

−¿Estás bien? −le preguntó, acariciándole el pelo.

Ella asintió en silencio. No confiaba en su voz para poder hablar. Los latidos de Nick resonaban bajo su mejilla con una intensidad hipnótica. Parecían estar meciéndose al son de una música silenciosa.

Nick no protestó cuando ella enganchó los dedos en el bajo de la camiseta blanca y se la subió sobre el abdomen, ni cuando se agachó para besarle la piel desnuda. No dijo nada cuando le quitó la camiseta sobre la cabeza y la arrojó al suelo, ni cuando le abrió la hebilla del cinturón. Pero cuando intentó desabrocharle el botón y bajarle la cremallera, le puso una mano sobre la suya.

−Bess…

Ella alzó la vista. Tenía los ojos empañados. Nick entrelazó los dedos con los suyos, sin que ninguno de los dos se moviera.

–¿Estás segura de que es esto lo que quieres?

Bess respiró profundamente y pestañeó para aclararse la vista.

–Sí.

Lo llevó al dormitorio, donde lo empujó suavemente sobre la cama. Se sentó a horcajadas encima de él, con las manos en su pecho desnudo, y se miraron el uno al otro. La erección acuciaba debajo de ella, pero no hizo nada. Se limitó a seguir mirando.

–¿A qué esperas? –le preguntó él por fin.

–Simplemente quiero recordar todo esto.

–¿Por qué tienes miedo de olvidarlo?

Ella sacudió la cabeza y algunos mechones se le escaparon de la cola de caballo.

–No sé. Pero temo que lo olvidaré.

Nick se incorporó a medias y tiró de ella para besarla.

–No lo olvidarás –le dijo con la boca pegada a sus labios–. No podrías olvidarte de esto.

Ella se rió por su ego y dejó que la tumbase de espaldas.

–Estás muy seguro de ti mismo.

–Sí –la mordió en la barbilla y el cuello.

Bess lo empujó suavemente.

–¿Y tú?

–¿Yo qué?

Intentó besarla, pero ella giró la cabeza y el beso acabó en la comisura de los labios.

–¿Me olvidarás?

–Bess... –bajó una mano por su cuerpo hasta colocarla entre las piernas–. No tengo intención de olvidarte.

Entonces Bess le devoró la boca con un apetito voraz. Lo agarró del pelo y agachó la cabeza para morderlo en el hombro. Él gimió de placer y volvieron a darse la vuelta para que ella se colocara encima y pudiera quitarse la camiseta y el sujetador. Nick levantó las manos hacia sus pechos y le tocó los pezones, duros como guijarros. A Bess nunca le había gustado un roce áspero y agresivo, pero con Nick lo deseaba más que nada.

Terminaron de desnudarse con frenesí. Bess se lamió los labios y pensó en decir algo, pero las palabras podrían haber arruinado el momento y permaneció callada, confiando en que sus ojos, manos y besos le expresaran a Nick todo lo que sentía. Y deseando saber igualmente lo que él sentía.

Creyó que la follaría tan salvajemente como siempre. Y creyó que era eso lo que ella más deseaba. Pero debería haber sabido que nunca podría adivinar lo que Nick quería, porque él le hizo el amor de una forma deliciosamente lenta y sensual, sin dejar de mirarla a los ojos en ningún momento.

Y Bess descubrió que era eso lo que realmente quería.

Ahora

A través de la cristalera, Bess vio que Eddie los estaba esperando y le sonrió.

–Ahí está Eddie.

Robbie, peinado, afeitado y perfumado con colonia de hombre, asintió.

–¿Estás segura de que va a darme trabajo?

–Desde luego –le aseguró Bess. Se detuvo antes de entrar en la tienda y miró fijamente a su hijo. Al verlo tan mayor sintió ganas de llorar–. Pero no quiero que te sientas obligado a aceptarlo.

Robbie puso una mueca.

–Tranquilízate, mamá. No voy a ser un repelente como Conn, ¿vale? Si él quiere rechazar algo seguro, es su problema.

–Lo único que te digo es que no me enfadaré si decides buscarte algo por tu cuenta.

–Y yo te digo que quiero hacer esto.

Eddie ya estaba saliendo de la tienda para saludarlos. Sorprendió a Bess con un abrazo y un beso en la mejilla. Ella no supo cómo devolverle el gesto sin sentirse ridícula, pero, afortunadamente, Eddie no le dio tiempo para preocuparse y le tendió la mano a Robbie.

–Tú debes de ser Robbie... Eres idéntico a tu madre.

Robbie se echó a reír.

–No tanto.

Eddie también se rió.

–Te lo digo como un halago.

–En ese caso, gracias.

Eddie los invitó a tomar asiento en una de las mesas, donde había una carpeta llena de papeles.

–Así que estás dispuesto a trabajar para mí, ¿eh?

–Sí, señor –respondió el chico, sentándose obedientemente.

Eddie pareció gratamente sorprendido y le sonrió a Bess.

–Está bien educado.

–Mi madre puede ser peor que un sargento –dijo Robbie, y todos se echaron a reír.

Eddie empujó hacia Robbie los documentos y un bolígrafo.

–Sólo tienes que rellenar estos papeles y podrás empezar hoy mismo. Kate llegará dentro de una hora y te ayudará con las tareas más importantes, pero estoy seguro de que lo harás muy bien.

–Robbie ha trabajado dos veranos en Hershey Park –explicó Bess, pero su hijo hizo una mueca y ella no alardeó más de él.

Eddie fue al mostrador, donde había seis taburetes y no solamente uno, como en tiempos pasados. En el mostrador había una cafetera y dos tazas.

–¿Seguro que tu otro hijo no necesita un trabajo? –preguntó mientras servía el café.

–Agradezco mucho tu oferta, pero Connor quiere buscarse algo por su cuenta –respondió ella honestamente.

Eddie asintió mientras añadía la crema y el azúcar a su taza.

–Lo entiendo.

–Conn es un poco... estirado –dijo Robbie detrás de ellos.

–Connor siempre ha sido un poco testarudo –declaró Bess.

Eddie sonrió.

–Bueno, si cambia de opinión avísame.

–Lo haré. Gracias.

Su amigo se inclinó un poco más hacia ella.

–¿Quieres que vayamos a desayunar cuando llegue Kara? Tenemos mucho de qué hablar.

A Bess le rugieron las tripas en ese momento. Mentiría si le dijera que no tenía hambre, pero no podía decirle a Eddie que estaba impaciente por volver a casa para tener sexo salvaje con un ser sobrenatural. Además, Connor aún estaría en casa, ya que no tenía sus entrevistas de trabajo hasta más tarde.

–Claro.

–Estupendo.

Estuvieron charlando mientras Robbie rellenaba los formularios. Bess se preguntó si Eddie siempre había tenido aquel encanto, oculto tras sus granos, o si lo había desarrollado igual que habían crecido sus hombros y piernas. No sólo demostraba ser muy inteligente, sino también muy divertido.

Dejaron a Robbie con Kara y fueron a desayunar al Frog House. Eddie ya había hecho muchos estudios preliminares sobre el nuevo negocio, y le mostró a Bess las hojas de cálculo con todo el material que podrían aprovechar

de la tienda y todo lo que necesitarían comprar. Bess escuchó atentamente, maravillada por las dotes empresariales
de su antiguo compañero de trabajo.

–Y tendremos que conseguir los papeles para constituir-
nos en sociedad. Supongo que querrás que un abogado les
eche un vistazo y... –la miró y vio que Bess sacudía la cabeza–. ¿Qué pasa?

–¿Estás seguro de que quieres que sea tu socia, Eddie?
No puedo aportar capital al negocio.

Eddie se recostó en el asiento.

–¿Te sentirías mejor si fueras una socia industrial? Sin
riesgo alguno.

–No, no es eso –tocó la carpeta de los documentos–. El
riesgo es mucho mayor para ti que para mí. ¿De verdad me
quieres a mí como socia? Quiero decir...

–Confío en ti –sonrió–. Pero si no quieres hacerlo...

–Claro que quiero –declaró con toda sinceridad.

–Y yo quiero que lo hagas.

Bess se puso colorada.

–¿No te da miedo?

–En absoluto –Eddie cerró la carpeta–. Me parece que
es muy emocionante.

–Puede ser emocionante y dar miedo también, ¿no?

Eddie pareció pensarlo un momento.

–Pues sí.

–Será un gran cambio para mí –dijo ella–. Hace años
que no trabajo –se avergonzó por el temblor de su voz y
deseó no haber dicho nada–. Durante mucho tiempo sólo
he sido madre y esposa.

Eddie volvió a sonreírle.

–Pues quizá sea hora de cambiar, ¿no?

No era tan fácil como parecía, pero Bess también sonrió.

–Sí. Quizá lo sea.

Capítulo 30

–Tengo que irme –Nick recogió el envoltorio de los sándwiches que había llevado y lo arrojó en el contenedor de basura–. Lou ha llamado para decir que estaba enfermo, así que sólo tengo media hora libre.

Bess se terminó el refresco y arrojó el vaso de plástico a la basura. Nick se frotó las manos contra los vaqueros antes de agarrarla por la cintura y tirar de ella. El gesto la hizo reír, aunque le gustó mucho.

–¿Qué? –protestó Nick–. Las patatas estaban grasientas… ¿Es que prefieres que te manche la ropa?

–Claro que no –dejó que la apretara contra él–. Sólo estaba pensando en lo afortunada que soy por no tener que lavar tu ropa sucia.

–Ojalá no tuviera que hacerlo yo… –se quejó él.

Bess le echó los brazos al cuello.

–Podemos hacerlo luego, cuando salga de trabajar, ¿quieres?

–¿Y por qué no vamos desnudos, mejor? Podríamos hacer que se pusiera de moda.

Bess se rió mientras los labios de Nick le trazaban un dibujo húmedo en la piel.

–Claro… Seguro que estaría muy bien.

Nick le frotó el trasero.

—A mí me gustaría. Si estuvieras desnuda todo el tiempo...

—¿Be... Bess?

Ella miró por encima del hombro y vio a Eddie en la puerta, rojo como un tomate y con la mirada fija en el suelo. Se soltó de Nick y se volvió hacia la puerta.

—¿Sí?

—Ne... necesito ayuda con el inventario.

—De acuerdo. Enseguida voy.

Eddie no se retiró enseguida. Miró a Nick, luego a Bess, y volvió a entrar en la tienda. Bess se giró hacia Nick para darle un último beso, pero se detuvo al ver su ceño fruncido.

—¿Qué pasa?

—Está enamorado de ti.

Bess no pudo evitar reírse, aunque Nick tenía razón.

—Qué va —dijo, intentando quitarle importancia.

—Lo está —insistió Nick—. Ese tontaina está colado por ti.

—¿Y qué? —lo abrazó por la cintura, pero era como llenarse los brazos de leña—. ¿Por qué te preocupa?

—No me preocupa. ¿Por qué debería preocuparme? ¿Acaso hay algo entre tú y ese Eddie?

La vehemencia de sus palabras la sobrecogió y la hizo retroceder.

—Claro que no, Nick. ¿Se puede saber qué te pasa?

—No me pasa nada. Tengo que irme.

—Te veré esta noche, ¿verdad? —de repente parecían estar pisando un terreno peligrosamente resbaladizo.

—Sí —respondió él mientras echaba un último vistazo a la puerta, y se alejó por el callejón sin besarla ni mirarla siquiera.

Bess dejó escapar un suspiro y entró en la tienda. Eddie había apilado en el suelo unas cajas de vasos de plástico y había sacado los albaranes. Se suponía que tenía que cotejarlos con las cajas entregadas antes de colocar los vasos en el armario. Era una tarea muy simple que había realizado cientos de veces.

–¿Cuál es el problema? –preguntó Bess de mala manera.

–Estos vasos no son los que pedimos siempre –explicó Eddie–. Y hay muchos menos de los que figuran en el albarán.

Bess comprobó la caja y la lista.

–Cinco hileras en la caja, cinco en la hoja.

–Pero tiene que hacer cincuenta vasos en cada hilera –insistió Eddie–. Y en tres de ellas sólo hay cuarenta y siete.

Bess volvió a mirar, debatiéndose entre la admiración por la escrupulosidad de Eddie y la irritación porque aquel estúpido problema hubiese provocado un roce con Nick, aunque fuese indirectamente.

–Anótalo y le dejaré una nota a Ronnie. Él se encargará de hablar con el suministrador.

Eddie asintió y garabateó algunos números en la lista.

–Vale.

–¿Eso es todo?

Él volvió a asentir, sin mirarla. Bess oyó las voces que le llegaban de la tienda, pero no estaba lista para salir a atender a los clientes aun sabiendo que Brian y Tammy necesitaban supervisión. Eddie seguía examinando las cajas. Sus movimientos eran torpes y cada vez estaba más colorado.

–Él no es bueno para ti –dijo con una voz casi inaudible.

–¿Quién? –era una pregunta ridícula, porque sabía muy bien a quién se refería Eddie.

El muchacho se enderezó y la miró con una extraña expresión.

–Nick. No es bueno para ti.

Bess se cruzó de brazos.

–¿Ah, no?

Eddie negó con la cabeza, pero no apartó la mirada aunque el rostro le estaba ardiendo.

–No.

Bess sintió una punzada en el pecho.

–No es asunto tuyo, Eddie.

–Sólo te lo estoy diciendo, nada más. Puede que nadie más te lo diga, pero yo sí.

–Para tu información, no eres la única persona que me previene contra él, ¿vale? Y no es asunto tuyo ni de nadie. Me da igual su reputación, Eddie. Me da igual lo que haya hecho o dejado de hacer. Lo que hay entre Nick y yo sólo nos incumbe a nosotros.

–No me refiero a su reputación –dijo Eddie. Los dos seguían hablando en voz baja–. Casi todo lo que se dice no son más que falsos rumores.

Hasta aquel momento, Bess no se habría imaginado que Eddie supiera algo de los cotilleos locales, pero la seguridad con la que hablaba le confirmó que, aunque no participara en las juergas y fiestas, conocía todo lo que se cocía en el pueblo.

Y por la expresión de sus ojos tampoco parecía muy impresionado.

–Entonces, si todo lo malo que se dice de él es mentira… ¿por qué no es bueno para mí?

–Porque –repuso Eddie tranquilamente– te hace dudar de ti misma.

Bess abrió la boca para protestar, pero la lengua se le había pegado al paladar y una mano invisible le oprimía la garganta.

–Es así –corroboró Eddie.

Siguió con el recuento de los vasos y Bess, sin nada que pudiera decir, volvió al mostrador a seguir con su trabajo.

Capítulo 31

Ahora

–¿Connor? –Bess llamó a su hijo mientras subía las escaleras–. ¡Ya estoy en casa!

Connor estaba saliendo de su habitación cuando Bess entró en el salón. Llevaba un polo azul celeste y unos pantalones cargo de color caqui, y tenía el pelo mojado alrededor del cuello. Se dirigió a la cocina y sacó una caja de cereales y un cuenco. Apenas le dedicó una mirada a su madre.

–Estás muy guapo –le dijo ella de todos modos–. ¿Por qué no tomas un sándwich, mejor? He comprado pavo y ensalada de col. Es la hora de comer.

Connor levantó la mirada del cuenco.

–Me apetecen cereales.

–Muy bien –aceptó ella, mordiéndose el interior de la mejilla. Si le hubiera preguntado: «¿por qué no tomas un tazón de cereales, Conn?», él se habría decantado inmediatamente por un bocadillo o cualquier otra cosa.

Connor engulló los cereales a toda velocidad y metió el cuenco y la cuchara en el lavavajillas. Dejó los cereales y la leche en la mesa, pero Bess no le dijo nada. Era evidente que Connor buscaba un motivo para discutir con ella. En ese aspecto era igual que Andy, y Bess se preguntaba si sería un rasgo heredado o aprendido.

–¿Dónde tienes la entrevista?

–En Office Outlet.

–¿La tienda de artículos de oficina? –preguntó Bess sin poder ocultar su asombro.

–Sí. ¿Hay algún problema?

–No, ninguno. Creía que buscarías un trabajo en la playa, eso es todo.

–Es un trabajo en la playa, mamá. Estamos en la playa.

–Pero tendrás que usar mi coche...

–Sí.

Bess suspiró, intentando llenarse de paciencia.

–Connor, creía que te buscarías un trabajo en el pueblo para que pudieras ir andando o en bicicleta.

–No quiero servir helados ni vender recuerdos –arguyó él, alzando un poco la voz–. Office Outlet paga más que la media y me darán una prima si me quedó hasta final del verano. Sólo serán un par de meses.

–Dos meses muy largos –observó Bess.

La expresión de Connor se ensombreció.

–Tendría que haberme quedado con papá. Dijo que me compraría un coche.

–¿Eso dijo? –encaró a su hijo, aunque los diez centímetros que Connor le sacaba hacían difícil intimidarlo–. ¿Tu padre te dijo que podías quedarte con él?

Connor no respondió, pero su mirada lo dijo todo.

–Cariño, no voy a fingir que esto vaya a ser fácil para ninguno de nosotros...

–Pues hazlo fácil para mí –replicó él con dureza–. ¡Déjame usar tu coche, mamá! ¡Déjame usar el maldito coche y déjame hacer ese jodido trabajo!

Bess guardó silencio, pero no porque no supiera qué decir, sino para no perder la poca calma que le quedaba. Connor tampoco dijo nada más, aunque tenía la mandíbula apretada y parecía ligeramente arrepentido.

–Encontraremos una solución –dijo ella finalmente. Se

refería a algo más que el trabajo o el coche, y estaba segura de que Connor lo sabía.

Él asintió, y su expresión resentida le recordó tanto a Andy que Bess tuvo que apartar la mirada.

–Vale. ¿Puedo llevarme el coche ahora?

–Sí. Pero llama si te dan el empleo. Tengo que saber cuándo llegarás a casa. Y –añadió antes de que él pudiera decir nada–, no vas a poder llevarte el coche todos los días. Tendré que llevarte y recogerte yo. No puedo estar sin mi coche todo el tiempo, Connor.

–Sí, ya lo sé –hizo ademán de marcharse–. ¿Puedo irme ya?

–Sí.

Se apartó para dejarle paso. Cuando oyó el portazo y el motor del coche, se sentó en la mesa de la cocina y hundió la cara en las manos.

–Hola –la saludó Nick.

–Hola –respondió ella, alzando la mirada. No sabía cuánto tiempo había estado así.

Él le masajeó los hombros para aliviar toda la tensión acumulada hasta el momento.

–Ven.

Bess dejó que la llevase de la mano al dormitorio. Tras correr las cortinas y cerrar la puerta, Nick la desvistió muy lentamente y le frotó la piel de gallina. Retiró la colcha de la cama y la hizo tumbarse boca abajo.

–Cierra los ojos –le ordenó.

Ella obedeció y esperó. La tensión volvió a sus múscu-los mientras escuchaba unos ruiditos en la fría penumbra. El susurro del tejido sobre la piel, el chasquido de una cre-mallera, las pisadas de unos pies descalzos en la alfombra y el crujido de los muelles de la cama al recibir el peso de Nick.

Suspiró al recibir su tacto. Nick le recorrió los omopla-tos y la espalda con unas manos deliciosamente suaves y cálidas, deteniéndose en aquellos puntos donde se acumulaba la tensión. La masajeó a conciencia con los dedos, nudillos y palmas hasta que Bess gimió de goce.

Tardó unos minutos en darse cuenta de que había dejado de masajearla para limitarse a acariciarla. Abrió los ojos y giró la cabeza. Él interrumpió las caricias con una mano en la base de la columna.

—Gracias —le susurró con una voz inesperadamente ronca.

Nick se tumbó a su lado y la estrechó entre sus brazos, y Bess se acurrucó contra él para aspirar su calor y su exquisito olor.

—Hueles siempre muy bien —le dijo, metiendo una pierna entre sus muslos y apoyando la mejilla en su pecho.

Nick la apretó contra él.

—Es mejor que oler mal, ¿no?

—Mucho mejor.

Satisfecha, Bess volvió a cerrar los ojos. Nunca había tenido la costumbre de dormir la siesta, pero en aquellos momentos se sentía invadida por una deliciosa modorra. Pegada a Nick, más relajada de lo que había estado en muchos meses, y sin otro ruido que el suave zumbido del aire acondicionado, la idea de echar una cabezada le pareció irresistiblemente tentadora.

—No hacemos mucho esto —murmuró.

—¿El qué?

—Estar… juntos, sin más.

Nick se rió suavemente.

—Te refieres que siempre estamos follando como leones.

Bess bostezó y se apartó lo suficiente para mirarlo.

—Supongo.

Él también se movió para mirarla.

—Estoy encantado de complacerte, si es eso lo que quieres.

El cuerpo de Bess respondió con un hormigueo a la insinuación.

–No digo que no me guste…

Nick la besó en los labios.

–Ya sé lo que quieres decir.

–¿Cómo lo sabes? –le preguntó ella seriamente.

–Simplemente lo sé –respondió, acariciándole la pantorrilla con los dedos del pie.

Bess bajó una mano por su pecho.

–Todo es… distinto.

Nick se puso boca arriba con un brazo bajo la cabeza. Con la otra mano agarró la de Bess y la apretó, pero no dijo nada.

Bess permaneció de costado, mirándolo.

–No es algo malo.

Nick giró la cabeza hacia ella.

–No he dicho que lo sea.

–No has dicho nada.

Él sonrió.

–Es distinto. ¿Es eso lo que querías que dijera?

Bess se incorporó, superado el sopor anterior, y apagó con el pie la salida de aire acondicionado del suelo. Recogió la ropa para empezar a vestirse, pero antes de que pudiera ponerse las bragas, Nick se había levantado y la había agarrado por la muñeca. Bess se sobresaltó por la rapidez de sus movimientos, pero el grito de susto quedó ahogado por el beso de Nick. Le introdujo la lengua entre los labios y llevó los dedos a su entrepierna para hacer lo mismo. Ella se agarró a sus hombros y dejó caer la ropa al suelo.

La llevó hacia atrás hasta que su trasero chocó con el borde de la cómoda. Aquel era el Nick que ella recordaba. El que la tocaba donde tenía que tocarla. El que no usaba palabras bonitas. Le metió los dedos varias veces seguidas y luego le mojó el clítoris con su propia humedad.

Entonces le hizo rodearle el miembro con la mano y juntos frotaron la erección. Sus besos se hicieron más ávidos y apasionados, pero a ella le encantaban. Siempre le habían encantado las reacciones que él provocaba en su cuerpo.

Nick le separó los muslos y llevó el pene a su interior. La cómoda tenía la altura apropiada y Bess se valió de una mano para apoyarse mientras con la otra se agarraba al hombro de Nick. El espejo vibraba con la fuerza de las embestidas, al igual que el plato de cristal con pendientes y monedas que Bess tenía en la cómoda. Nick le agarró la mano que tenía en su hombro y la llevó entre sus cuerpos para que se frotara el clítoris. Entonces la soltó y la agarró por las caderas para empujar con más fuerza y rapidez.

El ritmo se hizo frenético. Con cada empujón, a Bess se le resbalaban los dedos sobre el clítoris, hasta que se quedó inmóvil y dejó que él la moviera. Echó la cabeza hacia atrás y se mordió el labio inferior para no gemir demasiado fuerte. El borde de la cómoda se le clavaba en los muslos, y las manos de Nick la apretaban de tal manera que quería retorcerse de placer y dolor.

El orgasmo fue como una explosión de fuegos artificiales en el cielo negro de sus emociones. El nombre de Nick se le atragantó en la garganta, se le pegó a la lengua, le raspó los labios y le dejó un sabor a sangre. Clavó las uñas en la madera de la cómoda. Abrió los ojos. Los destellos del orgasmo seguían arremolinándose en torno a su visión como un torbellino multicolor.

–Te quiero –las palabras brotaron en un débil susurro al tiempo que él cerraba los ojos y se abandonaba al clímax. No estaba segura de que la hubiese oído.

Ni estaba segura de que eso importara.

Cuando Nick volvió a mirarla y le sonrió, fue como si el corazón de Bess volviera a latir tras haberse detenido sin que ella se hubiera dado cuenta.

–No todo es distinto –dijo él–. Hay cosas que no cambian.

La besó en la boca, pero no le quitó el sabor a sangre.

Capítulo 32

Antes

El verano había llegado a su ecuador. Normalmente, a esas alturas, Bess ya contaba los días que faltaban para dejar el uniforme de Sugarland y la playa y volver a la universidad. A su vida. A Andy.

Pero aquel año había sido tan diferente que cuando arrancó el mes de julio del calendario tuvo que ahogar los sollozos que se elevaban por su garganta. Año tras año, la pizarra de corcho se llenaba de fotos, copias de su agenda, mensajes y los extractos bancarios de su nómina. Aquel verano sólo la ocupaban el calendario, con los días tachados con tinta roja, y unos cuantos menús de pizzerías y hamburgueserías.

¿Por qué?

Por culpa de Nick.

Los días que normalmente habría empleado en ir a la playa con los amigos los había pasado con Nick. Y lo mismo pasaba con las noches en que solía ir a discotecas o que hacía alguna actividad en familia. Nick había consumido un verano que se acercaba a su fin.

—¿Bess? —su tía Carla la llamó desde lo alto de la escalera—. ¿Quieres venir a comer algo?

—¡Voy enseguida! —se secó rápidamente las lágrimas que

habían traspasado sus defensas. Su tía Carla tenía un ojo de halcón y nada se le pasaba por alto.

Aquella semana la casa de la playa estaba ocupada por la tía Carla, el tío Tony y sus tres hijas. Angela, Deirdre y Cindy eran las típicas modelos de playa y se pasaban el día tostándose al sol. Por la noche salían a la caza de chicos guapos por el paseo marítimo, y no le hacían el menor caso a ella a menos que quisieran refrescos gratis en Sugarland.

Tía Carla, en cambio, se había propuesto ocupar el lugar de su madre. No parecía importarle que Bess hablase con sus padres una vez a la semana, ni que hubiera trabajado en la playa los tres últimos veranos ni que llevase tres años en la universidad, y que por tanto no viviera con sus padres desde los dieciocho años. Tía Carla tenía la costumbre de cuidar a todo el mundo, por lo que a Bess no debería sorprenderla que hiciese lo mismo con ella. Pero, teniendo en cuenta que a sus hijas les permitía volver a la hora que quisieran, no parecía muy razonable que esperase de ella un comportamiento ejemplar.

La comida, al menos, estaba muy buena. A diferencia de otros miembros de la familia, a tía Carla no le gustaba hacer todas las comidas fuera. Ni siquiera estando de vacaciones en la playa. El desayuno y el almuerzo eran ligeros, pero para la cena cocinaba casi todas las noches. Aquel día había chuletas con patatas al horno, mazorcas de maíz, ensalada y galletas recién hechas. A Bess le rugían las tripas mientras seguía el delicioso olor escaleras arriba. Tío Tony roncaba en el sillón, y sus primas hablaban en su cuarto con la radio encendida. Debían de estar preparándose para salir en cuanto acabasen de cenar, mientras que tío Tony y tía Carla se dedicarían a leer en la terraza o a pasear por la playa.

En cuanto a ella no tenía ningún plan para esa noche.

Hacía tres días que no veía a Nick. Desde que Eddie los interrumpiera detrás de la tienda. Aquel día, Bess había ido a verlo depués del trabajo y no lo había encontrado en casa. Él no fue a verla al día siguiente y ella no había vuelto a su apartamento. No era tan tonta ni estaba tan desesperada como para ir siempre tras él.

–Estás muy guapa, cariño –le dijo tía Carla con una sonrisa–. ¿Te importa llevar la fuente de la ensalada? He pensado que podíamos comer en la terraza. ¡Tony! ¡Despierta!

Tío Tony abrió los ojos y se levantó pesadamente del sillón.

–¿Qué pasa? ¿Qué ocurre?

–La cena, Tony –le dijo tía Carla con una mueca–. Llama a las niñas.

Bess se llevó la ensalada a la mesa de la terraza, donde su tía ya había colocado los platos y cubiertos. Las servilletas se agitaban bajo una gran caracola. Bess dejó la fuente y miró a través de las puertas de cristal a sus tíos y primas, que llevaban el resto de la comida. También se vio a sí misma reflejada en el cristal, con el cielo y las nubes detrás de ella. Era como una visión espectral. Un parpadeo y veía a su familia. Otro parpadeo y veía a la chica frente a la ventana...

Apartó la mirada de la fantasmagórica imagen y fue entonces cuando vio a Nick. Estaba en la arena, con las manos en los bolsillos, mirando hacia la terraza. A Bess le dio un vuelco el corazón y sonrió sin darse cuenta. Lo saludó con la mano, pero él no hizo ningún gesto.

–¿Bess, cariño? –la voz de tía Carla sonó tan cerca de su oído que dio un respingo–. ¿Es amigo tuyo? ¿Por qué no lo invitas a cenar? Hay comida de sobra.

Bess se había agarrado a la barandilla para no volver a saludarlo después de que él no lo hubiese hecho. Nick se había girado hacia el mar y estaba arrojando una piedra a las olas.

–Oh... no, no –sacudió la cabeza–. No hace falta.

Ya era bastante malo no haberlo visto en tres días, pero ¿saber que estaba rondando su casa sin hacerle caso? Bess se dio la vuelta y le sonrió a su tía, quien no insistió a pesar de mirar con desconfianza hacia la playa.

El nudo que se le había formado en el estómago le impidió disfrutar de la cena, pero de todas formas se obligó a comer. Unos trocitos de chuleta, media patata y un par de mordiscos al maíz. Hacía semanas que no probaba nada tan bueno, y maldijo a Nick por no poder saborear la comida.

—Te vas a quedar en los huesos —la reprendió tía Carla mientras Bess la ayudaba a quitar la mesa.

Sus primas ya se habían escabullido para retocarse el maquillaje y el peinado. Tío Tony se había retirado al cuarto de baño con el periódico. A Bess no le importaba ayudar con los platos, ya que no tenía otra cosa mejor que hacer.

Estuvo leyendo un rato en su habitación. El libro, una maltratada novela en rústica sobre unos gemelos con un secreto, había formado parte de la biblioteca de la casa desde que Bess podía recordar. Se la había leído todos los veranos desde que era niña, pero en aquella ocasión, y por primera vez, los capítulos no le provocaron la menor emoción. En parte se debía a su edad. Las descripciones de criaturas hermafroditas y dedos cercenados en estuches le habían parecido horripilantes cuando era más pequeña, pero la televisión por cable le había enseñado cosas mucho más inquietantes.

Dejó el libro en la mesa. La cama estaba llena de bultos, la almohada estaba aplastada y había que lavar las sábanas y la colcha. Pensó en masturbarse, pero no consiguió reunir las ganas.

No se molestó en ponerse los zapatos ni el sujetador. Nadie le vería los pechos a oscuras, y de todos modos no pensaba ir muy lejos. Sólo necesitaba salir del cuarto. Agarró una sudadera con cremallera y siguió el sendero arenoso hasta la playa. Los destellos de la televisión provocaban sombras danzarinas en las ventanas de la casa, y la noche no era tan oscura como para que no pudiera verse nada. A poca distancia de la casa ardía una hoguera y se oían las risas sobre el murmullo de las olas. Pero en la orilla podía permanecer invisible a todo el mundo.

Salvo a una persona.

Nick estaba sentado al borde de la arena mojada con los brazos alrededor de las piernas. Junto a él tenía el pañuelo y un pack de cervezas. No miró a Bess cuando se sentó a su lado. La fría arena la hizo estremecerse y se arrebujó con la sudadera.

–Lo siento –dijo él antes de que ella pudiera hablar–. He sido un idiota.

Bess desplazó la mano sobre la arena y encontró una piedra lisa y una venera rugosa. Frotó los bordes de cada una y las apretó en la palma.

–No entiendo por qué te enfadaste de aquella manera... Eddie no es más que un amigo para mí.

–No le gusto.

Bess soltó una pequeña carcajada.

–A ti tampoco te gusta él, ¿y qué?

Nick se giró para mirarla.

–Ha intentado prevenirte contra mí, ¿verdad?

Bess se mordió el labio antes de responder.

–Sí.

–Y es amigo tuyo –Nick abrió una de las latas de cerveza–. A lo mejor tengo miedo de que le hagas caso.

–Oh, Nick –le puso una mano en el hombro–. Yo tomo mis propias decisiones. Ya deberías saberlo.

Él tomó un trago y dejó la lata en la arena. La besó y le llenó la boca con el amargo sabor a cebada. Subió una mano bajo sus cabellos para agarrarla por la base del cráneo mientras entrelazaba sus lenguas.

–¿De verdad te importaría? –le preguntó ella cuando dejaron de besarse.

—El verano no se ha acabado.

No era la respuesta que ella le estaba pidiendo.

—Nos queda otro mes por delante. Tengo que volver justo después del Día del trabajo.

Nick volvió a beber, pero esa vez no la besó.

—Cuatro semanas y te habrás ido.

—Sí.

«¿Te molesta?», quiso preguntarle. Pero no lo hizo por temor a no oír la respuesta que quería.

—¿Se lo dirás a tu novio cuando regreses?

Bess negó con la cabeza y Nick masculló por lo bajo.

—Claro. Será mejor que no.

—¿Has estado aquí sentado toda la noche? —se arrimó un poco a él, y aunque Nick no la apartó, tampoco la rodeó con el brazo.

—Salvo el rato que fui a por las cervezas.

—¿Para verme? —se odió a sí misma por el tono tan esperanzado de la pregunta.

Nick volvió a mirarla.

—Es posible.

—¿Tanto te cuesta decir que sí?

—Sí —respondió él—. He venido a verte.

Era la respuesta que ella quería, pero no la satisfizo del todo.

—Esto no es asunto de Andy.

—Porque romperá contigo —murmuró él.

—Quizá porque rompa yo con él. O quizá porque ya lo haya hecho y aún no te lo he dicho.

—¿Por qué no ibas a decírmelo? —le preguntó Nick con una mirada escrutadora.

—Porque si no tuviera a otra persona… si de repente estuviera sola y disponible, te largarías tan rápido y tan lejos que nunca más volvería a saber de ti.

Nick perdió la mirada en el océano.

—Eso no es verdad.

–¿No? –Bess se puso de rodillas delante de él, sin importarle la arena mojada–. Mírame a la cara y dime que no es verdad.

Nick la miró y sonrió con desdén.

–No es verdad.

–No es suficiente. Dime que seguirías interesado por mí aunque no tuviera novio.

–Bess... –suspiró–, seguiría interesado por ti.

Sacudida por un vuelco emocional, se abalanzó sobre él y su boca. Al principio lo besó con suavidad, pero luego fue aumentando de intensidad mientras lo obligaba a estirar las piernas para sentarse encima y le agarraba las manos para metérselas bajo la sudadera y la camiseta. Entrelazó los dedos en sus cabellos y le sujetó la cabeza para lamerle los labios y capturar sus gemidos.

Lo miró a los ojos, dos destellos plateados en la noche, y volvió a besarlo.

–Un mes puede ser mucho tiempo...

Las palmas de Nick le cubrieron los pechos y le endurecieron los pezones. Bess se frotó contra sus vaqueros y le rodeó la cintura con las piernas. No supo muy bien cómo consiguió quitarle el pantalón ni cómo entre los dos la despojaron de sus shorts, pero si supo el momento exacto en que se deslizó sobre su erección. Nick gimió sin despegar la boca de la suya. Sus manos estaban muy frías al tocarle el trasero desnudo, pero a ella no le importó. Lo apretó más fuertemente con las piernas y siguió frotándose.

Se oyó un grito procedente de la hoguera y un objeto plano aterrizó en la arena, a unos pasos de ellos. Separaron sus bocas y los dos se giraron para ver al chico corriendo en busca del disco volador. Sus pisadas arrojaron arena sobre las manos y las pantorrillas de Bess, pero el muchacho apenas les dedicó un vistazo fugaz.

Aquello excitó sobremanera a Bess. Estar follando en la playa sin más intimidad que la que proporcionaba la oscuridad. Clavó las uñas en la espalda de Nick al correrse y enterró la cara en su cuello para ahogar los gritos. Él la penetró con más fuerza que nunca, pero no fue hasta que Bess se apartó que se acordó del condón.

O, más bien, de la ausencia del mismo.

No dijo nada al respecto. Se limitó a recoger la ropa y vestirse mientras Nick se abrochaba los vaqueros. Volvió a sentarse junto a él y esa vez sí que la rodeó con el brazo. La noche se había enfriado y Bess se abrió la sudadera para abrigarlo a él también.

–¿De qué tienes miedo? –le susurró cuando parecía que la noche iba a durar para siempre.

–De nada.

Estaba mintiendo y ambos lo sabían. Bess apoyó la cabeza en su hombro, lo tomó de la mano y sincronizó la respiración con la suya.

–¿Confías en mí? –le preguntó él al cabo de un momento.

–Sí –respondió ella sin dudarlo.

–No deberías –le advirtió–. Te joderé igual que he jodido a todo el mundo.

–No me lo creo.

Nick le apretó los dedos.

–No confío en ti, Bess.

–¿Confías en alguien?

Él tardó unos segundos en responder.

–No.

–En mí puedes confiar, Nick –le besó la mano–. Puedes hacerlo.

Nick se rió por lo bajo.

–Sí, claro… Todo el mundo es digno de confianza. Confié en mi madre cuando me prometió que no volvería a colocarse ni a traer desconocidos a casa. Confié en la trabajadora social que me dijo que mis tíos cuidarían de mí. Confié en Heather cuando dijo que no iba a acostarse con nadie estando conmigo.

—Yo no soy ninguna de esas personas.

Nick se levantó y echó a andar por la playa. Bess lo alcanzó y tiró de su mano para detenerlo y girarlo hacia ella.

—¡Yo no soy esas personas! —gritó.

Nick escupió en la arena antes de mirarla.

—No quiero tu jodida compasión.

—¡No me compadezco de ti, Nick! —la acusación la horrorizó—. Por Dios, si lo que dices es cierto…

—¿Por qué iba a mentir? —sonrió con ironía—. A menos que sólo esté jugando contigo.

—No me extraña que te cueste confiar en las personas —le soltó la mano para poner los brazos en jarras—. Pero eso no es excusa para ser un cretino.

—Soy un cretino —declaró él, como si fuera su signo del zodiaco.

—No me importa —insistió ella.

—Debería importarte.

—¡Pues no me importa! —soltó una brusca carcajada y levantó el rostro hacia el cielo estrellado—. Me da igual que seas un cretino y me da igual lo que diga la gente, ¿vale? ¡Me da igual!

Nick también se rió.

—¿Sabes que estás loca?

—Sí que lo sé —se abalanzó otra vez hacia él y le cubrió la cara de besos. Nick la sujetó y los dos giraron sobre sí mismos hasta caer a la arena en una maraña de brazos y piernas—. Estoy completamente loca, Nick.

«Por ti».

No lo dijo en voz alta, pero no porque no confiase en él. Quería que él también confiase en ella, y la confianza era algo que no podía imponerse. Se daba o no se daba.

Nick la besó y la hizo rodar por el suelo, pero a Bess no le importó llenarse la ropa y el pelo de arena. Se quedaron abrazados y riendo mientras miraban las estrellas.

—Orión —señaló Nick—. Es la única que conozco.

–La Osa mayor –dijo Bess–. Y la Osa menor. ¿Sabes qué es lo mejor de las estrellas?

–¿Qué?

Bess se giró de costado para mirarlo, y él hizo lo mismo.

–Que son las mismas las mires desde donde las mires. Pueden moverse o parecer que están en sitios diferentes, pero siempre son las mismas.

Nick levantó el rostro hacia el cielo.

–¿Y?

–Que si estás muy lejos de la persona con la que quieres estar, puedes mirar las estrellas y saber que esa persona está contemplando lo mismo.

Nick parpadeó y la miró con expresión muy seria. La hoguera se había apagado y la luna no era más que una pálida uña en el cielo, pero Bess no necesitaba ninguna luz para imaginarse los rasgos de su rostro.

–Menudo rollo romántico… –dijo él, pero se rió y la abrazó cuando ella intentó pellizcarlo.

–No hay nada malo en un poco de rollo romántico de vez en cuando.

Nick hundió la cara en sus cabellos y aspiró profundamente.

–Tu pelo huele muy bien. Puedo olerte en mi almohada cuando no estás. Y no puedo dejar de pensar en tu olor cuando no estoy contigo.

Un hormigueo la recorrió por dentro, pero Nick no había acabado.

–También pienso en ti cuando oigo alguna canción por la radio.

Bess se acurrucó contra su pecho. La arena estaba fría y del mar soplaba una brisa fresca, pero los brazos de Nick eran cálidos y reconfortantes.

–Y ahora también pensaré en ti cuando mire las estrellas…. ¿Estás contenta?

–Sí…

–Mujeres… –murmuró él con disgusto.

–Hombres… –dijo ella con una mueca.

Él la besó hasta dejarla sin aliento.

–Se hace tarde. Será mejor que vuelvas a casa. Mañana tengo que trabajar.

–Yo también.

Nick la acompañó a casa. En la puerta, dejó el pack de cerveza en el suelo y le ató el pañuelo alrededor del pelo. Luego volvió a besarla y le levantó una pierna para frotarse contra ella.

–Entra –le susurró al oído–, antes de que lo hagamos aquí mismo. Ya nos hemos arriesgado bastante esta noche.

Así que también él lo había pensado…

–Lo sé.

–Te veré mañana –dijo él. La soltó y se alejó.

–¡Nick!

Él se detuvo y se giró.

–Puedes confiar en mí –le dijo ella–. Lo digo en serio.

Nick volvió junto a ella. Bess creyó que iba a besarla y levantó la cara para recibir su boca, pero él se limitó a mirarla.

–Todo el mundo dice eso, Bess.

–Ya lo sé… –siguió tentándolo con la boca levantada–. Pero yo lo digo en serio.

Nick la besó finalmente, pero fue un beso lento y suave.

–Te creo –le dijo al separarse, y se marchó sin mirar atrás.

No fue hasta mucho más tarde, tras haberse duchado, puesto el pijama y acostado, que Bess se preguntó a qué se refería Nick al decirle que la creía. ¿Creía que podía confiar en ella? ¿O sólo que ella se lo decía en serio?

Aunque al fin y al cabo… ¿qué importaba?

Capítulo 33

Cuando sus hijos eran pequeños, las vacaciones habían sido cualquier cosa menos relajantes. A Andy le gustaban los grandes viajes a las Bahamas, al Gran Cañón o al Parque Yellowstone, e insistía en visitar un sitio nuevo cada vez a pesar de que Connor y Robbie eran demasiado pequeños para apreciar nada. Cuando los chicos empezaron el instituto, sin embargo, los viajes en familia se acabaron por completo. Al parecer, Andy había decidido que no merecía la pena compartir la experiencia con unos hijos adolescentes que no iban a apreciarlos más que cuando eran unos críos, pero que se habían vuelto mucho más insolentes a la hora de decidir quedarse en casa. Él y Bess solamente hicieron un viaje los dos solos. Fue a un complejo turístico en México, de donde ella volvió con graves quemaduras y él, con una intoxicación alimentaria.

Ninguno de los dos había expuesto sus motivos para no aprovecharse de la casa de la playa que los padres de Bess habían heredado de sus abuelos. Andy ni siquiera hablaba de la casa, ni siquiera cuando los padres de Bess murieron y la casa pasó oficialmente a ser de ella. Bess tampoco había sacado el tema, aunque Connor y Robbie se mostraron más entusiasmados con la casa que con la visita al Monte Rushmore.

Los chicos habían estado en muchas playas a lo largo de sus vidas, pero parecían haber nacido para las aguas del Atlántico. Tres semanas después de su llegada los dos habían adquirido una dura rutina de trabajo, pero el resto del tiempo lo pasaban tostándose al sol en la arena. Como era lógico, se hicieron muy populares entre las chicas e hicieron un montón de amistades a las que llevaban a casa para tumbarse en la terraza y devorar las hamburguesas que Bess compraba. La casa de la playa se había convertido en el lugar de reunión para los jóvenes que trabajaban en el pueblo durante los meses de verano.

A Bess no le importaba. Su otra casa siempre había sido el lugar favorito para todos los chicos del barrio y ella siempre tenía un cajón lleno de cepillos de dientes para los que se quedaban a dormir. Era la madre con la que siempre se podía contar para hacer palomitas de maíz, pedir una pizza durante un maratón de películas de terror y para llevar a casa a cualquiera que lo necesitara.

No expresó en voz alta el alivio que sentía de que Connor y Robbie estuvieran recreando la misma vida que habían tenido en casa. Era la prueba de que se estaban adaptando al cambio, a pesar del vuelco que habían sufrido sus vidas por culpa de sus padres.

El inconveniente de alojar a los jóvenes del pueblo era, naturalmente, la falta absoluta de intimidad. Hasta el momento, ni Connor ni Robbie parecían haberse dado cuenta de que Nick casi nunca salía de casa, y que cuando lo hacía no iba más allá de la pequeña franja de playa que había enfrente. Tan ocupados estaban con sus trabajos y sus nuevos amigos que apenas le prestaban atención. De vez en cuando, Nick jugaba con ellos a la videoconsola o a las cartas en la terraza, pero la mayor parte del tiempo se la pasaba en su pequeño cuarto con la puerta cerrada.

Bess no le preguntó qué hacía encerrado tantas horas, pero a juzgar por los libros que faltaban en las estanterías debía de estar leyendo. Ella también lo hacía... y al igual que le había pasado años atrás, había estado contando los minutos para que sus hijos estuvieran fuera de casa a la misma hora.

Habían sido tres semanas angustiosamente largas, en las que Connor iba a trabajar por la mañana y Robbie lo hacía por la tarde, de manera que la casa estaba siempre llena con los amigos de uno o de otro. Pero por fin los dos habían cuadrado sus horarios de manera que los dos se marchaban por la mañana, si bien Connor salía antes que Robbie, quien usaba la vieja bici de su madre para ir al trabajo.

–¿Qué haces? –le preguntó Robbie con la boca llena de cereales.

Bess levantó la vista de los folletos.

–Me aseguro de que la casa esté preparada para el invierno. Hasta ahora sólo se ha ocupado en verano, y si vamos a vivir aquí tengo que hacer algunos cambios.

–Sí, como darme a mí la habitación más grande. Connor estará en la universidad y no le va a hacer falta.

Bess se rió.

–Podríamos sacar las literas de tu cuarto y comprarte una cama y una mesa nuevas, si quieres. Así tendrías más espacio. IKEA tiene unas buenas rebajas al final del verano.

–Vale.

Bess hojeó los folletos de aires acondicionados y calefactores. La casa de la playa tenía una caldera y todas las ventanas habían sido cambiadas menos de cuatro años antes, cuando sus padres estuvieron considerando la posibilidad de instalarse allí permanentemente.

–Esta casa es mucho más pequeña que la otra –dijo.

Robbie se levantó y metió el cuenco en el lavaplatos.

–Sí, pero sólo estamos tú y yo.

La indiferencia con que lo dijo le hizo más daño a Bess que si hubiera estado enfadado.

–Robbie... ¿Te parece bien todo esto?

Su hijo se puso a manosear algo de la encimera.

–Claro. La gente se divorcia todo el tiempo. Sólo quiero que tú y papá seáis felices.

Bess se levantó y se acercó a la encimera. Robbie estaba frotando una manzana una y otra vez, sin duda para tener las manos ocupadas y no tener que mirar a su madre.

–Sabes que puedes hablar conmigo.

–No tengo nada que decir –la miró de reojo y le ofreció una sonrisa poco convincente.

–Bueno… Si quieres hacerlo, ya sabes que puedes contar conmigo.

–Ya lo sé, mamá.

Robbie siempre había sido su peluche particular. El hijo que le llevaba piedras coloreadas con rotulador y matojos que arrancaba del jardín. El que se acostaba con ella para ver los dibujos animados por la mañana, después de que Andy se fuera al trabajo. El que siempre le hablaba de las chicas que más le gustaban. O al menos así había sido hasta unos años antes.

–Ya sé que lo sabes –repuso ella amablemente.

Robbie la miró de frente y sonrió aún más.

–Ya sé que sabes que lo sé.

Bess se rió y lo echó de la cocina.

–Vete a trabajar, vamos.

–Ya voy –arrojó la manzana al aire, la agarró al vuelo y besó a su madre en la mejilla–. Hasta luego.

–¿A qué hora volverás?

–Acabo de trabajar a las nueve, pero volveré más tarde. He quedado con Annalise.

Annalise debía de ser la chica morena y bajita o bien la pelirroja con coletas, pero Bess no intentó sonsacarle más información.

–Que te diviertas.

Apenas se hubo marchado Robbie cuando Nick subió las escaleras con una sonrisa más elocuente que las palabras. Bess pensó que algún día el corazón dejaría de darle brincos cada vez que lo viera. Pero al parecer no iba a ser aquel día.

Se encontraron en medio del salón con sus manos y bocas. Dos semanas eran mucho tiempo para aguantar con miradas furtivas y poco más. Bess ya le estaba desabotonando la camisa cuando oyeron unas pisadas en la escalera.

Debía de ser Robbie, que habría olvidado algo, pero fue el rostro de Connor el que apareció sobre la barandilla. Los miró a los dos con una expresión inescrutable, advirtiendo sin duda la escasa distancia que había entre ambos o el pelo alborotado de su madre.

—Connor... —dijo ella con voz jadeante—, ¿qué haces aquí?

—He hecho un turno extra y me han dado dos descansos. He venido a por algo de comer —miró a Nick—. Hola, tío. ¿No tienes que trabajar hoy?

—Más tarde —respondió Nick.

Connor no volvió a mirarlos y fue a la cocina a prepararse un sándwich. Bess miró a Nick y vio que él también observaba a Connor con los ojos entornados.

—Estaré en mi habitación por si me... necesitas —le dijo.

Recalcó tanto la última palabra que Bess volvió a mirar a Connor por si lo había notado. Su hijo había ocultado la cara tras el periódico y Bess miró de nuevo a Nick con el ceño fruncido.

—De acuerdo —dijo, asegurándose de que su hijo la oyera.

Nick sonrió, la besó rápidamente en el cuello y se alejó por la escalera. Bess se quedó jadeando en mitad del salón mientras Connor hacía crujir las hojas del periódico. Bess se puso a quitar el polvo y poner un poco de orden, lo que era del todo innecesario, ya que sus dos hijos eran bastante pulcros para ser adolescentes.

Connor acabó de comer, recogió los platos y dejó el periódico en la mesa. Fue a su habitación y reapareció unos minutos después con una mochila. Sin decirle nada a Bess, se dirigió hacia la escalera.

–Conn.

Él se detuvo, pero no la miró.

–¿A qué hora volverás a casa?

–No lo sé –respondió hoscamente–. Voy a salir después del trabajo.

–¿Con quién?

–Con amigos.

–¿Los conozco?

Connor la miró. Tenía los mismos ojos azules que Andy, y Bess tuvo que contenerse para no dar un paso atrás ante las llamas que despedían.

–No.

No quería empezar una discusión sobre los amigos de Connor, cuando en el fondo no estarían discutiendo de eso.

–¿Qué pasa con el coche?

–Lo traeré después del trabajo.

–Entonces te veré, al menos.

Los ojos de Connor ardieron de furia.

–Sí, supongo.

Bess suspiró y se despidió con la mano.

–Que tengas un buen día.

Connor no dijo nada más y bajó rápidamente la escalera. Bess esperó a que el coche hubiese girado en la esquina antes de llamar a la puerta de Nick.

–Pasa.

Estaba tendido en la cama con un libro en las manos. Bess entró y cerró tras ella.

–Te podría haber visto –lo acusó, refiriéndose al beso en el cuello.

Nick bajó el libro y le dedicó una sonrisa torcida.

–Tu hijo no es tonto, Bess.

–No he dicho que lo sea.

–¿De verdad crees que no sabe lo nuestro?

–Te dije que quería esperar a que te conocieran mejor y…

–Lo sabe desde el primer día –la interrumpió él–. Puede que Robbie no sospeche nada, pero Connor sí que lo sabe.

Se miraron el uno al otro en silencio, hasta que Bess se cruzó de brazos y Nick se levantó.

–Sabes que tengo razón –dijo él–. Tu hijo sabe que estoy follando contigo…

–¡Basta! –espetó ella–. ¿Tienes que ser siempre tan grosero?

–Discúlpame… ¿Acostándome contigo? ¿Chingando? ¿Copulando? ¿Cómo prefieres que lo diga? Ah, ya sé…. ¿Haciendo el amoooor? Tu hijo no es un jodido idiota, Bess. Cualquiera que nos viese sabría que estamos follando. Olemos a sexo.

–Basta –repitió ella–. Eso es…

–Es cierto. Y lo sabes.

–¡Es más que eso!

Rápido como un rayo, Nick la tuvo en sus brazos antes de que pudiera reaccionar. La sujetó con fuerza para que no pudiera moverse y movió la boca por su cuello.

–¿Te sentirías mejor si tu hijo supiera que entre nosotros hay algo más que sexo?

Bess no intentó soltarse.

–Creo que es demasiado pronto para que mis hijos sepan nada.

Nick se rió.

–Claro.

Ella lo empujó para obligarlo a mirarla.

–Son mis hijos, Nick. Para mí son lo más importante que hay en el mundo. Es normal que quiera protegerlos.

Nick parpadeó un par de veces, completamente inexpresivo.

—¿Crees que alguna vez les dirás la verdad sobre nosotros?

Bess respiró hondo.

—¿Qué verdad?

—¿Qué verdad? —repitió él con una media sonrisa—. Bonita manera de decirlo... Respóndeme —la apretó con más fuerza.

—Sabes que no puedo —dijo ella.

Nick volvió a parpadear y la soltó, tan bruscamente que ella se tambaleó hacia atrás. Se sacudió las manos en los vaqueros, como si se hubiera manchado al tocarla.

—Ni siquiera sabemos lo que va a pasar —insistió ella, avanzando a la vez que él retrocedía. La habitación era demasiado pequeña para moverse, pero Bess se detuvo justo antes de tocarlo.

—Admítelo. Te importa una mierda lo que vaya a pasar. Te da igual que yo vuelva a desaparecer. Lo único que te preocupa es que nadie descubra tu secreto.

Bess le dio la espalda.

—Nunca les dirás nada, porque tienes miedo —la acusó, como si ella acabara de abofetearlo.

—Dame... dame un poco de tiempo.

—Tiempo... —se rió amargamente—. ¿Tiempo para qué?

—Para pensar en la mejor manera de decírselo... y para saber si vas a quedarte o no.

—No voy a irme a ninguna parte —declaró él—. Lo he intentado y no puedo hacerlo.

—Lo sé. No puedes ir más allá de...

—No, quiero decir que he intentado volver a la niebla gris de donde vine, pero no puedo.

—¿Has intentado volver? —la confesión la había dejado helada—. ¿Por qué?

—Porque nunca les dirás a tus hijos ni a nadie que soy tu novio, Bess. Y aunque lo hicieras... ¿qué pasará dentro de diez años cuando yo siga teniendo este aspecto? La gente vendrá a por mí con estacas y antorchas.

–No –dijo ella, tocándole la mejilla–. Eso no sucederá.

No estaba tan segura, pero le pareció lo más apropiado para decir.

Nick se sentó en la cama.

–Cuando volví pensé que cualquier cosa era mejor que la niebla gris. Pensaba que estar contigo... Dios, no podía pensar en otra cosa. En estar contigo de nuevo.

La miró, pero ella no se sentó a su lado.

–Creía que todo sería mejor cuando volviéramos a estar juntos, pero no es así. Esto es peor que una prisión. No puedo ir a ninguna parte. No puedo hacer nada. Puedo estar follando todo el día y toda la noche, pero no puedo estar contigo de verdad.

–¡Eso no es cierto! –la voz se le quebró. Alargó el brazo para tocarle el pelo y Nick tiró de ella para apretar la cara contra su estómago–. Estás conmigo... Y te quiero.

Él no dijo nada.

–Se lo diré –decidió Bess.

–¿Qué les dirás? –le preguntó sin mirarla–. «Eh, chicos, aquí tenéis a vuestro nuevo padre, y, por cierto, ha estado muerto veinte años».

–Empezaremos haciéndoles saber que estamos juntos, y ya nos ocuparemos del resto más tarde.

Nick se estremeció y levantó la vista hacia ella.

–¿De verdad vas a decírselo?

–Como tú mismo has dicho, Connor ya lo sabe. No tenemos que decirles nada –añadió, sentándose junto a él–. Lo averiguarán por sí mismos.

Nick sonrió brevemente.

–¿Estás lista para ello?

–No, pero no soporto verte mal.

Nick se miró las manos, unidas en su regazo.

–Todo es un lío.

–Lo superaremos –le aseguró ella, con más confianza esa vez–. Encontraremos la manera.

–Desde luego… –murmuró él con un ligero bufido.

–Eh… –lo agarró de la mano y esperó a que la mirara–. Encontraremos el modo para que esto funcione. No voy a dejar que te escapes otra vez.

–Pareces muy segura de ti misma.

–Nick… Confía en mí.

Él se inclinó para besarla y la estrechó entre sus brazos.

–Confío en ti.

Bess también lo abrazó y deseó con todas sus fuerzas no defraudarlo.

Capítulo 34

Antes

Si había sido su primera pelea, al menos había servido para aclarar muchas cosas.

No importaba el nombre que le pusieran a su relación. A Bess le parecía algo demasiado intenso y bonito para limitarlo a una definición.

Aquello era amor.

Otras veces en su vida había creído saber lo que significaba el amor, si bien cada vez era distinta y cada vez que se enamoraba de alguien nuevo estaba convencida de que aquel iba a ser el definitivo.

Tardó en comprobar que no había nadie con quien descubrir lo que era el amor verdadero.

No le había dicho a Nick que lo amaba. No sabía cómo hacerlo. Aquellas dos palabras que tan fácilmente habían brotado siempre de sus labios no parecían las más adecuadas para describir la fuerza y amplitud de sus emociones cuando estaba con él. O sin él.

Nick le recordaba su marca favorita de chicle y su color favorito, como el de la nueva toalla de baño que él le había llevado. Nick sabía lo mucho que le disgustaban las jaulas de cangrejos ermitaños delante de las tiendas de recuerdos y cuánto le gustaban las bengalas en la playa por la noche.

La agarraba de la mano sin importarle quién estuviera mirando, y la besaba una y otra vez.

El amor que sentía por él era como un *collage* de emociones en el que cada pieza tenía su lugar e importancia. Desde el sonido de su risa hasta la sensación de tener su mano en la espalda cuando se dormían en la arena. Todo tenía un sentido, y no podría renunciar a nada de ello.

Pero aún no le había dicho que lo quería.

La primera vez que se quedó a dormir en su casa y se despertó junto a él, pensó que tal vez eso cambiaría las cosas y que el siguiente paso, quedarse con él después del sexo, transformaría la relación en algo que ella pudiera soportar. Dormir en su cama y despertarse a su lado le había parecido más significativo que cualquier declaración de amor.

Eddie tenía razón. Nick la hacía dudar de sí misma.

Bess abrió los ojos y miró la cómoda junto a la cama. A su lado oía la profunda y tranquila respiración de Nick. Era temprano y tan sólo hacía unas horas que se habían dormido. Los dos tenían que trabajar, pero aún no tenía ganas de levantarse. No quería ducharse ni lavarse los dientes, porque entonces perdería el sabor y el olor de Nick.

Él deslizó una mano sobre su vientre y más abajo, entre sus muslos. Se movió para colocarse encima y ella dejó escapar un suave gemido cuando la penetró. Los condones le parecían una medida absurda después de aquella noche en la playa. Ella estaba tomando la píldora, ninguno de los dos se acostaba con nadie más y, por insistencia de Nick, habían ido a la clínica de la salud de la mujer para hacerse las pruebas pertinentes.

La mordió en el cuello y empujó más adentro. Bess estaba un poco dolorida de la noche anterior y emitió un débil siseo. Él se detuvo, empezó a moverse más despacio y le acarició el clítoris hasta que los dos tuvieron su orgasmo con pocos segundos de diferencia.

—Buenos días —le susurró al oído.

—Buenos días —le sonrió—. Tengo que prepararme para ir al trabajo.

—Y yo —se apartó y se tumbó boca arriba mientras ella se levantaba. Se apoyó en un codo y vio como buscaba ropa limpia en su mochila.

Bess fingió que no le importaba, pero su intenso escrutinio la puso nerviosa y en la ducha se puso a reír como una tonta. Se lavó con el jabón y la esponja de Nick, usó la pasta de dientes y la toalla de Nick, piso la alfombrilla de Nick y se sentó en el inodoro de Nick.

Nunca había sido así con Andy, con quien sólo había llegado a compartir habitación. Aquella especie de… convivencia la hizo pensar en casitas con jardín y otras imágenes idílicas. No quería pensar en el futuro, pero no podía evitarlo.

Sobre todo cuando vio las tortitas.

—¿Puedes sacar el sirope de la nevera? —le pidió Nick, apuntando al frigorífico con la espátula.

—¿Has preparado el desayuno?

—Sí. Siéntate.

Había puesto la mesa con platos y tazas desemparejados, pero había doblado las servilletas y colocado los cubiertos. Incluso había servido zumo de uva, pues sabía que a ella no le gustaban las naranjas.

—Cocinas…

—No pongas esa cara de asombro —Nick frunció el ceño y llevó las tortitas a la mesa—. He tenido que cocinar para mí desde que tenía ocho años, más o menos.

—No me refería a eso —lo agarró por la muñeca para tirar de él y besarlo—. Me refería a que es un bonito detalle que cocines para mí.

—¿Ves como no soy un completo inútil? —preguntó él con una sonrisa. Se sirvió una generosa cantidad de tortitas y las roció con abundante sirope. Bess lo imitó y gimió de placer con el primer bocado.

–¿Has usado una mezcla preparada?

–No. Es muy fácil hacerlas si tienes los ingredientes –se encogió de hombros como si no fuera gran cosa–. Huevos, leche y harina. A veces era todo lo que teníamos en casa...

Habían hablado muy poco de su infancia, pero suficiente para que Bess supiera hasta qué punto había sido distinta de la suya.

–Están muy buenas –le dijo sinceramente.

–Estarían mejor con beicon.

–Están muy buenas así –repitió.

Él la miró y ella le dedicó una sonrisa. Nick también sonrió.

–Deja de mirarme así.

–¿Así cómo? –preguntó ella en tono inocente.

Él se lo demostró batiendo las pestañas y poniendo ojitos cándidos.

–Así.

Bess se echó a reír y agachó tímidamente la cabeza.

–No puedo evitarlo.

–Vas a alimentarme el ego.

–Como si necesitaras a alguien para eso... –se burló ella, y levantó las manos para defenderse cuando él empezó a hacerle cosquillas.

–Cómete esto –le ordenó, partiendo un trozo de tortita con el tenedor y llevándoselo a la boca–. Si tienes la boca llena no podrás decir tantas tonterías.

Bess atrapó el trozo con los dientes y volvió a agarrar la muñeca de Nick cuando él cortó otro pedazo. Se lamió el sirope que chorreaba por sus labios y se regocijó con la mirada de Nick.

–Eres una chica mala –dijo él.

Bess arqueó una ceja y volvió a relamerse.

–Creía que te gustaba...

–Sigue haciendo eso y los dos llegaremos tarde al trabajo.

Por tentadora que fuese la idea, Bess no pudo evitar una pequeña mueca de resignación.

—Está bien, está bien.

Nick volvió a sentarse y pinchó sus tortitas con el tenedor, pero sin comer.

—Te he hecho daño, ¿verdad?

—No pasa nada —Bess tomó un trago de zumo y se secó la boca.

—No quiero hacerte daño.

—Te he dicho que... —entonces comprendió a lo que se refería realmente—. No vas a hacerme daño, Nick.

Él observó su plato y tomó unos cuantos bocados mientras ella lo observaba.

—Mis tíos no eran parientes míos. Mi tía se casó con el primer marido de mi madre... quien no era mi padre.

Bess tomó otro pedazo de tortita y lo acompañó con un trago de zumo.

—Me acogieron cuando los servicios sociales me separaron de mi madre. No querían hacerse cargo de mí. Tenían cuatro hijos y uno adoptivo. No les quedaba espacio para mí.

—Lo siento —era una respuesta muy trillada, pero no se le ocurría qué más decir.

—No fueron crueles conmigo ni nada de eso, pero siempre supe que no me querían en su casa. Cuando cumplí los dieciocho me dijeron que tenía que empezar a pagar el alquiler —se rió—. Cuatrocientos dólares al mes por compartir un cuchitril con otras cuatro personas... Me fui de casa, encontré un trabajo y me gradué en el instituto, aunque ellos no creían que pudiera hacerlo. También habría ido a la universidad, si me lo hubiera podido permitir.

—¿Qué habrías estudiado?

—Me habría gustado hacer Trabajo Social.

Bess parpadeó con asombro.

—¿En serio? Yo estoy estudiando Trabajo Social y Psicología.

Nick sonrió y acabó las tortitas.

–¿Me tomas el pelo?

–En absoluto. Deberías echar un vistazo al programa de la Universidad de Millersville.

–No tengo dinero.

–Se conceden muchas becas y ayudas, Nick –la idea de que fuera a su misma universidad la excitó tanto que casi derramó el zumo–. El campus es genial y hay mucha oferta laboral. Deberías pensártelo seriamente.

–Hum… –murmuró él–. ¿Lo crees de verdad?

–Sí, lo creo de verdad.

Nick ladeó la cabeza para observarla.

–Sólo estás intentando que vaya a tu universidad, ¿verdad?

Bess tardó unos segundos en darse cuenta de que se estaba burlando de ella.

–Tal vez.

–Pfff –resopló mientras ponía los ojos en blancos–. Eres muy transparente.

–Si de verdad quieres hacerlo, deberías intentarlo –le dijo ella, poniéndose seria.

Nick se limpió la boca con el dorso de la mano.

–Sabes que si fuera a tu universidad…

–Sí.

Él se encogió de hombros como si no le diera importancia, aunque ella sabía que no era así.

–Podríamos seguir viéndonos.

La sonrisa de Bess se extendió por su rostro tan rápidamente como el sirope sobre las tortitas.

–Sí, así es.

–Qué lata, ¿verdad?

Bess le arrojó una tortita. Nick era rápido, pero ella fue más rápida y huyó de la mesa antes de que pudiera agarrarla.

La atrapó en el salón, donde no tenía escapatoria, y le

hizo un placaje que acabó con ambos en el sofá. Ella gritó mientras se retorcía, pero sin demasiada fuerza. Las manos de Nick le estaban haciendo algo más que cosquillas... Cuando la besó, ella ya lo esperaba con la boca abierta. El forcejeo apenas había durado unos segundos, pero el beso duró mucho más, hasta que ambos se quedaron sin aliento.

–Habría que trabajar mucho –dijo él.

–Pero merecería la pena –respondió ella mientras se arreglaba la ropa y el pelo–. Si de verdad quieres ir a la universidad, Nick, debes intentarlo con todas tus fuerzas.

Se levantó del sofá y lo miró desde arriba un momento, antes de arrodillarse ante él.

–Pero tienes que estar seguro de que lo haces por ti –le susurró–. Por mucho que me gustara oírte decir que lo harías por mí, tienes que pensar en ti antes que en nadie.

En vez de hacer un comentario irónico, como era su costumbre, Nick la sorprendió con otro beso.

–¿Crees que puedo hacerlo?

–Por supuesto que sí.

En ese momento llamaron a la puerta. Nick frunció el ceño y se levantó. Aún no se había duchado, pero se había puesto unos pantalones de chándal, de modo que abrió la puerta descalzo y con el torso desnudo y el pelo alborotado, como si acabara de levantarse de la cama.

Bess se acercó por detrás. Sentía curiosidad por saber quién llamaba a la puerta de Nick a esas horas.

–¿Está Bess?

Nick abrió la puerta del todo y la miró por encima del hombro.

Bess se quedó boquiabierta y enmudecida al ver al joven que estaba en el porche, cuya expresión pasó de la curiosidad a la resignación y luego a la ira.

Era Andy.

Capítulo 35

Ahora

Nick tenía razón. Connor ya sabía que Nick no era sólo un inquilino. Robbie, en cambio, no sospechaba nada.

No hicieron pública su relación, y Nick la sorprendió con una actitud discreta y prudente. Aun así, Robbie acabó por enterarse. Y si tardó más que su hermano, su reacción fue mucho menos moderada.

–¿Mamá? –estaba sentado en el otro extremo de la mesa de la terraza y la miraba con una expresión de perplejidad.

Bess lo miró y al momento supo que había descubierto lo que su hermano ya sabía. Nick le había puesto momentáneamente la mano en el trasero mientras la ayudaba a quitar la mesa. Era un gesto inocente que no insinuaba nada.

Bess miró a Nick, que sostenía un montón de platos de plástico, y miró otra vez a su hijo, cuya expresión de enorme congoja le encogió el corazón.

–Robbie…

Su hijo no le dio tiempo a decir más. Se levantó, entró en casa y bajó corriendo las escaleras. Bess lo vio alejarse por la playa desde la terraza, pero antes de que pudiera ir tras él, Nick le puso el montón de platos sucios en las manos.

—Voy yo.

—No creo que…

—Voy yo —repitió él con firmeza.

Bess asintió. El alma se le había caído a los pies y era incapaz de moverse. Vio cómo su amante iba a enfrentarse con su hijo y se preguntó si habría sangre.

Robbie estaba de espaldas a la casa, al borde del agua, con las manos en las caderas. Nick tardó un poco en llegar hasta él. No era tan alto ni tan ancho de hombros como Robbie.

—¿Qué pasa? —preguntó Connor, saliendo a la terraza mientras se quitaba el polo. Lo tiró a una butaca y estiró los brazos.

—No lo dejes ahí —le ordenó su madre—. Ponlo en el cesto de la colada.

—Sí, mamá.

—Ahora, Connor —Bess se llevó la basura a la cocina y la metió en el cubo bajo el fregadero. Connor la encontró atando la bolsa, pero la había llenado tanto que se atascaba contra las paredes del cubo.

Connor la hizo apartarse y acabó él la tarea mientras Bess se lavaba las manos en el fregadero.

—¿Qué hacen Nick y Robbie en la playa? —dejó la bolsa llena junto a la puerta y Bess le tendió una vacía.

—Nick está hablando con él.

Connor se echó a reír mientras colocaba la bolsa en el cubo.

—Robbie siempre ha sido un poco lento…

—No tiene gracia, Connor —lo reprendió Bess.

Él se irguió y la miró fijamente a los ojos. Ella le sostuvo la mirada y ninguno de los dos la apartó.

—Estoy con él —dijo Bess sin el menor temblor ni duda en la voz—. Y espero que podáis entenderlo. No sé si lo entenderéis, pero es lo que espero.

Connor se apoyó en la encimera.

–¿Qué pasa con papá?

–Tu padre y yo hemos intentado salvar nuestro matrimonio, pero es imposible –sacudió la cabeza–. Eso no significa que no os queramos a ti y a Robbie.

–Mamá –dijo él en tono desdeñoso–, no hace falta que
lo pintes de rosa. Mucha gente se separa. Yo estaré bien, y
Robbie también lo estará.

Para Bess no supuso ningún alivio que le dijera aquello.

–No quiero que pienses que mi relación con Nick tiene
algo que ver con tu padre.

–No es asunto mío –bufó y se apartó de la encimera
para irse.

–Tienes razón. No es asunto tuyo. Pero tendría que ha-
beros dicho la verdad a ti y a tu hermano desde el principio
en vez de ocultarla. Lo siento.

Connor se detuvo y se encorvó ligeramente antes de
volver a erguirse.

–No pasa nada –dijo, sin mirarla.

–Lo siento, Connor –lo sentía de verdad, pero la brecha
que se había abierto entre ella y su hijo mayor se hacía
cada vez más ancha–. Lo quiero.

–¿Lo quieres? –se giró para encararla–. ¿Sólo han sido…
cuánto, tres semanas? ¿Y ya lo quieres?

Bess no podía confesar que había sido mucho más tiempo.

–Como ya he dicho, no espero que puedas entenderlo.

–¿Y quieres que me crea que no tiene nada que ver con
que te estés separando de papá, pero que lo quieres? ¿Qué
es esto, un jodido chiste, mamá?

Bess se encogió, pero no tanto por el lenguaje de su
hijo como por la vehemencia que lo alimentaba.

–Connor…

Él levantó las manos.

–¿Qué es, dos años mayor que yo? ¿Y qué está haciendo contigo? ¿Qué espera conseguir?

Bess nunca había imaginado que su hijo creyera a Nick capaz de intentar engañarla.

–¡No espera conseguir nada!

–¿Ah, no? ¿Y por qué no trabaja? ¿De dónde saca el dinero? ¿Es tu... tu qué, tu macho de alquiler? –torció el gesto como si hubiera mordido un limón–. No me digas que lo quieres, por favor. No soy un niño. Puedo soportar que te hayas buscado a un semental para hacerte compañía...

Bess nunca les había pegado a sus hijos cuando eran pequeños, pero las ganas de abofetear a Connor por su insolencia fueron tan fuertes que tuvo que descargar un manotazo en la encimera. La mano le escoció por el golpe, pero al menos sirvió para que Connor se callara.

–No sabes nada de nada –le dijo en una voz más fría de la que nunca había usado con su hijo–. No te creas tan listo, Connor Alan, porque no lo eres.

Connor parpadeó frenéticamente, y Bess vio horrorizada que estaba reprimiendo las lágrimas.

–Tendrías que habernos dicho la verdad desde el principio, mamá.

–¿Por qué, Connor? ¿Acaso me hubieras creído entonces, o habrías sacado las mismas conclusiones que ahora? No puedo explicarlo, simplemente es así. Sé que no es fácil para ti ni para tu hermano –tragó saliva con dificultad–. Tampoco va a ser fácil para mí y para Nick. Pero no puedes elegir de quién te enamoras, cariño. Sucede sin más.

–Pero sí puedes elegir de quién no enamorarte –arguyó Connor con una perspicacia que Bess nunca habría imaginado que poseyera.

–No quiero elegir no estar enamorada de Nick –respondió honestamente.

Al menos las cartas ya estaban sobre la mesa. Bess respiró hondo y se tranquilizó un poco. Lo peor había pasado.

Connor frunció el entrecejo y salió de la cocina.

–Me largo de aquí –exclamó por encima del hombro.

Al parecer, lo peor no había pasado. Bess pensó que Connor sólo se largaba de la cocina, pero cuando volvió a los pocos minutos con una mochila y su bolsa de viaje, el estómago se le volvió a revolver.

–¿Adónde vas? –le gritó cuando él atravesó la cocina en dirección a la escalera.

–A casa de Derrick. Está buscando un compañero de habitación. A lo mejor me quedo con él lo que queda de verano.

–Connor, espera… –pero él no se detuvo y bajó los escalones de dos en dos. Su bolsa golpeó una foto enmarcada que llevaba colgada en la pared desde que Bess era niña. El cristal se hizo añicos al caer a la escalera, pero Connor siguió andando. Bess lo siguió hasta el garaje, donde los dos se quedaron mirando el Volvo–. No vas a llevarte mi coche.

Connor no parecía haber previsto aquel contratiempo, pero se recompuso rápidamente. Sacó el móvil del bolsillo y marcó un número.

–Derrick, ¿puedes recogerme en mi casa? Sí. Gracias, tío.

Los chicos se comunicaban entre ellos de una forma muy distinta a como lo hacían las chicas. Unas pocas palabras y punto. Connor volvió a guardarse el móvil y salió a la calle.

–¡Connor! ¿Qué pasa con tu trabajo? –le preguntó Bess, corriendo tras él.

–Derrick y yo podemos hacer los mismos turnos. Iré con él al trabajo.

–¿Y puedes contar con él para eso?

Connor se detuvo, se volvió hacia ella y dejó la bolsa en la acera. A Bess le recordó las rabietas que tenía de niño.

–Sí… Creo que puedo confiar en él –recalcó cruelmente la última palabra.

–Sólo hace unas semanas que lo conoces.

Connor arqueó una ceja. Era otro gesto que había heredado de su padre.

–¿Y qué? Para algunas cosas unas pocas semanas es más que suficiente...

Volvió a girarse y Bess hizo lo propio. Estaba preparada para dejarlo marchar al final del verano, pero también podía hacerlo en esos momentos.

Nick estaba en la cocina, poniendo detergente en el lavavajillas. Lo puso en funcionamiento y la estrechó en sus brazos.

–Connor... –fue todo lo que ella dijo.

–¿Tan mal ha ido? –le acarició el pelo–. Tranquila, Bess... No pasa nada.

–¿Dónde está Robbie?

–En la playa, supongo.

Bess levantó la cabeza.

–¿Qué le has dicho?

–La verdad.

–¿Qué verdad?

Nick le apartó el pelo de la cara y la besó.

–Le he dicho que estoy enamorado de su madre y que quiero hacerla lo más feliz posible todo el tiempo que pueda, y que si él tenía algún problema al respecto que me diera un puñetazo, porque yo no iba a irme a ninguna parte.

–¿En serio?

–Sí.

–¿Y te dio un puñetazo?

Nick sonrió.

–No. Pensé que iba a hacerlo y temí por mi integridad. Tu hijo es muy fuerte. Pero no lo hizo. Robbie es un buen chico.

–Sí que lo es –afirmó Bess–. Connor se ha marchado. Dice que se va a vivir con un compañero del trabajo.

–Que se vaya. Ya es bastante mayor.

Bess se mordió la mejilla y se apartó suavemente de Nick. Lo dejó en la cocina y se fue al dormitorio, donde se sentó en la cama a luchar contra las lágrimas.

Nick entró en el cuarto unos minutos después y se sentó a su lado. La tomó de la mano y entonces ella se abandonó definitivamente al llanto. Estuvo llorando un rato, pero más que nada porque le sentaba bien hacerlo al estar apoyada en el hombro de Nick. Igual que le sentaba bien que él la tumbara suavemente en la cama y la abrazara mientras seguía acariciándole el pelo. Estar con él le sentaba bien. Muy bien.

Todo era diferente a como había sido antes. En tantos aspectos que no podría ni definirlos.

—No lo lamento —le dijo, mirándolo.

—Está bien —él le sonrió y la besó, pero no le preguntó qué era lo que no lamentaba.

—No me lamento por nada —dijo ella—. Ni antes… ni ahora.

—No sé si te entiendo.

—Quiero decir… —le costaba encontrar las palabras—. No lamento cómo fueron las cosas en el pasado. Porque si todo hubiera sido diferente, ahora no estaríamos aquí.

Nick frunció el ceño, pero no se apartó.

—O puede que sí.

—No. No estaríamos como estamos ahora, Nick. Lo sabes tan bien como yo.

Él guardó un largo silencio, y cuando volvió a hablar lo hizo con una voz grave y profunda que recordaba el murmullo de las olas y el canto de las aves marinas. Un sonido triste y solitario, pero también hermoso.

—Te esperé. Pero tú no me esperaste. Y sin embargo aquí estamos, después de tantos años.

—Aquí estamos —susurró ella.

—Puede que tengas razón —dijo él—. Tal vez lo nuestro no hubiera funcionado.

–Nunca lo sabremos.

–No necesitamos saberlo. Porque no importa lo que hubiera sido, sino lo que es. Lo que tenemos ahora, Bess.

Ella lo besó y se abrazó a él con todas sus fuerzas, y juntos escucharon el sonido del mar.

–Puede que tú no lo lamentes, pero yo sí –dijo él cuando Bess casi se había quedado dormida–. Siento no haberte dicho la verdad cuando tuve la ocasión. Y siento no haber venido a por ti como te dije que haría.

–No tuviste elección. No te culpo por ello.

–Ahora no, pero sí me culpaste, ¿verdad?

–Sí –admitió ella–. Durante un tiempo sí te culpé. Pero luego dejé de hacerlo.

–Y entonces volviste –tenía la boca pegada a sus cabellos, pero parecía estar sonriendo–. Y aquí estás.

–Aquí estamos.

Él suspiró y volvieron a quedarse callados, pero no era un silencio incómodo.

–Ojalá pudiera saber… por cuánto tiempo –dijo él.

Bess se apoyó en el codo para mirarlo.

–¿Por qué no puede ser para siempre?

–Porque nada es para siempre.

Ella le acarició la mejilla.

–Entonces que sea todo el tiempo que podamos aprovechar.

Pero cuando volvió a acurrucarse contra él, también ella se preguntó cuánto tiempo sería.

Capítulo 36

Antes

—¿Qué haces aquí? —preguntó Bess rodeando a Nick, quien se apartó para dejarla pasar.

—¿Qué haces tú aquí? —preguntó a su vez Andy.

—Iba de camino al trabajo —no era del todo incierto, pero tampoco era la verdad.

—Missy me dijo que estarías aquí —Andy miró a Nick, quien estaba apoyado en el marco de la puerta con una ligera sonrisa—. ¿Quién es?

—Si Missy te ha dicho que vinieras aquí, te habrá dicho también quién soy —repuso Nick.

Andy contrajo los músculos faciales, pero ignoró a Nick y miró otra vez a Bess.

—¿Qué demonios está pasando?

A Bess todo le daba vueltas y tuvo que apoyarse en la barandilla del porche.

—Nick, ¿te importa ir a por mi mochila?

Sintió las miradas de los dos hombres, pero no fue capaz de mirar a ninguno de ellos. Al cabo de unos segundos Nick respondió, pero por su tono ya no parecía estar sonriendo.

—Claro.

Volvió enseguida y le puso la mochila en la mano. Bess levantó la mirada del suelo, pero Nick no la miraba a ella, sino a Andy. Y Andy lo miraba a él. Bess agarró con fuerza las correas de la mochila y se la colgó al hombro.

–Tengo que ir a trabajar –le dijo a Andy–. Puedes acompañarme, si quieres –se giró hacia Nick–. Hablaremos después, ¿vale?

Nick se encogió de hombros.

–Lo que tú digas.

Bess se encogió, dolida por su sarcasmo.

–Luego te veo.

–Lo que tú digas –repitió él. Le dedicó una gélida sonrisa y le cerró la puerta en la cara.

Bess desató la bici de la barandilla y echó a andar sin molestarse en comprobar si Andy la seguía. Él lo hizo al cabo de unos momentos, con la bicicleta interponiéndose entre ellos.

–¿Qué demonios está pasando? –volvió a preguntarle.

Ella no le respondió y él la agarró del brazo, pero Bess se zafó y siguió caminando.

–¿Qué haces aquí, Andy?

–He venido porque quería verte –volvió a intentar agarrarla, pero ella no se lo permitió–. Quería descubrir lo que estaba pasando y pensé que te daría una sorpresa. Y parece que lo he conseguido…

–Sí –la mochila le golpeaba el costado y se detuvo para colocarla en la cesta de la bici.

–Llamé a tu casa y tu prima me dijo que estabas con Missy, así que la llamé a ella.

–Seguro que estaba encantada de que la despertaran tan temprano.

–No.

Bess lo miró. Andy no parecía avergonzado en absoluto, pero tampoco furioso.

–Dejaste de llamarme –lo acusó ella.

–Creía que estabas enfadada conmigo –le dedicó una triste sonrisa que no valió para ganarse su simpatía.

—¿Y por eso dejaste de llamar? ¿Qué estabas intentando demostrar?

Nick vivía más cerca de Sugarland que ella. El trayecto no duraría mucho y Bess quería zanjar la conversación antes de ponerse a trabajar. Pero no quería tener una escena en medio de la calle. A pesar de la hora ya había gente haciendo footing y paseando a los perros.

—No intentaba demostrar nada. Por Dios, Bess, ¿es que no puedes parar y mirarme?

—Tengo que ir a trabajar, Andy. No tengo tiempo para discutir contigo ahora.

—¿No tienes tiempo o no quieres hacerlo?

Bess se detuvo.

—No quiero hacerlo. No quiero discutir contigo de esto.

—¿Así que todo es culpa mía? Conduzco cuatro horas para ver a mi novia y la encuentro en casa de otro... ¿Y es culpa mía?

—¡Yo no he dicho eso!

Andy frunció el ceño.

—Ni falta que hace.

—No hables por mí, Andy —empujó la bici hacia la plaza mayor de Bethany. A su izquierda estaba el alto tótem que llevaba años allí plantado. Pareció que le lanzaba una mirada ceñuda a Bess. Y con razón.

—No estoy hablando por ti. ¿Quieres pararte y hablar conmigo de una vez?

—¡No quiero hablar contigo! —no pretendía gritar de esa manera, pero se sintió mejor al hacerlo—. No quiero hablar contigo de esto, Andy. Ni ahora ni nunca.

—He conducido cuatro horas...

—¿Y qué quieres? ¿Una medalla? Has conducido cuatro horas para venir a verme cuando has querido hacerlo, pero cuando yo te lo pedí hace semanas no te mereció la pena el esfuerzo.

Se detuvo y lo encaró, apretando con tanta fuerza el

manillar de la bici que los nudillos le palidecieron. Andy parecía tan avergonzado y abatido que Bess estuvo tentada de creerlo, pero no se dejó convencer, si bien se mordió la lengua para no escupirle más acusaciones.

—He venido por ti —dijo él, como si con ello pudiera solucionarlo todo.

—Quizá deberías haber venido antes.

—¿Te estás acostando con ese tío?

—¿Qué te ha hecho venir para averiguarlo? Te pedí que vinieras una docena de veces, y siempre tenías una excusa para no hacerlo.

—¡Lo siento!

Su arrepentimiento parecía tan sincero que Bess optó por creerlo.

—Por Dios, Andy. ¡Rompí contigo y ni siquiera te diste cuenta!

Él parpadeó unas cuantas veces y tragó saliva, y Bess se quedó sorprendida al ver que lo había herido en sus sentimientos. Una mezcla de remordimiento y placer se apoderó de ella.

—¿Rompiste conmigo?

—¿Es que no recibiste mi mensaje?

—Sí, pero creí que Matty estaba intentando fastidiarme. No pensé que estuvieras rompiendo conmigo.

—Y sin embargo ni siquiera me llamaste… Vaya, sí que debió de importarte.

—¿Estás ahora con ese otro tío?

—Se llama Nick. Y… no sé si estoy con él.

La expresión de Andy se oscureció.

—Te estás acostando con él.

—¿Y eso qué te importa, Andy? ¡Tú has estado acostándote con otras todo el verano! Puede que incluso desde antes. ¿De verdad creías que no iba a enterarme?

—¡No me he acostado con nadie! —declaró, pero sus ojos decían otra cosa.

–Por favor… No soy tonta, Andy. Al menos podrías admitirlo.

–No significó nada para mí –murmuró. No lo negó, pero tampoco llegaba a admitirlo.

–Bueno, pues para mí sí que significó algo –bajó la mirada al suelo y se sorprendió al ver una lágrima cayendo en sus zapatillas. No se había percatado de que estuviese llorando.

–¿Y por eso has querido vengarte de mí? ¿O qué? –parecía estar realmente confuso.

Bess lo miró. Las facciones de Andy estaban borrosas, pero seguía siendo el rostro que ella había amado durante tantos años.

–No lo he hecho para vengarme de ti, Andy. Simplemente sucedió. Y sí, he estado acostándome con él. A diferencia de ti, yo sí puedo decirte la verdad.

Andy se estremeció visiblemente y apartó la mirada. Se quedó tan aturdido que no la siguió cuando ella reanudó la marcha, pero sí la alcanzó en el callejón, detrás de la tienda, cuando Bess se disponía a abrir la puerta.

–¿Y ya está? ¿Hemos… acabado?

A Bess se le habían secado las lágrimas mientras caminaba y lo miró fijamente a los ojos.

–Sí. Eso creo.

–¿Por qué tienes que decidirlo tú sola? –Andy se pasó las manos por el pelo y apretó los puños–. ¡No es justo!

–¿Y a ti qué más te da? –gritó ella. Odiaba montar aquella escena. Lo odiaba a él. Y se odiaba a sí misma.

–¡Porque te quiero!

La declaración le traspasó la piel como el aguijón de una avispa.

–Tengo que trabajar.

–Creía que tú también me querías –parecía estar muy enfadado, aunque seguramente no fuese su intención.

–¡Te quería! –gritó Bess–. ¡Yo te quería, Andy!

–¿Pero ya no? –su expresión se tornó suplicante, algo a lo que ella no podía resistirse, y él lo sabía.

En ese momento apareció Eddie con su bicicleta al final del callejón. Bess quiso que se la tragara la tierra. O mejor, que se tragara a Andy.

–No lo sé –respondió con toda la sinceridad que pudo–. Este verano han cambiado muchas cosas.

–¿Como lo de ese tío? –bufó Andy–. Es curioso cómo funcionan esas cosas…

Enfrentada a su ira, a Bess le resultó más fácil contener la suya propia.

–Sí, es muy curioso –abrió la puerta para que Eddie pudiera entrar, pero ella se quedó en el callejón.

Eddie se detuvo en los escalones.

–¿E… estás bien, Bess?

–Sí, muy bien, Eddie. Entra.

–¿Quién es éste? –preguntó Andy con desdén–. Esto no es asunto tuyo, chaval.

Extrañamente, Eddie no se dejó intimidar.

–¿Te… te está amenazando?

–Piérdete –le ordenó Andy–. Te he dicho que no es asunto tuyo.

Andy no la estaba amenazando, pero a Bess la conmovió que Eddie se preocupara por ella y que estuviese dispuesto a defenderla. Le sonrió y lo tocó en el hombro.

–¡No me digas que también te lo estás tirando a él! –se burló Andy.

–Cierra la boca, Andy.

Eddie siguió sin moverse.

–Creo que lo mejor será que te pierdas ti… chaval.

–¿O qué? –Andy le sacaba un palmo y al menos diez kilos a Eddie–. ¿Qué vas a hacerme?

–Basta ya –Bess extendió los brazos para separarlos, aunque ninguno de los dos se había movido–. Andy, te estás comportando como un crío.

–Dime una cosa, Eddie. Ese es tu nombre, ¿no? ¿Eddie? Dime, ¿cuánto tiempo lleva Bess acostándose con ese tío del pelo largo?

Eddie se puso colorado.

–Lárgate, tío. Ella no quiere verte, ¿es que no te enteras?

–¿Cuánto tiempo? –volvió a preguntar Andy, acercándose a ellos como si pretendiera intimidarlos. Bess sabía que nunca levantaría una mano contra ella, pero Eddie no podía saberlo. Sintió el temblor de su hombro bajo la palma, pero afortunadamente no se movió–. ¿Todo el verano?

–No le respondas, Eddie.

–¿Por qué no? ¿No quieres que lo sepa? Te resulta muy fácil echarme la culpa, pero no quieres admitir que eres tan culpable como yo.

Eddie se adelantó mínimamente.

–Oh, sí, eso es. Ven por mí, desgraciado –lo provocó Andy–. Será un placer darle una paliza a alguien… Vamos.

–No, Eddie. Esta pelea no es tuya –la firmeza de Bess los detuvo a ambos–. Ya basta, Andy. Eddie, ve adentro.

Eddie dudó un momento, pero hizo lo que ella le decía. Andy se quedó respirando agitadamente y Bess se cruzó de brazos.

–He venido hasta aquí sólo para verte –le dijo él, como si no lo hubiera repetido ya bastantes veces–. ¿No podemos hablar de ello, al menos?

–De acuerdo. Hablaremos. Pero ahora tengo que trabajar –no sabía cómo conseguiría concentrarse en el trabajo, pero no le quedaba otro remedio–. Hoy acabo a las cinco.

Andy asintió.

–Vendré a recogerte a esa hora.

–Aquí no. Deja que primero vaya a casa. Recógeme a las siete.

Por un momento pareció que Andy iba a protestar, pero se controló y volvió a pasarse las manos por el pelo.

–¿Qué voy a hacer hasta entonces?

–Puedes ir a la playa.

–¿Todo el día? –preguntó con una mueca de desagrado.

–Andy… –suspiró–, me da igual lo que hagas, ¿vale?

Él volvió a asentir, y por primera vez desde que apareció en la puerta de Nick, su aflicción pareció sincera.

–Lo solucionaremos, ¿verdad?

–No lo sé.

–Lo solucionaremos –repitió, como si diciéndolo muchas veces fuera a hacerlo realidad.

–Todo se acaba solucionando de algún modo u otro, Andy. Pero ¿quién sabe?

–Yo lo sé –dijo él con una confianza absoluta.

En vez de responder, Bess se dio la vuelta y entró en la tienda.

Capítulo 37

Bess esperó dos días antes de ir a buscar a su hijo. Tenía un buen motivo para ir a Office Outlet, pues necesitaba un *router* inalámbrico para el ordenador portátil y una impresora para reemplazar la que había dejado en la otra casa. Pero aun así experimentó una fuerte aprensión al atravesar las puertas de la tienda.

–Disculpa, estoy buscando a mi hijo. Connor Walsh –le dijo al joven vendedor con un polo rojo y un pendiente en la oreja que llevaba acosándola desde que entró en la sección de impresoras.

La sonrisa falsa del vendedor se desvaneció al instante.

–Está en el almacén.

–Gracias –respondió ella, pero el joven ya se había alejado en busca de otra presa.

Encontró a Connor inclinado sobre una caja de artículos de escritorio.

–¿Tienen impresoras Bs?

Él alzó la vista y se irguió bruscamente. Siguiendo el instinto maternal, Bess buscó alguna señal de desnutrición o de desaliño en su ropa. Connor se mantuvo impasible.

–Todavía no me he puesto con eso.

–He venido a por una impresora y un *router*. ¿Puedes ayudarme?

–Creo que es Roger el que se ocupa de esa sección.

–Vamos, Connor –suspiró–. Confío en tu opinión, y seguro que te vendrá bien la comisión.

Connor hizo un gesto de indiferencia con los hombros y dejó la caja. Bess esperó y él acabó cediendo finalmente, aunque por su expresión no parecía dispuesto a perdonarla. No importaba. Podría vivir con ello.

Lo siguió por los pasillos hasta donde estaban los *routers*, colgados en sus envoltorios de plástico. Connor le mostró varios modelos y le explicó cuál sería el mejor para el ordenador portátil, un Apple iBook que ya tenía unos cuantos años. También la ayudó a elegir una impresora sencilla y funcional que se ajustara a su presupuesto.

–A mí me hacen un descuento –le dijo en tono adusto–. Puedo comprarlos esta noche y dejárselos a Robbie.

–¿Lo harías? –se aseguró de no mostrar ningún entusiasmo–. Puedes pasarte por casa, si quieres. Y cenar con nosotros.

Connor asintió. Movió la caja del *router* en sus manos una y otra vez, sin mirar a su madre.

–A lo mejor. Si tengo alguien que me lleve.

Bess se detuvo a tiempo para no ofrecerse a recogerlo.

–¿Cómo te va compartiendo vivienda?

–Bien –respondió él, aunque por su tono también podría significar todo lo contrario. Ella nunca lo sabría, porque su hijo no estaba dispuesto a decirle nada.

–Connor…

Él levantó una mano y miró alrededor para cerciorarse de que nadie les prestaba atención.

–No, mamá.

Bess se tragó la proposición para que volviera a casa. Quizá dos días no fueran suficientes para hacerlo cambiar de idea.

–Está bien. Entonces, ¿comprarás tú estas cosas y me las llevarás a casa?

–Se las daré a Robbie.

Bess no insistió y le dio el dinero.

–Toma.

–Es demasiado.

–Quédatelo –dijo Bess en un tono que no admitía discusión.

Connor vaciló un momento y se lo metió en el bolsillo.

–Gracias.

–Connor... –suavizó el tono y esperó a que la mirase–. Lo siento.

Él se encogió de hombros en silencio. Era un muchacho que intentaba convertirse en hombre, pero aún era su hijo y a Bess se le encogía el corazón por saber que le había hecho daño. Por culpa de su egoísmo había abierto aquella brecha entre ambos.

Le dio a Connor una palmadita en el brazo y salió de la tienda antes de que pudiera avergonzarlos a los dos. Su intención era volver a casa inmediatamente, con Nick, pero al pasar frente a la tienda de Bethany Magick aparcó delante sin pensarlo y entró en el local. Alicia estaba sentada tras la caja registradora, leyendo un libro.

–¡Bess! ¡Hola!

–Veo que te acuerdas de mí... –dijo Bess, sonriendo.

–Pues claro que me acuerdo. ¿Tuviste suerte con los libros?

–¿Suerte? –se rió tímidamente–. Tengo que admitir que aún no he podido leerlos.

Alicia le sonrió.

–Vamos... Estamos en plena temporada de playa. Deberías estar ahí fuera, tostándote al sol y leyendo libros.

–Lo sé, lo sé.

Alicia tenía razón. ¿De qué le servía tener una casa en la playa y no estar trabajando si no se aprovechaba de ello?

Cuando empezara a trabajar en Bocaditos echaría la vista atrás y se lamentaría por no haber hecho más cosas en su tiempo libre. Aunque por otro lado, recordaría en qué había empleado ese tiempo libre y no se arrepentiría en absoluto.

—Sólo por curiosidad... —dijo Alicia al cabo de un breve silencio—, ¿a qué se debe ese repentino interés por los espíritus?

—¿Qué te hace pensar que fue repentino?

Alicia se echó a reír.

—Una intuición. No pareces una seguidora del movimiento New Age, por lo que algo debió de despertar tu interés por el otro lado.

—No estoy segura —la mentira salió de sus labios sin el menor esfuerzo—. Simplemente me pareció interesante.

Alicia asintió, como si la respuesta tuviera sentido.

—A veces sucede de esa manera. Yo empecé a interesarme por este mundo a partir de un tablero de güija.

Bess estaba observando las piedras dispuestas en el mostrador, pero levantó rápidamente la cabeza.

—¿En serio?

—Sí. Estaba en una fiesta, hace muchos veranos, y había un chico y una chica con un tablero. Te juro que sentí un escalofrío por la columna. Era la primera vez que realmente creí en los espíritus.

Bess también sintió un escalofrío.

—¿Y qué pasó?

—Empecé a estudiarlo en serio. Decidí aprender más sobre la Wicca y descubrí que tenía un talento especial para las runas. Ahora que lo pienso, fue una experiencia reveladora que me cambió la vida para siempre.

A Bess se le había secado la garganta y le costó hablar.

—¿Recuerdas el nombre del chico? ¿Y de la chica?

—No conocí a la chica, pero el chico se llamaba Nick.

Bess dejó escapar el aire que había estado conteniendo.

–¿Qué podría traer a un espíritu de vuelta?

Alicia dejó de reír, pero un atisbo de sonrisa permaneció en sus labios.

–Una emoción muy fuerte, por ejemplo.

–¿Cómo el amor?

–Sí, o la ira o el odio. Pero el amor también.

Bess volvió a mirar las piedras.

–¿Crees en una vida después de la muerte?

–Sí, creo –respondió Alicia–. ¿Y tú?

–Nunca he creído. Quiero decir... Nunca he estado segura. No he pensado en ello. Ni siquiera estaba segura de creer en Dios.

–¿Y ahora? –arrancó una ramita de romero de la maceta que tenía tras ella y se la entregó a Bess. La tienda se impregnó con su fragancia olorosa.

Bess se lo pasó entre los dedos y se lo llevó a la nariz.

–Sigo sin estar segura. Pero si hay una vida más allá de la muerte... ¿no sería un lugar mejor para un espíritu que estar atrapado aquí?

–He oído que algunos espíritus permanecen atrapados en este mundo. Pero otros eligen quedarse, por la razón que sea. No sé mucho de exorcismos, pero conozco a personas que han compartido un espacio con algún espíritu durante años sin sufrir el menor daño. Mi vecina jura que tiene un fantasma en su apartamento, pero lo único que hace es revolverle los cojines del sofá.

Bess esbozó una ligera sonrisa.

–No es exactamente en lo que estaba pensando.

–Deja que lea las runas para ti –rodeó el mostrador–. Vamos. Será algo rápido.

–Oh, no sé...

–No te diré el futuro. Normalmente las lecturas ni siquiera te dicen nada que no sepas. Pero pueden ayudarte a aclarar lo que ya sabes.

–Supongo que podría serme útil –Bess se rió y la siguió

a la otra habitación, donde Alicia agarró la bolsa de terciopelo.

–Escoge tres y ponlas hacia arriba en la mesa.

Bess así lo hizo.

–Esta es Nied. Representa el pasado, pero al estar al
revés significa que has cometido un error. La siguiente
runa es Dagaz, que me dice que estás asumiendo las con-
secuencias de las elecciones que tomaste, algunas para
bien y otras para mal. Estás creciendo. Las elecciones
configuran tu presente, por lo que también las negativas
se añaden al resultado positivo. Y la última runa, el futuro... –se calló un momento mientras examinaba las runas–. Esta es Uruz, y está hacia arriba, lo que representa
la fuerza. Lo que puedo ver es que vas a tener que tomar
otra decisión y que no sabrás si es un error o no. Las dudas te invadirán, pero al final encontrarás la fuerza para
hacer lo correcto.

Bess se mordió el labio y guardó un largo silencio. Finalmente asintió y le sonrió a Alicia.

–Gracias. Me has ayudado mucho.

–Eso espero. Puedes venir en otro momento y consulta-
remos las runas con más calma, si quieres.

–Gracias, puede que lo haga.

Pero en realidad no necesitaba consultar más las runas,
pensó mientras se despedía y salía de la tienda. Alicia tenía
razón. Tenía la fuerza y la seguridad para saber qué decisión tomar.

Al llegar a casa la recibió una oscuridad silenciosa. En
la terraza ardía una vela y se apreciaba la figura de Nick en
una de las sillas. La brisa agitaba la llama, pero sin llegar a
apagarla.

Bess se sentó en una silla junto a él y lo rodeó con los
brazos. Apoyó la barbilla en su hombro y aspiró el olor a
arena y mar.

–Hola –lo saludó.

–Hola –giró la cabeza a medias para dejar que lo besara en la mejilla–. ¿Has conseguido lo que querías?

–Connor comprará las cosas con un descuento y se las dará a Robbie.

–Bien.

–¿Llevas mucho rato aquí sentado?

–No, tan sólo unas horas.

Bess detectó un tono jocoso y lo pellizcó ligeramente en los costados. Él se retorció, riendo, y la sentó en su regazo.

–¿Estás bien? –le preguntó ella.

Él no le respondió enseguida.

–Sí, estoy bien. Es sólo que… –no acabó la frase.

–¿Qué?

–Es el océano –perdió la mirada a lo lejos, sobre el hombro de Bess, sobre la barandilla y sobre la arena.

–¿Qué pasa con el océano? –le preguntó, colocándose delante de sus ojos.

–Nada. Esta noche hace mucho ruido, ¿verdad?

Bess ladeó la cabeza para escuchar.

–A mí me suena muy bien.

Nick se sacudió ligeramente y volvió a mirarla. Su sonrisa no borró el escalofrío que se propagaba por el interior de Bess, pero al menos ayudó a mitigarlo.

–¿Quieres dar un paseo conmigo?

A Bess le rugió el estómago de hambre.

–Enseguida, ¿vale? Antes quiero tomar algo.

–Claro, claro –dijo él distraídamente.

Ella lo besó y él la besó, pero su abrazo fue frío y distante. Bess intentó que no la afectara. Se levantó de su regazo y fue adentro, donde saqueó los armarios en busca de algo que la satisficiera pero que no le llevara mucho tiempo prepararlo. Se conformó con un paquete de galletas con mantequilla de cacahuete y un vaso de leche. Cuando volvió a la terraza, Nick había desaparecido.

Miró por encima de la barandilla, pero la playa estaba demasiado oscura para ver nada. Abrió la boca para llamarlo, pero en vez de gritar bajó los escalones hasta la arena.

Nick estaba al borde del agua, mirando el mar. Cuando Bess llegó junto a él y lo agarró de la mano, permaneció inmóvil. Por primera vez sus manos estaban frías.

—Es eterno, ¿verdad? —dijo él sin mirarla—. Nunca se acaba.

Bess miró también hacia el mar, intentando ver lo que él veía.

—Se acaba, Nick. En algún lugar, el mar se acaba.

Nick le apretó los dedos.

—No me refería al mar.

Y porque ella era una cobarde no le preguntó a qué se refería. Estaba segura de que ya lo sabía.

Capítulo 38

Antes

Nunca una jornada laboral se le había hecho tan larga. A las cinco en punto, Bess salió de la tienda nada más entrar Ronnie. Ni siquiera se molestó en despedirse, y cuando Eddie intentó llamarle la atención, ella no le hizo caso. Se sintió mal por ignorarlo, pero no tanto como para detenerse y escuchar lo que tuviera que decirle.

Pedaleó lo más rápido que pudo y no perdió tiempo en atar la bici al porche de Nick. La dejó caer al suelo y llamó frenéticamente a la puerta. Él no respondió enseguida y Bess pensó que no estaba en casa. Volvió a aporrear la puerta, con más fuerza, y finalmente le abrió. Su imagen la dejó anonadada, como si hubiera recibido un puñetazo en el estómago. Por unos segundos fue incapaz de respirar, y cuando recuperó el aliento pronunció el nombre de Nick con voz débil. Y luego otra vez, más alto.

Él no se movió.

—Tengo que hablar contigo —dijo Bess.

Nick sacudió la cabeza, pero salió y cerró la puerta tras él. Se apoyó en la barandilla y encendió un cigarro.

—Habla —la acució, expulsando el humo hacia ella.

Un muro invisible pero infranqueable se había levantado entre los dos. Mirar a Nick era como mirar una roca.

–No sabía que él iba a venir…

–Ya. Eso me lo he imaginado yo solo.

No parecía que fuese a ceder ni un ápice. La miró a través del humo del cigarro, sin delatar la menor emoción.

–Ha dicho… que me quiere.

Nick entornó los ojos y giró la cabeza para escupir un trozo de tabaco.

–Seguro que sí.

–Nick… Lo siento.

Sentía que Andy se hubiera presentado de forma inesperada, y sentía no haber tenido el valor para hacerle ver que había roto con él. La situación había alcanzado un punto crítico.

–No te molestes –dijo él.

–¿Qué? –dio un paso hacia él, pero se abstuvo de intentar tocarlo–. Pero…

Nick tiró la colilla al suelo y la apagó con la punta del zapato.

–He dicho que no te molestes, Bess. Vete con tu novio. Tengo cosas que hacer.

–Pero no he venido para… –empezó a protestar, pero él pasó junto a ella y la golpeó con el hombro, haciéndola tambalearse hacia atrás–. ¡Eh!

Él ni siquiera la miró y empujó la puerta. Bess lo siguió al interior. La puerta golpeó la pared con tanta fuerza que rebotó hacia atrás y golpeó a Bess en el codo, pero ella ignoró el escozor y fue tras él a la cocina.

–¡No me ignores cuando te estoy hablando! –nada más decirlo se arrepintió de sus palabras.

Nick había sacado un vaso del armario para llenarlo de agua del grifo. Al oír el grito de Bess, se giró con tanta brusquedad que el agua se le derramó al suelo y le chorreó por los dedos.

–No me digas lo que tengo que hacer –le advirtió en voz baja y amenazadora.

–Lo siento –Bess sacudió la cabeza, intentando recuperar el control–. No quería que fuera así...

–No me digas.

–¡No te pongas chulo conmigo! –no quería gritar, pero no podía evitarlo.

El vaso se hizo añicos contra la pared de la cocina, dejando una mancha de humedad en la pintura junto al destello de las esquirlas de vidrio. El estrépito resonó en la cabeza de Bess, pero no fue hasta que sintió el frío de sus palmas en las acaloradas mejillas que se dio cuenta de que se había tapado los oídos con las manos. Un segundo después se chocó de espaldas contra el marco de la puerta, arrinconada por Nick.

–Eso es lo que soy... –le murmuró al oído–. ¿O es que lo has olvidado?

La había arrinconado y le había susurrado al oído muchas veces, pero en esa ocasión no se apretó contra ella ni la besó. Aun así, Bess se encogió y se apartó de él como si la hubiera golpeado.

–Vete con él –espetó Nick–. Ya que tanto te quiere.

Era el momento perfecto para huir, pero Bess no intentó escapar. Lo que hizo fue girar la cabeza para hablarle al oído, igual que había hecho él.

–No he venido para decirte que vaya a volver con él.

–Pero vas a verlo. No vas a decirle que se vaya a paseo, ¿verdad? No vas a decirle que salga de tu vida para siempre.

–No –repuso ella tranquilamente–. Al menos le debo una explicación, ¿no crees?

Nick se apartó para mirarla a la cara.

–No sé. ¿Se la debes?

–Ha dicho que me quiere –no era una excusa muy apropiada, pero aunque su moral podía justificar la infidelidad, no le permitía ser deliberadamente cruel.

–¿Ah, sí? –Nick se apartó aún más–. ¿Y qué pasa conmigo?

–¿Qué pasa contigo? –repitió ella.

Él no dijo nada.

–Nick –le puso una mano en la mejilla–. ¿Qué pasa contigo?

Él movió ligeramente la cabeza y ella apartó la mano. Tenía un nudo en la garganta y los ojos le escocían por las lágrimas contenidas. No quería que Nick la viese llorar.

–Si sientes algo por mí, ahora es el momento de decírmelo.

Nick negó con la cabeza y dio otro paso atrás. La miró con ojos inexpresivos, como si fueran unos desconocidos. Peor aún, como si nunca se hubieran visto.

–No siento nada por ti.

Bess parpadeó con doloroso estupor. No era lo que ella quería que le dijera, ni lo que creía que iba a decirle. Su dura respuesta la desgarró por dentro y liberó el torrente de lágrimas.

–No te creo –se obligó a decir, pero tenía la voz tan quebrada como el vaso que Nick había arrojado contra la pared.

Nick se limitó a mirarla fijamente con ojos inescrutables. Su frialdad le dolió más que una bofetada. Bess retrocedió hasta el salón, se secó la cara y respiró hondo, pero no le sirvió de nada.

–Me está esperando –dijo–. Y aun así he venido aquí antes que nada. ¿No quieres saber por qué, Nick? ¿No quieres que te diga por qué he venido aquí en vez de ir con él? ¿No quieres saber lo que he venido a decirte?

Nick negó con la cabeza. Acto seguido, se dio la vuelta y se metió en su habitación. No cerró con un portazo, pero el clic del pestillo fue tan definitivo y fulminante como si la hubiera echado a gritos.

Capítulo 39

Ahora

–Tengo que ver a Eddie para hablar del negocio –Bess abrazó a Nick por detrás y lo besó en el cuello.

Él asintió, sin prestarle apenas atención mientras movía el ratón por la pantalla.

–Vale.

–¿Qué estás mirando? –intentó leer el texto de la pantalla, pero su diminuto tamaño y la horrible combinación de colores lo hicieron imposible.

–Nada –murmuró él. Volvió al motor de búsqueda y cliqueó en el recuadro vacío, pero no escribió nada–. ¿A qué hora volverás?

–No lo sé. No muy tarde. ¿Quieres que traiga una peli o algo?

–Claro –respondió sin apartar la vista de la pantalla.

No era propio de Nick ser tan complaciente.

–¿Estás bien?

–Sí, muy bien. Vamos, vete –se giró para besarla y le puso las manos sobre los brazos, que ella aún tenía sobre sus hombros. El beso amenazó con aumentar de intensidad y Bess se apartó, riendo.

–De verdad tengo que irme. Eddie me está esperando.

Fue un error decir eso. Nick asintió sin hacer ningún

comentario y se volvió de nuevo hacia el ordenador con los labios apretados.

Bess se apartó, muy contrariada.

–¿Quieres que te traiga algo?

–No.

–¿Estás seguro?

Nick la miró con el ceño fruncido.

–No me hace falta nada.

–Vale. Sólo preguntaba –apartó las manos y se marchó antes de que empezaran a discutir.

Le había prestado el coche a Connor durante un par de días, hasta que él pudiera disponer del suyo. Al parecer, Andy iba a comprarle un coche. Con gestos como ése la había impresionado a ella tiempo atrás, pero ahora sólo servían para irritarla, pues formaban parte de un juego que ella no podía permitirse.

Y además no estaba dispuesta a jugarlo, pensó mientras sacaba una de las bicicletas del trastero. Ella no necesitaba comprar el cariño de sus hijos. Tampoco Andy, si dedicara más tiempo a pensar en ello, pero ella no iba a intentar hacérselo ver. Si él quería comprarle un coche a Connor o un par de esquís a Robbie, ella no le pondría ningún impedimento. El dinero nunca había sido su mayor preocupación, pensó mientras pedaleaba por unas calles que de nuevo volvían a resultarle familiares. El trabajo social no era una profesión muy remunerada, y tampoco preveía que fuera a enriquecerse en un futuro próximo.

Pero levantar el negocio de Bocaditos con Eddie había sido el trabajo más emocionante y gratificante que había tenido nunca. Desde conseguir los préstamos a esbozar el plan de negocio, Bess había aprendido muchas cosas sobre sí misma que nunca hubiera sospechado. Iba a ser su propia jefa, y estaba preparada para ello.

Cuando llegó al pueblo, ya se le habían ocurrido media docena de ideas para compartir con Eddie. Dejó la bici detrás de Sugarland, atada al aparcabicicletas del callejón, y se detuvo al tener una extraña sensación de *déjà vu*.

La misma bici, el mismo callejón, el mismo contenedor de basura... Se miró las manos, con las mismas líneas y lunares, y sintió la misma brisa agitándole los mismos mechones. Hasta la falda vaquera que le llegaba por la rodilla y los zapatos Keds blancos podrían haber sido los mismos. Todo era igual que veinte años antes. Cerró los ojos y se preguntó qué vería cuando los abriese.

No tenía ningún motivo para demostrar que no tenía veinte años. ¿Se encontraría en el pasado? ¿Y qué haría entonces?

Si así fuera, iría a ver a Nick y le diría la verdad. No esperaría para decirle lo que sentía por él. No le mentiría, ni tampoco a sí misma. Si hubiera vuelto al pasado, y realmente parecía que así era, aquello sería lo que hiciera sin dudarlo un solo instante.

Sin embargo, cuando abrió los ojos al oír abrirse la puerta trasera, supo que no había viajado en el tiempo. No podía cambiar el pasado ni tener una segunda oportunidad. Sólo podía cantar la segunda estrofa de una canción cuya letra le era desconocida.

Robbie salió con una bolsa de basura. Al verlo, la inquietante sensación de estar atrapada en un recuerdo se desvaneció como una ligera neblina.

–Hola, mamá. ¿Estás bien?

–Sí. Hace mucho calor hoy, ¿verdad? –sonrió y comprobó que, efectivamente, hacía calor. El trayecto en bici la había dejado más sudorosa y jadeante de lo que pensaba–. Tengo que beber algo.

Se tambaleó ligeramente y Robbie la agarró del brazo.

–Mamá, ¿estás bien? Vamos dentro.

En la trastienda apenas hacía más fresco que en el callejón, pero al sentarse en una de las sillas plegables y tomarse un vaso de refresco helado empezó a sentirse mejor.

Robbie la observaba atentamente con sus ojos azules llenos de preocupación. El sol le había teñido de mechas doradas sus cabellos color trigo, recordando lo avanzado que estaba el verano y lo cerca que estaba de acabar.

–Hola, Bess. ¿Estás bien? –le preguntó Eddie.

–La ha afectado el calor –respondió Robbie por ella–. He tenido que darle algo de beber.

Eddie le dio una palmadita en el hombro a Robbie y se sentó frente a Bess.

–Buen trabajo. ¿Puedes sustituirme en la caja?

–Claro –le echó una última mirada a su madre y se marchó al mostrador.

–No te imaginas lo contento que estoy de haberlo contratado –le confesó Eddie a Bess. Se arrimó con la silla y le puso una mano sobre la suya, presionándole los dedos en la muñeca–. El pulso te late muy rápido. Bebe despacio.

–¿Tan mal aspecto tengo? –el pulso se le aceleró aún más bajo los dedos de Eddie y retiró delicadamente la mano. Tomó otro trago de refresco, frío y azucarado, y sintió que volvía a pisar terreno sólido.

–No. Sólo parece que hayas visto un fantasma.

–No sólo lo he visto –dijo antes de poder detenerse.

–¿Cómo? –le preguntó Eddie con una sonrisa divertida.

–No importa –le sonrió ella también–. ¿Nos vamos?

–Sí –se levantó y le ofreció la mano.

Bess la aceptó, aunque realmente no necesitaba ayuda para levantarse. El azúcar y la cafeína habían barrido los restos del mareo.

La mano de Eddie era fuerte y sólida. Real.

–Hace calor fuera… He venido en la bici, y supongo que ya no estoy en tan buena forma como antes.

–A mí me parece que estás en muy buena forma –declaró Eddie.

Un carraspeo incómodo les llamó la atención. Robbie,

tan rojo como un tomate, le tendió a Eddie un montón de correo.

—Kara lo ha traído del buzón.

—Gracias —el momento pasó y Eddie se quedó con los sobres—. Tu madre y yo vamos a hablar del negocio. Me llevo el móvil, por si me necesitas, pero Kara sabe cómo encargarse de todo.

Robbie puso los ojos en blanco.

—Sí, ya lo sé.

—No dejes que te haga pasar un mal rato —le dijo Eddie, riendo.

—Como si tuviera elección —se quejó Robbie, pero en tono jocoso.

Bess bebió un poco más y se sintió recuperada casi del todo.

—¿Listo? —le preguntó a Eddie con una sonrisa cuando Robbie se marchó.

—Vamos en mi coche. No quiero que camines con este calor.

—No me importará tener a mi propio chófer —bromeó ella.

Fueron hasta el coche de Eddie y él le abrió y cerró la puerta. El caballeroso gesto le provocó a Bess un hormigueo que trató de ignorar, mientras veía como Eddie rodeaba el vehículo con grandes zancadas.

—¿Qué? —preguntó él al sentarse al volante. La miró antes de poner el coche en marcha—. ¿Me he dejado algún pelo sin afeitar?

—No —giró la cabeza hacia la ventanilla para que Eddie no pudiera ver su sonrisa tonta.

Estuvieron charlando de muchas cosas de camino al restaurante. Hablar con Eddie era tan fácil que en ningún momento decayó la conversación. Con su sentido del humor conseguía hacerla reír con temas tan aburridos como los préstamos y los créditos, pero sin ocultar lo mucho que sabía del asunto.

–Me siento mal –dijo ella cuando entraron en el Rusty Rudder. No había esperado a que Eddie le abriese la puerta del coche, pero no pudo impedir que le abriese la puerta del restaurante.

–¿Todavía? A lo mejor sólo necesitas comer algo.

–No –negó ella mientras Eddie le daba su nombre a la camarera, quien los condujo a la mesa reservada–. Quiero decir.... Sí –de repente se sentía muerta de hambre–. Pero no me refería a eso.

–¿Entonces a qué te referías?

Bess se echó a reír ante su mirada de preocupación.

–Es sólo que tú sabes lo que haces, mientras que yo estoy de más.

–No digas tonterías.

–Es cierto –hicieron un paréntesis en la discusión para pedir una botella de vino–. Tú eres quien tiene el plan de negocio y quien entiende de cifras y todo lo demás.

–Pero tú eres quien tuvo la idea, que por cierto es genial. ¿Te lo había dicho ya?

Bess se rió y se puso colorada.

–Sí, unas cuantas veces.

Eddie le sonrió. En los dos últimos meses le había crecido el pelo y le caía sobre la montura de las gafas. Bess se sorprendió imaginando el tacto de sus greñas y se puso aún más colorada. No sería como el pelo de Nick, suave como un manto de satén. Al pensar en Nick agachó la cabeza para examinar la carta.

–Pues es cierto –corroboró Eddie, echando un vistazo superficial a su carta–. Ya sé lo que voy a pedir.

–Yo no me decido –dijo ella, ojeando las listas de entrantes, ensaladas y sándwiches.

–¿Qué te entra por los ojos?

–¿Así decides tú? ¿Por el aspecto?

–Sí –le dedicó una sonrisa que la hizo estremecerse de los pies a la cabeza–. Así es como decido.

Los dos se quedaron en silencio, pero en ese momento llegó la camarera con el vino para tomarles nota. Eddie pidió solomillo y Bess apuntó a ciegas con el dedo.

–Langosta... ¡Oh, no! Es demasiado...

–Pídela –insistió Eddie con firmeza, levantando su copa.

Bess obedeció y levantó también su copa cuando se marchó la camarera.

–¿Qué estamos celebrando?

–No quería decírtelo hasta ahora... Nos han concedido el préstamo –sonriendo, alargó el brazo sobre la mesa para brindar con ella.

Bess no se percató de la tensión con que había esperado la confirmación hasta que la noticia le quitó un enorme peso de los hombros.

–¡Eddie! ¡Es genial!

–¡Y tanto que lo es! –sonrió aún más–. Podemos hacerlo, Bess. Sugarland permanecerá abierto hasta final de la temporada y entonces nos pondremos con las reformas. Tengo una cita con una agente inmobiliaria para hablar del local vecino, y me ha dicho que va a buscar otros locales en venta. Para finales de mayo podremos tenerlo todo listo.

–Falta menos de un año para eso... –Bess bebió un poco de vino para intentar asimilar la información–. ¡Va a ser una realidad!

–Va a ser una realidad –repitió Eddie.

Volvieron a brindar. Bess le propuso algunas ideas y Eddie escuchó atentamente, hasta las más extravagantes. Siguieron hablando animadamente durante la cena sobre las horas que podrían dedicarle al negocio y sobre la necesidad de tener o no uniformes y un logotipo.

–Hay mucho que pensar –dijo Bess cuando volvieron al coche–. Hace sólo dos meses era una idea absurda, y ahora...

–Ahora es una realidad –Eddie se detuvo con la mano en la puerta del copiloto.

Estaban muy cerca. El caluroso día había dejado paso a una noche fresca, pero no era eso por lo que Bess temblaba. Y tampoco por el vino, a pesar de haber tomado unas cuantas copas.

–¿Te he dicho lo contento que estoy de que hayas vuelto al pueblo?

–Yo también lo estoy –lo miró fijamente a los ojos, azules y brillantes detrás de aquellas gafas que tan familiares le resultaban ya–. ¿Cómo es que nunca me he dado cuenta de que tienes unos ojos preciosos?

Eddie sonrió.

–Son para verte mejor.

Bess se rió, pero no se arrepintió de lo que le había dicho.

–Será mejor que nos vayamos.

Eddie miró calle abajo.

–¿Qué te parece si vamos al Bottle and Cork? Esta noche tienen música en vivo.

–Hace mucho que no salgo por el pueblo. ¿Quieres ir a un pub?

–Puedes acreditar que eres mayor de edad, ¿no? –le preguntó él con un guiño.

–Claro, no vaya a ser que me confundan con una jovencita –le reprochó Bess. Nunca había estado en Bottle and Cork, pero había oído el anuncio por la radio–. ¿Quién toca?

–¿Y eso qué importa? Vamos, será divertido.

Ella titubeó. Nick estaba en casa, esperándola. Entonces se dio cuenta de que no había pensado en él en varias horas. Varias horas sin imaginarse su rostro…

–Vamos allá.

El Bottle and Cork estaba tan atestado como cabría esperar un jueves por la noche en verano. Los teloneros eran un ruidoso grupo que tocaba toda clase de instrumentos, desde bajos caseros a cajas chinas. No era el tipo de música que Bess solía escuchar, pero no sintió el menor pudor en imitar los silbidos y palmas de Eddie.

No necesitaba alcohol para sentirse ligeramente ebria. Ya le bastaba con la gente moviéndose frenéticamente a su alrededor, con el brazo de Eddie protegiéndole por los hombros y con la deliciosa sensación de estar con alguien que la hacía reír.

Una hora después de que el grupo dejara paso a un disc-jockey que estuvo alternando temas clásicos del country con canciones de heavy-metal, se anunció por los altavoces que iban a servirse las últimas copas en la barra antes del cierre.

—¿Quieres que salgamos antes de que lo haga la gente? —le gritó Eddie al oído para hacerse oír sobre la música.

Bess asintió. El camino de regreso al coche fue más largo de lo que pensaba, posiblemente porque medía cada uno de sus pasos sin atreverse a dar el siguiente.

—Lo he pasado muy bien —le dijo en el coche.

—Los oídos me siguen zumbando —comentó él, riendo—. Pero ha sido muy divertido. Gracias por acompañarme.

—Gracias por pedírmelo.

La conversación se fue apagando de camino a casa. Bess sabía que era por su culpa. Los chistes de Eddie seguían haciéndole gracia, pero ella no contaba ninguna anécdota de las suyas. Miraba continuamente por la ventanilla los hoteles, moteles y restaurantes, y luego la larga carretera bordeada por las dunas de arena. Acababan de pasar por la torre de vigilancia construida durante la Segunda Guerra Mundial cuando Bess se dio cuenta de que Eddie se había quedado en silencio. Le pareció sumamente incómodo decir algo. Y cuanto más tiempo permanecían callados, más incómoda se sentía. Al llegar a su casa tenía las palmas sudorosas.

Eddie apagó el motor, pero en vez de salir del coche y abrirle la puerta se giró en el asiento y le puso la mano en el hombro. A Bess se le había soltado el pelo tantas veces que finalmente había optado por dejárselo suelto, y Eddie le acarició las puntas.

—¿En qué piensas? —le preguntó.

—Me lo he pasado muy bien esta noche —respondió ella, sin atreverse a mirarlo.

Desde el coche podía ver la pequeña ventana del cuarto de Nick. No tenía persiana ni cortinas, y brillaba como un ojo sin párpados entre las sombras del garaje.

Eddie se inclinó hacia delante para mirar por el parabrisas.

—O Robbie no está en casa o ya se ha acostado.

Bess miró la luz que salía por la ventana de la cocina, procedente de la única lámpara que ella había dejado encendida en el salón.

—¿Qué hora es?

Eddie miró la hora en la radio.

—Es tarde. Pero Robbie tiene mañana el segundo turno, así que quizá haya salido con los amigos.

—Es posible —por primera vez en la vida de su hijo, Bess no estaba preocupada por él ni por lo que estuviera haciendo—. Seguro que se encuentra bien.

La mano de Eddie seguía en su hombro. Bajó un poco por el brazo y los dedos le rozaron el borde de la camiseta bajo el suéter, antes de seguir bajando por la manga. Le agarró suavemente la mano y la giró con la palma hacia arriba para buscarle con los dedos el pulso en la muñeca.

—El corazón te vuelve a latir demasiado deprisa —dijo él.

Bess no podía mentir y fingir que la sorprendió el beso de Eddie. Su rigidez instantánea no la provocó el asombro, sino la repentina emoción que se desató en su interior.

Emoción y también deseo.

Los labios de Eddie eran cálidos y suaves. No la presionó ni intentó que abriera la boca, y cuando ella no le devolvió el beso se retiró con una pequeña sonrisa.

–Te mentiría si te dijera que lamento haberlo hecho –murmuró–. Pero lamento que tú no quieras que lo haga.

–No es eso, Eddie –la voz le salió tan ronca que tuvo que aclararse la garganta.

Fuera cual fuera el tono, hizo que Eddie se echara hacia atrás en el asiento.

–No tienes que darme explicaciones, Bess. No pasa nada.

–Es que aún no estoy… preparada para esto –balbuceó.

–Me ha costado veinte años dar este paso –dijo él–. Creo que podré esperar un poco más.

–Oh, Eddie… –se miró las manos, entrelazadas en su regazo–. Vamos a ser socios. No creo que…

–No –la interrumpió él. Estaba muy serio, a pesar de su sonrisa–. Tal vez no debería haberte besado, pero no intentes buscar una excusa. Si no es esto lo que quieres, dímelo sin más.

En cualquier otra circunstancia sí lo habría deseado, pero cuando abrió la boca para decírselo vio una sombra moviéndose en el garaje.

–Lo siento, Eddie. No es lo que quiero.

La mentira salió de sus labios con una facilidad asombrosa, gracias en parte a que no miró a Eddie a la cara mientras la decía. Sí oyó, en cambio, su honda inspiración.

–Lo siento –repitió, antes de salir del coche.

No había nada ni nadie esperándola en el garaje, pero podía sentir la presencia de Nick. Su olor impregnaba el aire. Bess no se giró para despedirse de Eddie cuando él sacó el coche al camino de entrada.

En vez de entrar, rodeó la casa y cruzó las dunas para ir a la playa, donde la brisa marina barrería cualquier otro olor y sabor.

Capítulo 40

Antes

–No quería que acabara así.

Era lo último que Andy le había dicho, mientras se subía a su coche para marcharse. Habían hablado y hablado hasta que fue hora de que Bess volviera al trabajo. Era la primera vez que llamaba para decir que no iría a trabajar, y ni siquiera se molestó en decir que estuviera enferma. Ser una empleada modelo tenía sus ventajas, porque el señor Swarovsky no le pidió ninguna explicación.

Ella y Andy habían discutido, reído y llorado. Él no intentó besarla ni nada, y de todos modos ella no se lo hubiera permitido.

–Aún me quieres –insistió él.

–¿Por qué me sigues queriendo? –le preguntó ella–. He estado con Nick todo el verano…

–¿Él te quiere? –murmuró Andy, y Bess tuvo que responderle que no.

No le preguntó si ella quería a Nick.

–Tú no quieres romper conmigo –añadió–. Si quisieras romper, ya lo habrías hecho.

Aquello le confirmaba a Bess que Andy no la conocía tan bien como creía. Y así se lo dijo ella, aquella nueva Bess que les hacía proposiciones deshonestas a los chicos.

–Pues déjame conocerte de nuevo –le pidió él, con una expresión tan angustiosamente sincera que Bess no tuvo el valor para decirle que era demasiado tarde.

Porque, en el fondo, no era demasiado tarde.

Había creído estar enamorada de Andy. Y ahora estaba segura de amar a Nick. Nunca había creído que pudiera sentir lo mismo por dos hombres diferentes ni al mismo tiempo, pero el amor no podía encenderse o apagarse como si fuera una lámpara. Uno no se lo podía quitar de encima como una chaqueta vieja. El amor era algo más profundo y complicado, algo que Bess siempre había creído entender hasta el día que vio a Andy alejándose en su coche. El día que Andy le dijo que esperaría a que ella cambiase de opinión.

De repente ya no sabía qué era el amor. ¿Amar a alguien significaba hacer lo que esa persona quería aun a costa de sacrificar la propia felicidad? ¿Eso era amor? ¿O había algún truco secreto para que una relación funcionara?

Quedaban tres semanas para volver a la universidad. Andy la estaría esperando en Pensilvania, mientras que Nick no la había esperado. Le había puesto la elección en bandeja, y sin embargo ella seguía sin poder decidirse. No le había dicho que sí a Andy, pero Nick no le había dado la oportunidad para decirle que sí a él.

Las buenas noticias se propagaban rápidamente, y las malas aún más. Bess no debería haberse sorprendido al enterarse de las fiestas de Nick. A medida que se aproximaba el final del verano, era costumbre incrementar el ritmo de la diversión, la bebida, los escarceos y las rupturas. Las relaciones que habrían necesitado un mes entero para empezar y acabarse, se condensaban en el plazo de una frenética semana. Tampoco debería haberse sorprendido por lo que Missy le contó, pero así fue.

–No te imaginas con quién lo he hecho –los ojos de

Missy brillaban de regocijo al inclinarse sobre el mostrador–. En la mesa de la cocina.

Sugarland estaba vacío, aunque por poco tiempo. Los
turistas también sufrían la desesperación propia del final
del verano y consumían el doble de palomitas y helados.

La pregunta no era con quién lo había hecho Missy, pensó Bess, sino con quién no lo había hecho. Se puso a limpiar
el mostrador con un trapo mojado, obligando a Missy a
apartarse para no empaparse los codos con agua enjabonada.

–Con Darth Vader.

Missy soltó un bufido. Considerando que apenas le había dirigido la palabra a Bess durante el último mes y medio, la noticia debía de ser de suma importancia.

–Zorra.

Bess dejó el trapo en el fregadero y se giró con las manos en las caderas.

–¿Sabes? Estoy harta de que me llames zorra.

Brian, que estaba haciendo un estropicio al intentar llenar la máquina de batidos, se echó a reír.

–Amén, hermana.

Missy alzó las cejas en un gesto que hizo que Bess se
sintiera realmente como una zorra.

–Lo siento.

–Dile a quién te has tirado, Missy –la apremió Brian–.
Todo el mundo lo sabe, y no es probable que vaya a descu-
brirlo por su cuenta.

Missy sonrió con sarcasmo y el mundo pareció apagarse poco a poco. Bess oyó un intenso zumbido en los oídos
y tuvo que obligarse a respirar.

–No lo has hecho –murmuró–. Él jamás lo haría…

Missy volvió a sonreír.

–Ryan y yo hemos roto.

Nick no lo habría hecho con Missy. Era imposible. Bess
se llevó una mano al estómago, traspasado por una punzada de hielo.

–Lárgate, Missy –le dijo Brian, interponiéndose entre Bess y el mostrador–. Te estás comportando como una guarra.

Missy hizo un mohín con los labios.

–Vamos, Brian. A Bess no le importa. En realidad no están juntos ni nada.

Las palabras de Missy hicieron mella en Bess. No habían estado realmente juntos. Sólo había sido una farsa, una broma, un mero entretenimiento. Seguramente Nick estaría riéndose de ella igual que se había reído de otras.

–Missy, eres una cerda –oyó que Brian decía, pero el chillido de indignación de Missy no sirvió para consolarla.

Los ásperos escalones de cemento de la puerta trasera le arañaron los muslos desnudos, pero el sol los había calentado y Bess agradeció el calor, pues estaba temblando. No intentó contener las lágrimas, porque habría sido una batalla perdida. Hundió la cara en las manos y se puso a sollozar desconsoladamente sin importarle quién pudiera oírla o burlarse de ella. Ya nada le importaba.

No tenía derecho a sentirse traicionada. Y quizá hasta merecía serlo. Tal vez aquel fuera el justo castigo por su debilidad, su infidelidad y sus mentiras.

Se le había quedado grabada la perversa sonrisa de Missy. No quería creerse que dos personas a las que había considerado amigas suyas podrían ser tan crueles, o peor aún, que ella no les importara en absoluto. Sabía que Missy iba detrás de Nick, pero ¿por qué lo había hecho él?

No quería saberlo. No quería odiar a Nick.

La puerta trasera se abrió y Eddie se sentó en silencio a su lado. Bess no se movió y siguió sollozando con la cara en las manos. Las lágrimas ya le habían empapado el bajo de los shorts y formaban un pequeño charco en los escalones.

Eddie la rodeó con el brazo.

No le recordó que ya se lo había advertido ni que estaba teniendo lo que se merecía. No le dijo que Nick era un cerdo y Missy una zorra. No hizo que se sintiera como una estúpida. Se limitó a abrazarla y a acariciarle el pelo mientras ella lloraba en su hombro. Y cuando Bess dejó de llorar, él le dio un puñado de pañuelos y un vaso de agua con hielo, como a ella le gustaba, y la dejó sola para que recuperase la compostura antes de volver al trabajo.

Y finalmente eso fue lo que hizo.

Capítulo 41

Ahora

Volvían a tener la casa para ellos solos, pero el silencio se hacía casi insoportable. Estaban los dos en el sofá, Nick enfrascado en uno de los libros que Bess había comprado en Bethany Magick, y ella trabajando en algunas ideas para Bocaditos. La constante tensión sexual había empezado a templarse y era lógico que hicieran tareas por separado, como cualquier otra pareja.

Era lógico, pero a ella no le gustaba nada.

–Hey –cerró el ordenador portátil, lo dejó en la mesita y tiró hacia abajo del libro que Nick estaba leyendo–. Robbie no volverá hasta dentro de unas horas.

–¿Ah, sí?

Él no hizo ademán de acercarse, y tampoco lo intentó ella.

–Sí.

–A ver si lo adivino… Quieres un poco de acción –la sonrisa de Nick la llenó de alivio.

–Algo así…

Nick no se movió, de manera que fue ella quien se inclinó hacia delante para besarlo en los labios. Él abrió la boca y Bess se animó a subirse a su regazo y sujetarle el rostro entre las manos. Se tomó su tiempo para besarlo, lenta y profundamente, hasta que sintió el bulto de su erección y cómo la apretaba por las caderas.

–Eso está mejor –le susurró casi sin separar los labios de su boca.

–Estoy para servirte –murmuró él, metiendo las manos bajo la camisa para apretarle las nalgas.

No era la primera vez que la dejaba tomar la iniciativa a ella, pero sí la primera vez que parecía estar dejándose llevar de manera mecánica más que participando con entusiasmo. La penetró, acarició y entrelazó la lengua con la suya. Le susurró su nombre y se estremeció mientras ella lo montaba. Y la apretó contra él cuando ella se corrió. Pero cuando Bess lo miró a los ojos vio que estaba mirando a través del cristal, hacia el mar.

No dijo nada mientras ella se levantaba y se arreglaba la ropa. Nick se levantó al cabo de un minuto, se subió los pantalones y se pasó las manos por el pelo, sin mirar por la ventana ni mirarla a ella.

–¿Adónde vas? –no le gustó nada el tono malhumorado, pero Nick no pareció advertirlo.

–A dar un paseo.

–¿Quieres que vaya contigo? –se acercó y le agarró la mano.

Nick bajó la mirada a sus dedos entrelazados y luego la miró a la cara.

–No, no hace falta.

Bess dejó caer la mano y Nick, sin sonreír ni fruncir el ceño, volvió a mirar por la ventana.

Caminó lentamente hacia la puerta y salió.

–Nick –lo llamó ella, siguiéndolo.

Él se detuvo en lo alto de la escalera, sin decir nada. Bess se quedó en el umbral.

Al cabo de un momento, Nick empezó a bajar los escalones hacia la arena.

–¡Espera, Nick!

—Sólo voy a dar un paseo —espetó él—. ¿Es que no puedo hacerlo, joder?

—Creía que… —empezó, pero no sabía lo que realmente creía.

Ni tampoco sabía qué decir.

Una vez más, había empezado a dudar.

—¿Qué? ¿Qué tenías que vigilarme? Sabes muy bien que no puedo ir a ninguna parte.

Lo dijo casi gritando, y Bess miró instintivamente a las casas vecinas. Nick se dio cuenta y escupió en la arena.

—No tienes que preocuparte por mí —dijo en tono desdeñoso—. Volveré enseguida para complacerte en todos tus deseos.

—No era eso lo que iba a decir.

Bajó los escalones, pero él se apartó de ella y Bess no intentó tocarlo.

—¿Qué ocurre, Nick? —le preguntó, intentando que la voz no le temblara.

—Nada.

—Te pasa algo —dio un paso adelante y él lo dio hacia atrás.

—Sólo quiero dar un paseo por mi cuenta. Quiero estar solo un rato, sin que estés enganchada a mí.

—Creía que te gustaba que estuviera enganchada a ti —el pobre intento por aligerar la situación no consiguió arrancarle el menor atisbo de sonrisa Nick.

—Sí, ya —dijo él—. ¿Acaso tengo elección?

Bess reconoció su mirada. Ya la había visto otra vez, mucho tiempo antes. Saber que la estaba apartando a propósito no lo hacía menos doloroso. Se lamió los labios y por primera vez, él ni se inmutó ante los movimientos de su lengua.

La brisa le sacudió los cabellos de la frente y los rodeó con el murmullo del océano, pero esa vez fue Bess quien se giró hacia el agua.

–Vete, si es eso lo que quieres –le dijo–. No dejes que yo te lo impida.

Nick hizo un gesto de disgusto y echó a andar. Bess lo vio alejarse, pero no lo siguió.

Capítulo 42

Antes

No fue la última fiesta del verano, pero sí la última a la que Bess asistió. Ya había guardado las cosas en el coche, y la casa de la playa había quedado vacía y silenciosa, sin el constante flujo de parientes que pasaban allí las vacaciones. Al día siguiente volvería al pequeño y feo apartamento que había alquilado en Pensilvania. Al día siguiente acabaría todo lo que había empezado en Bethany Beach.

Iba con Eddie, quien nunca acudía a ninguna fiesta, pero ese día había insistido en acompañarla a aquella. No era tan descarado como para intentar agarrarla de la mano, pero lo habría hecho si ella se lo hubiese permitido. Bess no había olvidado el consuelo de su abrazo o de cómo le acarició el pelo sin decir nada cuando el silencio era exactamente lo que ella necesitaba.

El apartamento de Brian estaba casi vacío de muebles y enseres, pues también él se marcharía al día siguiente. Sin nada que romper o manchar, era el lugar perfecto para celebrar una fiesta. Y si además le cobraba un par de dólares a cada uno, tendría dinero suficiente para costearse la gasolina hasta Nueva Jersey. Su ingenio era digno de admiración.

Bess estaba tomándose una cerveza cuando Missy pasó

ante ella fingiendo no verla, lo cual fue mejor así. Bess no estaba allí para discutir con nadie.

En realidad, no sabía por qué estaba allí hasta que vio a Nick, apoyado en la pared del fondo, con la gorra de beisbol cubriéndole los ojos. Casi la misma imagen que tuvo de él la primera vez que lo vio.

Seguía deseándolo tanto que su mera imagen aún la hacía temblar. Mucho más que antes, ya que ahora sabía el placer que podía sentir con él. Era como una droga, una peligrosa adicción por la que estaría dispuesta a arriesgarlo todo aun sabiendo lo perjudicial que resultaría para ella.

–¿Estás bien? –Eddie la tocó en el codo y siguió la dirección de su mirada–. ¿Quieres marcharte?

–No, a menos que tú quieras –Bess le sonrió y se alegró de que Eddie no bajara la mirada o se ruborizara, como siempre hacía.

Eddie negó con la cabeza.

–No. Pero si quieres irte, dímelo.

La estaba protegiendo, y Bess sintió ganas de abrazarlo aunque no sintiera ninguna necesidad de protección.

–Estoy bien, Eddie. En serio.

Él asintió, muy serio.

–Vale.

La gente seguía llenando el minúsculo apartamento de Brian y la cerveza manaba sin cesar. Eddie desapareció entre la multitud para buscarle otro trago a Bess y no regresó enseguida. Bess lo vio en la pequeña cocina, rodeado por un grupo de chicas, demasiado jóvenes para beber y demasiado ebrias para que eso les importara. Debían de ver a Eddie como un buen partido. Bess esperó otros cinco minutos y fue ella misma a por otra cerveza.

No le gustaba nada el sabor ni el olor de la cerveza, pero se la bebió de todos modos. El regusto que le dejó en la lengua y la garganta le hizo desear un trago de agua fría.

Pero para ello tendría que abrirse camino entre la enfebrecida multitud, lo cual no le apetecía nada. En vez de eso optó por tomar el aire y salió a la terraza. No daba directamente a la playa, pero si se estiraba el cuello sobre la barandilla se llegaba a atisbar el mar.

Durante el día, al menos.

Nick estaba en la terraza, como era lógico, pues así funcionaba su naturaleza solitaria. Bess lo vio enseguida y lo reconoció por la forma de sus hombros y el olor a tabaco, aun no viéndole la cara.

Las dos cervezas que se había tomado no se le habían subido a la cabeza, pero sí le insuflaban una falsa seguridad en sí misma. Apoyó las manos en la barandilla, junto a Nick. Él no pareció inmutarse. La miró y lo único que ella vio fue la punta encendida del cigarro.

—Te marchas mañana —le dijo él. No era una pregunta.

—Sí.

Nick dio una última calada y tiró la colilla en la lata de arena que Brian había puesto en la terraza para los fumadores. Bess vio como ardía brevemente y no levantó la mirada cuando se apagó ni cuando Nick volvió a hablar.

—Porque él te quiere tanto, tanto, tanto…

No necesitaba mirarlo a la cara para imaginarse su mueca de desdén.

Se quedaron callados, librando una batalla silenciosa y rodeados por la música de la fiesta, el murmullo de las conversaciones y el lejano sonido del océano.

—¿No sabes que el amor es una mierda? —le preguntó él, siendo el primero en ceder.

Bess no habría imaginado que la victoria fuera a tener un sabor tan amargo.

—Puedes creer lo que quieras.

Lo miró y él también la miró.

—Te deseo buena suerte —dijo Nick, sin parecer sincero en absoluto.

–Y yo a ti con Missy –respondió ella en el mismo tono hipócrita.

–¿Missy? ¿De qué estás hablando?

Su máscara de impasibilidad pareció resquebrajarse por fin, y Bess sintió una enorme satisfacción al ver su estupor.

–Me contó lo vuestro.

Nick sacudió la cabeza, se quitó la gorra y se pasó las manos por el pelo. Después sacó un paquete de cigarros del bolsillo de la camisa, pero no encendió ninguno.

–¿Qué te contó?

–Que lo habíais hecho en la mesa de la cocina –mantuvo un tono tranquilo e indiferente, como si no le importara.

Nick frunció el ceño.

–Te ha mentido.

–¿En serio? –Bess se cruzó de brazos–. Normalmente, cuando Missy me dice que se ha tirado a alguien no miente.

–Pues esta vez sí lo ha hecho –volvió a guardarse el tabaco.

Bess le sostuvo la mirada.

–Ha dicho que lo hicisteis.

–Y yo te digo que no lo hicimos –se giró y agarró con fuerza la barandilla–. Maldita sea, Bess, sabes muy bien que yo no…

–Ha roto con Ryan –los cotilleos se lo habían confirmado.

–Me da igual –la miró por encima del hombro–. Si dice que me la he tirado…

–En la mesa de la cocina –puntualizó ella.

Nick volvió a girarse y la agarró por los brazos.

–Es una zorra mentirosa, Bess. Y tú lo sabes.

–¡Yo no lo sé! –gritó ella–. ¡Me dijo que lo hicisteis! ¿Y sabes qué, Nick? ¡Que en el fondo no importa!

–¡Pues debería importarte! –replicó él.

–No me importa –insistió ella al cabo de un momento–.

Porque se supone que los dos sois mis amigos, y uno de vosotros me está mintiendo.

–No soy yo –se puso a andar de un lado a otro de la pequeña terraza.

–Me da igual –mintió ella–. No me importa.

Se miraron y fue Nick el primero en apartar la mirada. Bess hizo ademán de marcharse, pero la voz de Nick la detuvo en la puerta.

–No me puedo creer que vayas a volver con ese imbécil.

Bess se giró de nuevo hacia él.

–No es asunto tuyo, pero te diré que aún no lo he decidido.

–¿Así que sólo vas a volver con él a falta de algo mejor? –la risa de Nick se le clavó en la piel como una docena de espinas–. Seguro que le encantará saberlo.

–No te hagas ilusiones. Si decido volver con Andy será porque quiera tener otra oportunidad con él.

A través de la puerta de cristal vio a la gente moviéndose por el diminuto apartamento de Brian. En cualquier momento querrían salir a la terraza, y no había espacio para todos ellos. Agarró la manija de la puerta, pero no se abrió.

–¿Se supone que eso debería hacerme sentir mejor? –le preguntó él.

–¡Tú eres incapaz de sentir nada, ni bueno ni malo!

Le pareció que la risa de Nick era más temblorosa e insegura, o quizá sólo fuera su imaginación.

–¿Qué quieres que diga?

–Me da igual lo que digas –espetó ella–, pero dame una razón para que pueda decidirme.

Esperó un minuto, y luego otro, sin recibir nada más que silencio.

–Ya… –murmuró–. Justo lo que pensaba.

No esperó a que él hablase ni a que se le rompiera el corazón. Era demasiado tarde para que nada de eso supusiera la menor diferencia para ella.

Capítulo 43

Ahora

–¿Bess?

Bess alzó la vista y vio a Eddie en el garaje, mirándola con preocupación. Miró un momento a lo lejos con los ojos entornados y volvió a mirarla a ella.

–¿Estás bien?

–Sí –no se giró para mirar a Nick.

–¿Seguro? He oído gritos.

–He dicho que estoy bien.

Eddie los había oído discutir. Tal vez no había oído toda la conversación, pero si lo suficiente. En sus ojos sólo se apreciaba inquietud, no reproche, pero de todos modos ella se sintió culpable.

–He venido a preguntarte si querías cenar conmigo y hablar del negocio...

Bess abrió la boca, pero ninguna palabra salió de sus labios. ¿Qué podía decir después de que él la hubiera besado y ella le hubiese dicho que no lo deseaba? ¿Cómo era posible que Eddie siguiera interesado?

–Sólo para hablar –dijo él, como si le hubiera leído el pensamiento–. Te lo prometo –añadió con una cálida sonrisa.

Bess miró por encima del hombro, pero las dunas le tapaban la vista. No importaba. Nick tenía razón. No podría ir muy lejos, aunque quisiera. Volvió a mirar a Eddie y tomó una rápida decisión.

–De acuerdo. Estaría bien.

No la llevó a un lugar elegante, sino a un local con música blues de fondo y un delicioso olor a barbacoa, lo bastante informal para convencerla de que no se trataba de una cita romántica. Había temido que la relación con Eddie se volviera tensa o incómoda, pero él le abrió la puerta igual que siempre. Aun así, Bess se sintió en la obligación de pedirle disculpas.

–No te preocupes –le dijo él mientras repasaban el papeleo.

–No es que no me gustes, Eddie...

Él levantó una mano para hacerla callar.

–No lo hagas más difícil, Bess.

–Lo siento –volvió a disculparse ella, riendo.

–He dicho que no te preocupes –insistió él, riendo también.

–Es que...

–Ya lo sé –le aseguró él, con la misma naturalidad con la que la había abrazado por los hombros tanto tiempo atrás–. No pasa nada. Robbie me dijo que estabas saliendo con alguien, pero supongo que me resistía a creerlo.

–Eddie...

Él desvió ligeramente la mirada.

–Bess, no es asunto mío. No sabía que él había vuelto al pueblo. Y la verdad es que no debería sorprenderme.

Bess tragó saliva.

–¿Robbie te ha dicho quién era?

–Nick Hamilton –respondió él en un tono excesivamente despreocupado–. Parece que no se lo tragó la tierra.

–¿Te ha dicho Robbie algo más? –el suelo pareció oscilar bajo la silla y Bess tuvo que agarrarse a la mesa ante la repentina sensación de vértigo.

–No, nada más –la expresión de Eddie volvió a tornarse preocupada–. ¿Estás bien?

Ella asintió y bebió un poco de agua.

–Sólo quiero que estemos bien, Eddie –se obligó a sonreír–. Eso es todo.

–¿Te importa si te digo, con toda la sinceridad del mundo, que prefiero ser tu amigo a no ser nada? –le preguntó, y Bess guardó un largo silencio antes de responder. Nadie le había dicho nunca algo así.

–No –contestó finalmente–. No me importa.

–Bien –Eddie asintió y volvió al montón de formularios y documentos que tenían que firmar para poner Bocaditos en marcha–. Porque es la verdad.

Capítulo 44

Antes

Cuando el teléfono sonó en mitad de la noche, Bess supo quién estaba llamando antes incluso de levantar el auricular.

–¿Lo has decidido?

–Sí, Nick. Lo he decidido –lo había decidido semanas antes.

Esperaba un silencio como toda respuesta, pero esa vez no fue así.

–No puedo dejar de pensar en ti.

Bess se había equivocado al pensar que su corazón no podría romperse más cuando terminó con Nick. Porque al escucharle decir eso se le volvió a romper.

–Es demasiado tarde –dijo entre lágrimas. La oscuridad hacía que fuese más fácil llorar.

–No digas eso, Bess.

–Ya te lo he dicho.

–Pero en el fondo no lo piensas.

–No –admitió ella. La oscuridad también facilitaba la confesión.

–Te echo de menos –declaró él–. Muchísimo.

–No parezcas tan sorprendido –le dijo ella–. No lo soporto.

Nick se rió. Ella había olvidado lo mucho que le gustaban sus risas, sobre todo por ser tan escasas.

–Lo siento. Ya sabes cómo soy.

–No es para que te sientas orgulloso.

–No me siento orgulloso.

Bess lo creyó, en contra de su buen juicio.

–¿Por qué me llamas a las dos de la mañana?

–No podía dormir.

De fondo se oyeron unas risas y música.

–Claro. ¿Sueles dormir en medio de una fiesta?

–Sólo si son aburridas. ¿Cómo sabes que estoy en una fiesta?

–Porque se oye.

Se quedaron callados unos segundos.

–¿Eres… feliz? –le preguntó él, lo que volvió a partirle el corazón.

–No estoy con Andy, Nick –dijo ella. No podía seguir haciéndole creer lo contrario–. Y no, no soy feliz.

–Puedo estar ahí en tres horas.

–No sabes dónde vivo.

–Brian me dio tu número. ¿Crees que no me dijo también dónde vives?

–Él no sabe mi dirección.

–Te encontraré, Bess –dijo él en un tono tan serio que no dejaba lugar a dudas.

Fue lo más excitante que nadie le hubiera dicho en su vida.

–Pareces un acosador.

–Sería un acosador si tú no quisieras que te encontrara.

–Lo próximo que me digas será que me estás llamando desde la gasolinera que hay al otro lado de la calle… –la cabeza le daba vueltas y no sabía muy bien lo que decía.

–Así que hay una gasolinera al otro lado de la calle…

–No tendrás que buscarme. Te diré cómo llegar hasta aquí. Ven rápido.

–Todo lo rápido que pueda –le prometió él–. Estaré ahí en tres horas.

Pasaron tres horas, y seis, y toda la noche y el día siguiente. Bess no fue a clase y se quedó sentada junto a la ventana. Pero ninguno de los coches que pasaba por la calle era el de Nick.

Capítulo 45

Ahora

Al entrar en el garaje la recibió una música a todo volumen y un fuerte olor a parrillada. Subió las escaleras y se encontró con el caos. Alguien había instalado un proyector láser en la mesita del salón y los círculos rojos bailaban frenéticamente por las paredes y el techo.

El salón estaba atestado de jóvenes, casi todos con vasos de plástico en la mano. La música hacía vibrar los cristales y retumbaba dolorosamente en sus oídos. La cocina era un completo desastre, llena de cajas de pizza y bolsas de patatas. Los restos de galletas saladas crujían bajo sus pies. No vio ningún barril de cerveza ni botellas de alcohol, pero nada le garantizaba que los vasos sólo contuvieran refrescos.

La fiesta tenía el inconfundible sello de Nick, pero fue Connor quien entró de la terraza con una amplia sonrisa.

—¡Mamá!

—Connor, ¿qué demonios es todo esto?

—Una fiesta —respondió él, como si hiciera falta explicarlo—. Han venido algunos amigos a darme una fiesta de despedida.

Bess se acercó a él, pero aunque Connor tenía los ojos sospechosamente brillantes no olía a alcohol.

–¿Dónde está tu hermano?

–Por ahí –alargó un brazo para agarrar una lata de cola del fregadero lleno de hielo–. ¿No quieres saber dónde está Nick?

–Lo que quiero es que bajes la música antes de que los vecinos llamen a la policía.

Connor abrió la lata y tomó un trago tan largo que a Bess le sorprendió que no se atragantara.

–Está en la terraza.

–¿Ah, sí?

Connor se secó la boca con la mano.

–Sí.

Bess se abrió camino entre los jóvenes hacia la terraza, pero Robbie salió a su encuentro a mitad de camino.

–¡Mamá!

–Bonita fiesta –dijo ella mientras alguien saltaba a su lado persiguiendo un balón de playa–. Tú y Connor vais a pagar cualquier cosa que se rompa.

Robbie sonrió avergonzadamente.

–Casi todos son amigos de Connor. Pero no estamos bebiendo ni nada.

–¿Crees que soy tonta, Robbie?

–No –dijo él, y le cortó el paso cuando ella intentó avanzar.

–¿Qué ocurre?

–Nada.

Robbie nunca había sido un embustero como su hermano. No había heredado de su padre aquella habilidad para mentir sin el menor esfuerzo ni escrúpulo.

–Robert Andrew, ¿hay un barril de cerveza en la terraza? ¿Sabes en qué lío me puedo meter si unos menores de edad beben en mi casa?

–No hay ningún barril. Algunos han estado bebiendo en la playa, pero aquí no.

Ta vez también Robbie hubiese heredado la picardía de

Andy y le estuviese ofreciendo una pequeña verdad para distraerla de una mentira mayor.

–¿Qué está pasando? ¿Alguien se está drogando?

–No.

–Robbie –lo llamó Connor, poniéndole una mano en el hombro a su hermano–. Annalise te está buscando.

Bess vio la lucha que se desataba en el interior de Robbie. Por un lado, el imperioso deseo de estar con la chica de la que llevaba colado todo el verano, y por otro, la necesidad de proteger a su madre. La lucha tenía un claro vencedor, naturalmente, y Robbie se marchó en la dirección que le indicaba Connor.

La terraza también estaba abarrotada de jóvenes, algunos de ellos sentados peligrosamente en la barandilla. El instinto maternal de Bess la acuciaba a ordenarles que se bajaran, pero no era tan conservadora como para hacerlo. Alguien asaba hamburguesas en su parrilla, pero la carne no procedía de su nevera. Al menos los amigos de Connor habían llevado su propia comida a la fiesta.

Unos segundos después lo vio. Una chica rubia con una falda tan corta que se le veían las bragas le estaba comiendo la boca. Nick tenía las piernas abiertas, con el trasero de la chica entre ellas, y con una mano la agarraba por la nuca mientras con la otra le acariciaba el muslo. Era la chica del bikini azul que le había ofrecido agua a comienzos del verano, el día que Nick intentó alejarse de la playa y cayó al suelo.

Bess permaneció unos instantes sin moverse. Quería darse la vuelta, pero entonces él abrió los ojos e interrumpió el beso para sonreírle.

Para sonreírle.

Bess se giró sobre sus talones, entró en el salón y tiró con fuerza del cable del equipo estéreo para desenchufarlo de la pared.

–Fuera todo el mundo –ordenó sin necesidad de gritar, pues era obvio que todo el mundo la oía–. Ahora.

Hubo algunos murmullos y miradas, pero nadie se atrevió a discutirle.

–Tú también –le dijo a Connor–. Y llévate a tu hermano.

–¿Adónde voy a ir? –preguntó él en tono lastimero.

–No lo sé –respondió ella entre dientes–. Súbete al bonito coche que te ha comprado tu padre y búscate cualquier lugar para pasar unas cuantas horas. Me da igual dónde sea, pero márchate.

Connor tragó saliva y miró hacia la terraza, donde ya había llegado la noticia de que la fiesta había acabado.

–Mamá…

–Márchate, Connor. Ya tienes lo que querías. Ahora vete de aquí.

Él obedeció y a los quince minutos la casa se había vaciado de jóvenes. También la rubia se marchó, aunque Bess no supo si la había echado Nick o si sólo estaba siguiendo al resto.

Oyó como se abría y cerraba la puerta corredera.

–No gusta tanto cuanto te lo hacen a ti, ¿verdad? –le preguntó Nick.

–¿Por eso lo has hecho? ¿Porque creías que me estaba acostando con Eddie?

–Sí.

Bess se giró hacia él.

–Vaya, gracias por tu sinceridad. Pero no me estoy acostando con Eddie.

–Pero te gustaría hacerlo.

–Nick… –suspiró y se tapó los ojos con la mano–. Es mucho más que eso.

–Ya lo sé –dijo él. Bess sintió su aliento en la cara y apartó la mano–. Y por eso mismo lo he hecho.

La besó, o quizá fue ella quien lo besó primero. No importaba. Entraron juntos en el dormitorio, donde Nick vaciló un instante, hasta que ella le agarró las manos y se las puso encima.

La lengua de Nick descendió por el cuello abierto de la blusa, hasta encontrar los pezones, duros y erectos. Gimió contra su piel y le subió la falda para agarrarle los glúteos y apretarla contra el bulto de los vaqueros. Su ansia voraz la emocionó, pero Bess lo agarró ligeramente por la nuca para que levantara la cabeza. Él le lamió la boca mientras la miraba fijamente a los ojos, y no se apartó cuando ella le rozó los labios con los suyos en una caricia tan suave y ligera como un suspiro.

–Te quiero –le dijo ella–. Creo que te he querido desde el primer momento que te vi, y durante veinte años te he seguido queriendo aunque no sabía dónde estabas. Te quiero y siempre te querré, Nick. Pase lo que pase, nunca dejaré de quererte.

Él cerró los ojos y la boca, como si la verdad fuera demasiado dolorosa para poder oírla sin estremecerse. Bess le acarició los pómulos con los dedos y bajo hasta su boca. Se sabía de memoria hasta el más insignificante de sus rasgos, pero volvió a palparlo a conciencia, muy lentamente, sabiendo que aquella sería la última vez.

Le quitó la camiseta por encima de la cabeza y vio como se le ponía la carne de gallina. Se la calentó con su aliento y sus caricias. Desde la clavícula hasta las muñecas, luego el torso y después el vientre, cuando se arrodilló ante él y le desabrochó los vaqueros. Le sacó el miembro, erecto y carnoso, y lo agarró por la base para metérselo en la boca. Él le puso las manos en el pelo, pero no tiró de ella ni la empujó. Bess lo chupó despacio y poco a poco fue aumentando el ritmo, como sabía que a él más le gustaba. Nick pronunció su nombre en un suspiro ahogado de placer.

Siguió masturbándolo con la boca y las manos hasta que él le agarró los cabellos y sus gemidos se convirtieron en una súplica. Entonces ella se levantó y se quitó la ropa mientras él la contemplaba con ojos brillantes.

—¿Qué ves? —le preguntó al quedarse desnuda ante él.

Nick pasó la mano por los cabellos que le caían sobre los hombros y examinó la curva de las caderas y el vientre, las estrías que le quedaron de la maternidad y las arrugas alrededor de los ojos.

—A ti.

Era una dulce mentira que ella no iba a contradecir.

—Te sigo viendo a ti —añadió él en voz baja.

Bess extendió los brazos y él la tumbó en la cama para colocarse sobre ella, con los brazos y piernas entrelazados.

—Cuéntame lo que ocurrió —le pidió ella.

—Quería salir a buscarte enseguida, pero estaba en la fiesta y había bebido —su risa la envolvió como las olas espumosas—. Si no lo hubiera hecho, no creo que te hubiese llamado.

Ella lo abrazó con más fuerza.

—Quería subirme al coche y conducir hacia ti. No podía pensar en otra cosa. Sólo en llegar hasta ti. Pero sabía que no podía conducir en mi estado, así que fui a la playa con idea de despejarme. El agua estaba fría… muy fría. Se me ocurrió que un baño me sentaría bien. Tan sólo un chapuzón para espabilarme. Unos pocos minutos en el agua antes de salir a buscarte…

Su voz se arrastraba como un débil zumbido sobre un manto de seda. Bess sintió el calor del agua salada en sus ojos y labios.

—Fui un estúpido —susurró Nick.

—No lo sabías —susurró ella.

—Perdí pie, y sólo podía pensar en ti, esperándome, y en que otra vez iba a defraudarte.

—Shhh —lo consoló ella—. No te culpo por nada de lo que pasó.

Yacieron en silencio un largo rato.

—Tengo que irme —dijo él finalmente.

—Lo sé.

Nick meneó lentamente la cabeza, acariciando la almohada con sus cabellos.

–Quiero marcharme. Lo siento, Bess. Lo siento de veras, pero quiero marcharme.

Bess tenía un nudo tan grande en la garganta que no creía que pudiera hablar, pero consiguió pronunciar las palabras.

–Lo sé, Nick. Lo sé.

Bess se había convertido en el océano que rompía contra las rocas, pero que siempre permanecía inmutable. Y su amor también era el océano, infinito y cambiante, y sin embargo eterno.

Nick se movió sobre ella y dentro de ella, y Bess se aferró a él con todas sus fuerzas. Pero el placer no podía contenerse, por mucho que deseara no sentirlo. El placer también era un océano que la rodeaba y colmaba, y en el que ambos nadaban juntos sin reprimir ninguna emoción.

Bess quería dormirse en sus brazos, pero era un deseo egoísta que no podía satisfacer.

–Ese hora de irse, amor –le dijo.

–No sé cómo.

Bess lo besó.

–Yo sí.

Lo llevó a la playa, donde el agua helada anticipaba la llegada del invierno. La espuma formaba pequeños remolinos alrededor de sus tobillos. Lo sostuvo de la mano y lo llevó mar adentro. El agua les llegó a las rodillas y a los muslos. A Bess le castañeteaban los dientes, pero no se dio la vuelta. Sin soltar la mano de Nick, se zambulló en el agua fría y oscura del océano y dejó que los arrastrase hacia el fondo.

Capítulo 46

Ahora

Ahogarse no era tan fácil como había imaginado. Su boca no quería abrirse y sus pulmones se resistían a aceptar agua en vez de aire. Su cuerpo luchaba por sobrevivir.

La boca de Nick se pegó a la suya en el beso más intenso que jamás le hubiera dado. Bess separó los labios, pero en vez de recibir la lengua de Nick fue un soplo de aire lo que bajó por su tráquea hasta los pulmones.

Asomó la cabeza a la superficie, jadeando y batiendo frenéticamente los brazos y piernas. Nadó con todas sus fuerzas, hasta que las olas la voltearon y la arrastraron por el fondo arenoso. Nadó y nadó, hasta que el océano la arrojó a la orilla, donde yació con todo el cuerpo dolorido, resoplando agónicamente en busca de aire y los dedos hundidos en la arena fría y mojada mientras se preguntaba si estaba viva o muerta.

—¡Mamá! —oyó dos voces gritando y sintió el picor de la arena que despidieron los pies de sus hijos al arrodillarse a su lado.

—Mamá, ¿estás bien? —a Connor le temblaba la voz mientras la zarandeaba—. Por favor, mamá, ponte bien…

Estaba llorando. Y también Robbie. Sus dos hijos estaban llorando, y aquello bastó para que Bess se sobrepusiera al dolor y la angustia y se incorporara para abrazarlos y asegurarles que se encontraba bien. Que no se había marchado y que no los abandonaría hasta que ellos estuvieran listos.

Finalmente dejó que la ayudaran a levantarse.

–Estoy bien –les dijo una vez más–. Id a casa. Yo voy enseguida.

No querían dejarla, naturalmente, pero ella insistió y acabaron por obedecer. Bess miró entonces al mar, siempre mutable y siempre inalterable, y dejó que el agua se llevara no sólo su dolor, sino también, y por fin, a Nick.

Desde la terraza, Bess observaba las luces rojas y azules de la patrulla costera. Connor había insistido en llamar a la policía, y Bess no se había negado aun sabiendo que no serviría de nada. Les había dicho la verdad: ella y un hombre llamado Nick Hamilton habían ido a bañarse. La corriente los había arrastrado y ella había conseguido nadar de vuelta a la orilla.

Le habían pedido más información, que ella fingió no saber. Tal vez le hicieran más preguntas más adelante, pero de momento podía quedarse sentada en la terraza, envuelta en su vieja rebeca descolorida, viendo como los agentes recorrían la playa hasta que finalmente se marcharon, dejando las huellas de los neumáticos en la arena.

Ni siquiera una crisis de semejante magnitud podía acabar con el apetito de dos adolescentes. Connor y Robbie le preguntaron si quería ir con ellos a tomar pizza, pero ella rehusó la invitación. Tampoco quiso que ninguno de los dos se quedara con ella. Les aseguró que no necesitaba nada y ellos la creyeron y se marcharon, confiando en que las madres siempre tenían razón.

–¿Bess?

La voz de Eddie la hizo girar la cabeza, pero sin levantarse de la tumbona. Lo que sí hizo fue hacerle sitio para que se sentara con ella.

—Robbie me llamó y me contó lo sucedido.

Bess se metió las manos heladas en los bolsillos y un objeto pequeño y rugoso le hizo cosquillas en la palma.

—Me ha dicho que… estabas con Nick —siguió Eddie en voz baja y suave–, y que se ahogó.

Bess asintió. Se sacó del bolsillo la venera negra que Nick le había dado. Le había arañado la base del pulgar, pero sin hacerle sangre. Esperó a recibir las preguntas que no podría contestar, pero Eddie no dijo nada más. La rodeó con el brazo y Bess encontró el calor y el consuelo que necesitaba al pegar la cara en su hombro.

Lloró durante un largo rato, y al acabar, Eddie seguía allí, una presencia tangible, sólida y real. Era su amigo. Podría ser mucho más que su amigo, si ella así lo deseara. Y aunque Bess no estaba segura de estar lista para ello, no iba a intentar convencerse de que nunca más lo estaría.

Tiffany™

Brenda Novak

Un completo desconocido

Aquel accidente había sido culpa de Hannah Price. Un momento de distracción que había cambiado la vida de Gabe Holbrook y había acabado con todo lo que siempre había querido ser.

Él lo había tenido todo: inteligencia, atractivo y riqueza, y había sido uno de los mejores jugadores de la liga de fútbol americano. Ahora había regresado a Dundee, la pequeña ciudad en la que había crecido, pero era un completo desconocido para todos los que lo habían tratado en otro tiempo. Se había vuelto introvertido y amargado, aunque él estaba convencido de que sólo era porque estaba concentrado en recuperarse. Sin embargo, por culpa de Hannah, había cosas que jamás podría recuperar. Y ahora se veía obligado a tratar con ella...

La otra mujer

Elizabeth O'Connell había sufrido una de las peores traiciones que cualquier esposa podría imaginar. Descubrir que no era la única mujer en la vida de su marido significó el fin de su matrimonio y el principio de un verdadero infierno. Ahora sólo quería concentrarse en su nuevo negocio y en criar a sus dos hijos.

Carter Hudson no figuraba en sus planes. Pero a medida que fue pasando tiempo con él, Liz se dio cuenta de que le gustaba tenerlo en su vida. Sin embargo, Carter tenía algunos secretos en su pasado de los que no conseguía escapar; secretos que parecían relacionados con cierta mujer...

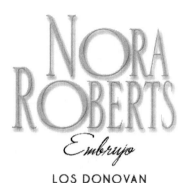

LOS DONOVAN

No. 73

***El legado mágico que habían heredado de sus antepasados
los hacía muy especiales...***

Nash Kirkland era un escritor al que le gustaba investigar personal-
mente sobre los temas que escribía. Y esta vez el tema eran las bru-
jas. Le habían dicho que Morgana Donovan era una de ellas y ésta
accedió a ayudarlo.

Nash nunca creyó que Morgana fuera lo que decía ser, aunque poco
a poco fue cayendo bajo su embrujo... Él nunca había confiado en
los sentimientos, cómo iba a fiarse ahora de que la pasión que los
consumía fuera auténtica y no un subterfugio de aquella mujer...

CPSIA information can be obtained
at www.ICGtesting.com
Printed in the USA
LVOW10s2048140518
577142LV00003B/69/P